Bootleg

# 초콜릿
# 레볼루션
## Bootleg

**알렉스 쉬어러** 지음 | **이주혜** 옮김

미래인

# 초콜릿 레볼루션

**1판 1쇄 발행** 2011년 4월 5일
**1판 28쇄 발행** 2024년 2월 5일

**지은이** 알렉스 쉬어러
**옮긴이** 이주혜
**펴낸이** 김민지

**펴낸곳** 미래M&B
**등록** 1993년 1월 8일(제10-772호)
**주소** 04030 서울시 마포구 동교로 134 미진빌딩 2층
**전화** 02-562-1800(대표)
**팩스** 02-562-1885(대표)
**전자우편** mirae@miraemnb.com
**홈페이지** www.miraeinbooks.com
**블로그** blog.naver.com/miraeibooks
**인스타그램** @mirae_inbooks

ISBN 978-89-8394-655-3 (03840)

＊잘못 만들어진 책은 구입처에서 바꾸어 드립니다.
＊미래인은 미래M&B가 만든 청소년, 성인을 위한 브랜드입니다.

만인의 자유와 정의와 초콜릿을 위하여!

# 차례

# 1장
## 국민의 건강을 위하여
●●●

제복을 입은 사내가 버려진 가게의 창문에 포스터를 붙이고 있었다. 그 모습을 두 소년이 골똘히 바라보고 있었다. 사내는 잠시 동작을 멈추고 수공예품을 감상하듯 흐뭇하게 포스터를 바라보다가, 이내 소년들을 발견하고 얼굴을 구겼다.

"이 녀석들, 이제 좋은 시절 다 간 줄 알아!"

사내가 고소하다는 말투로 쏘아붙였다.

"다섯 시 이후로 초콜릿은 끝이다. 그러니 남은 게 있다면 지금 실컷 먹어두는 게 좋을걸. 앞으로 초콜릿은 구경도 못 할 테니까. 이번 기회에 톡톡히 깨닫게 될 거다."

사내가 포스터 꾸러미와 풀칠용 붓을 챙겨 들었다.

"와삭와삭 사과를 먹어라, 시민!"

사내가 작별인사를 건넸다.(이는 국민건강당이 지정한 공식 인사말이었다. 이제 그냥 "안녕"이라 말하는 건 용납되지 않았다.)

"즙 많은 오렌지 드세요."

두 소년은 의무적으로 대꾸했다.

"바나나도!"

사내는 마지막 인사말을 건네고 걸음을 재촉했다. 근처 버스정류장에 마지막으로 포스터를 붙일 차례였다. 그러나 사실 포스터 같은 것을 굳이 붙일 필요는 없었다. 최종 마감시간이 언제인지 모르는 사람은 없었다. 이 세상을 떠났거나 다른 행성에 사는 사람이 아니라면 모두 다 알고 있었다.

두 소년은 포스터를 쳐다보았다. 풀칠한 뒷면에 공기가 들어가 여기저기가 흉하게 부풀어 올라 있었다.

두 소년은 포스터 앞에 서서 공고문을 샅샅이 읽어 내려갔다. 다 읽고 나서 또 한 번을 더 읽었다.

"이제 정말 끝이구나."

스머저 무어가 말했다.

"캐러멜 사탕이 하나 남았고 초콜릿도 마지막 한 판이 남았어. 이 것마저 먹어버리면 정말 끝이네. 넌 얼마나 남았냐?"

스머저의 말에 헌틀리가 주머니를 뒤졌다. 레몬맛 사탕가루가 반쯤 남았고 감초사탕과 껌이 하나 나왔다.

"이게 다야. 내 생애 마지막 단것들이 겨우 이것뿐이라니…… 이걸 다 먹어버리면 난 평생 단맛을 포기하고 살아야 해."

헌틀리가 울상을 짓자 스머저도 한숨을 쉬었다.

# 금일 오후 다섯 시 이후
# 모든 초콜릿은 불법임

위 시간이 지난 뒤

적법한 의사의 처방전을 지참한 경우를 제외하고

그 누구도 초콜릿을 구입할 수 없다.

사탕 및 초콜릿의 판매는 법으로 금지되며

이를 위반할 경우

5천 파운드의 벌금형이나

구속형에 처한다.

정부의 공식 명령임.


국민이 선택한 국민의 대표

## 국민건강당

(저질 식단이 야기하는 비만과 질병을 근절하고 국민의
신체 및 치아 건강을 목표로 하는 정당)

"우울해 죽겠다. 어떻게 이런 일이 생길 수 있냐? 꿈에도 몰랐지. 에잇, 어디 조용한 데 가서 남은 것들이나 먹어치우자."

두 소년은 오래된 묘지로 향했다. 헌틀리도 스머저도 마치 장례식에 참석하는 기분이었기 때문에 묘지는 초콜릿과 마지막 작별인사를 나누기에 더할 나위 없는 장소였다. 그들은 마지막 남은 사탕과 초콜릿을 뱃속에 고이 묻어주기로 했다.

그들은 오래된 묘석 위에 쓸쓸하게 앉아 마지막 남은 단것들을 나누어 먹었다. 으드득으드득 깨물어 먹기도 하고 큰 소리로 춥춥 빨아 먹기도 하면서 되도록 오래오래 시간을 끌며 먹었다. 포장 비닐에 묻은 것까지 깨끗이 핥아 먹었다. 포장지를 휴지통에 버리는 것도 아까워서, 마치 10파운드짜리 지폐라도 되는 양 곱게 접어 주머니 속에 간직했다.

"아, 정말 다 먹어버렸네. 앞으론 죽을 만큼 아프지 않는 한 초콜릿은 구경도 못 하겠지? 죽을 만큼 아파도 의사의 처방전이 없으면 못 먹겠지만 말이야."

스머저가 말했다.

"지금쯤 우리 엄마 진료실에 사람들이 잔뜩 몰려와 있을 거야."

헌틀리의 엄마는 지역 보건소에서 의사로 일하고 있었다.

"죽을 것 같으니까 제발 처방전 한 장만 써달라고 사정하고들 있겠지."

헌틀리의 추측은 정확했다.

그 시각 헌틀리의 엄마, 캐럴 헌터 박사는 진료실 책상을 사이에 두고 어느 환자와 대면하고 있었다. 스파이비 부인은 조금 살집이 있는 체구를 가졌는데, 둥글둥글한 얼굴에 날카로운 불안감이 서려 있었다.

"제발 처방전 한 장만 써주세요."

부인의 목소리에 간절함과 으름장이 반반씩 섞여 있었다.

"오후 다섯 시 최종 마감시간이 지나면 처방전 없인 초콜릿을 못 사요. 그럼 제가 무슨 짓을 할지 몰라요. 선생님도 제가 못 말리는 초콜릿 중독자라는 거 아시죠? 초콜릿을 끊으면 금단현상이 나타날 거예요. 머리카락을 죄 뽑아버리면 어떡해요?"

스파이비 부인은 눈을 게슴츠레 뜨고 계속 말을 이어갔다.

"어쩌면 다른 사람 머리카락까지 몽땅 뽑아놓을지도 모르죠."

헌터 박사는 애써 미소를 지었다.

"죄송합니다만, 스파이비 부인. 오후 다섯 시 이후로 초콜릿을 처방받을 수 있는 사람은 다른 영양분은 일체 흡수할 수 없는 말기 환자뿐입니다. 부인은 발톱이 안쪽으로 굽어 자라는 증상 외엔 전혀 불편한 곳이 없는 걸로 알고 있습니다만……."

스파이비 부인은 눈을 단춧구멍처럼 가늘게 뜨고 말했다.

"초콜릿을 먹지 못하면 당장 앓아눕고 말 거예요. 마구 신경질을 부릴 수도 있어요. 아니, 발작을 일으킬지도 모른다고요!"

그러나 헌터 박사는 그리 만만한 상대가 아니었다.

"죄송합니다, 부인. 더 이상 제가 해드릴 일이 없네요. 안타깝지만 우리 모두 초콜릿 없는 세상에 적응해야 한답니다. 박하사탕이라도 드실래요?"

헌터 박사는 무설탕 박하 막대사탕을 하나 내밀었다. 스파이비 부인은 사탕을 받아들며 말했다.

"고마워요. 이것으로라도 달래보죠. 하지만 이건 진짜가 못 돼요. 절대 초콜릿을 대신할 순 없다고요."

두 소년은 묘지를 떠나 다시 거리로 나섰다.

"아아, 사탕도 초콜릿도 없는데 무슨 재미로 사냐? 돌멩이를 통째로 삼킨 것 같아. 뱃속에 뭔가 들어 있나 봐."

스머저가 앓는 소리를 했다.

"단것만 밝히는 네 이빨이 꿀꺽 넘어간 게 아닐까?"

헌틀리가 말했다.

"그럴지도 모르지."

스머저가 긴 한숨을 토해내며 말을 이었다.

"가만히 앉아 당하고만 있을 순 없어. 나름대로 최선을 다해야지. 우린 적어도 초콜릿을 맛보긴 했잖아. 그건 정말 대단한 경험이라 할 수 있지. 하지만 꼬마 녀석들을 생각해봐. 드디어 생애 첫 초콜릿을 맛볼 수 있을 만큼 자랐는데 이제 초콜릿은 구경도 못 하게 생겼으니. 녀석들은 혓바닥 위에서 사르르 녹는 네모난 밀크초콜릿 조각이 뭔지 죽었다 깨나도 모를 거야. 아, 눈물이 쏙 나올 만큼 불쌍한 녀석들."

"하지만 걔들은 초콜릿이 뭔지 모르니까 그리워할 일도 없잖아.

우리는 한없이 그리워하며 살겠지. 알고 보면 우리가 더 불쌍한 거야. 평생 그리워하다 죽을 테니까. 초콜릿 처방전이 절실한 사람은 우리야. 너무 오래 참다가 온몸이 고장이라도 나면 어떡하지?"

헌틀리가 말했다.

보슬비가 내리는 거리는 조용하고 을씨년스러웠다. 곳곳에 침울한 얼굴들이 지나갔다. 그러나 모두가 침통해하는 것은 아니었다. 침울한 얼굴의 반대말을 밝은 얼굴이라고 말할 수 있다면 거리 곳곳에 밝은 얼굴들도 보였다. 입이 귀에 걸리도록 환하게 웃고 있는 사람들은 '사탕 및 초콜릿 금지법안'이 마침내 통과되었다는 사실을 진심으로 기뻐하고 있었다.

프랭키 크롤리와 머틀 퍼킨스도 그런 사람에 속했다. 둘은 스머저와 헌틀리의 같은 반 친구지만 '청소년선도단'의 열혈 회원이었다.

청소년선도단은 국민건강당 산하의 청소년단체였다. 선도단원들은 언제나 풀을 먹여 빳빳하게 다린 멋진 제복을 입고 선도단가를 불렀다. 또 칭찬받을 만한 일이 없나 늘 주위를 두리번거리는 버릇이 있었다. 한마디로 언제 어디서나 한껏 뽐을 내고 으스대는 아이들이었다.

청소년선도단은 선행활동으로 악명이 높았다. 할머니들이 길을 건널라치면 본인의 의사는 전혀 고려하지 않고 앞 다투어 도움을 자청했다. 그래서 할머니들은 길을 건너려다가도 청소년선도단가가 들려오면 끌려가다시피 길을 건너고 싶지 않아 상점 문 뒤에 숨기까지 했다.

청소년선도단은 매주 평일 방과 후 두 차례와 토요일 오전에 공원에서 훈련을 받았다. 줄지어 축구장 안을 행진했는데 누가 축구를 하고 있든 말든 전혀 아랑곳하지 않았다. 선도단이 지나가면 한창 축구 경기를 하고 있다가도 마치 신호등에 빨간불이 켜진 것처럼 일제히 경기를 중단해야 했다.

프랭키 크롤리와 머틀 퍼킨스가 대열 맨 앞에 서서 큰 소리로 구호를 외쳤고, 나머지는 복창하며 뒤를 따랐다.

"초콜릿은 먹지 않겠다!"

프랭키가 먼저 구호를 외쳤다.

"초콜릿은 먹지 않겠다!"

선도단은 양팔을 힘차게 앞뒤로 저으며 행진했다.

"평생 틀니를 끼고 살 테냐!"

"평생 틀니를 끼고 살 테냐!"

"설탕도 사탕도 건강에 해롭다!"

"설탕도 사탕도 건강에 해롭다!"

"몸에 좋은 셀러리를 먹자!"

"몸에 좋은 셀러리를 먹자!"

"탄산음료는 먹지 않겠다!"

"탄산음료는 먹지 않겠다!"

"콜라는 하수구에 쏟아 붓자!"

"콜라는 하수구에 쏟아 붓자!"

"누구라도 죄악을 목격한다면!"

"누구라도 죄악을 목격한다면!"

"이름을 적어 고발한다!"

"이름을 적어 고발한다!"

"우리 당은 현명하고 참되다."

"우리 당은 국민건강당!"

스머저와 헌틀리의 귀에도 선도단의 목소리가 들려왔다. 선도단은 쿵쿵 발걸음소리가 들리도록 운동장을 가로질러 행진하고 있었다. 아이들은 축구공을 잡은 채 어서 빨리 그들이 지나가기만을 기다리며 행진 모습을 물끄러미 바라보고 있었다.

자동차 한 대가 스쳐 지나갔다. 자동차 뒷면 유리창에 스티커가 붙어 있었다. '내 탓이 아니다! 나는 그들에게 표를 주지 않았다!' 라고 씌어 있었다. 헌틀리도 스머저도 그게 무슨 뜻인지 잘 알았다. 자동차 주인은 지난 총선에서 '맘껏 먹고 마시고 행동하는 당'을 찍었지 결코 '국민건강당'을 찍지 않았다는 말이다. 하지만 그런 사람들은 소수에 불과했다. 대다수가 국민건강당에 표를 던졌다. 국민건강당이 이 나라를 깨끗하고 살기 좋은 곳으로 만들어줄 거라고 믿었기 때문이다.

나머지는 스머저의 아빠처럼 선거에 전혀 관심이 없었다.

"그놈이 그놈이지 뭐."

당시 아빠는 그렇게 말했다.

하지만 아빠의 생각이 틀렸을 수도 있다.

선거가 끝나고 국민건강당이 집권했을 때, 스머저는 엄마와 아빠가 서로 다투는 소리를 들었다.

"이게 다 당신 같은 사람들 때문이에요."

엄마가 말했다.

"당신처럼 투표를 하지 않으니까 그 사람들이 집권한 거라고요. '착한 사람들이 아무것도 하지 않으면 악이 득세한다' 라는 말 몰라요? 다 당신이 저지른 일이에요."

하지만 아빠는 아무 대꾸도 하지 않았다. 그저 부루퉁한 얼굴로 제과점으로 돌아가서는 무슨 말인가를 중얼거리며 애꿎은 빵틀만 두들겨댔다.

국민건강당에서 빵을 구울 때 더 이상 설탕을 사용해서는 안 된다는 경고장을 보내오자 아빠의 얼굴은 한층 부루퉁해졌다. 경고장에는 백색 밀가루에 기울과 섬유소가 부족하기 때문에 언제나 통밀가루만 사용하라는 내용도 첨부되어 있었다. 경고장을 받은 이후 아빠의 어깨가 한껏 아래로 처졌다.

"설탕을 사용하지 말라니, 제과점은 몽땅 망하라는 말이군. 백색 밀가루도 설탕도 없다면 웨딩케이크는 이제 어떻게 만들란 말이야? 기본 중에서도 기본 재료인데 말이지. 앞으로 행복한 신랑 신부에게 뭘 만들어주지? 롤빵? 아니면 으깬 감자 사이에 다진 고기를 채워 넣고 케이크라고 우길까? 맨 위는 쇠똥으로 장식하고?"

아빠는 빵틀을 더 세게 두들겨댔다. 그러다 문득 서글픈 눈빛으로 온갖 계량컵과 제빵사 자격증, 각종 대회에 나가 받아온 상장을 차례차례 바라보았다. 가장 사랑하고 가장 잘할 수 있는 일을 더 이상 할 수 없게 된 사람의 슬픔이 고스란히 담긴 눈빛이었다.

두 소년은 계속 걸어갔다. 최종 마감시간이 가까워올수록 상점마다 상품이 점점 비어갔다. 제복을 입은 사람들이 코코아 상자와 초콜릿푸딩 상자를 들고 나와 트럭에 실었다. 모두 어디론가 실려가 폐기될 것이다.

"꼭 금지까지 해야 하나? 물론 단걸 많이 먹으면 치아 건강에 안 좋다는 것쯤은 나도 알아. 하지만 전면 금지라니, 이건 너무해."

헌틀리가 말했다.

"내 말이 그 말이야. 정 걱정이 되면 먹은 다음 곧바로 양치질을 하면 되잖아."

스머저가 맞장구를 쳤다.

"그러게! 무설탕 껌을 씹어도 되고! 그렇게 하는 사람들이 얼마나 많은데."

"그것도 다 옛날 얘기지."

이제는 껌 역시 불법이었다.

"그나저나 이제 치과의사들은 뭐 먹고 사냐?"

"일자리를 잃게 되겠지."

헌틀리가 한숨을 쉬며 대답했다.

두 소년은 늘 헤어지는 길목에 이르렀다.

"스머저, 이제 초콜릿도 없어졌는데 용돈은 어디다 쓰냐? 뭐, 차곡차곡 모아뒀다가 음악 CD를 살 수도 있겠지. 하지만 CD는 들을 수만 있지 먹을 순 없잖아. 초콜릿이라면 들을 수도 먹을 수도 있는데 말이야. 우적우적 씹고 쩝쩝 빨고 꿀꺽 삼키고."

"내 말이 그 말이라니까."

스머저가 고개까지 끄덕이며 맞장구를 쳤다.

"학교 끝나고 바비 할머니 가게에 가서 초콜릿을 구경하는 일도, 딱 하나를 신중하게 골라서 천천히 포장지를 뜯어보는 일도 다 끝나 버렸어. 포장종이를 뜯을 때 들려오는 소리, 은박지를 벗길 때 들려오는 바스락 소리와도 영영 이별이야."

"정말 음악이 따로 없는데."

헌틀리의 뱃속에서 꼬르륵 소리가 들려왔다.

"음악이고말고! 한마디로 귀도 즐겁고 눈도 즐겁고 특히 혀가 즐거운 위대한 음악이지."

스머저가 말했다.

두 소년은 서로의 눈을 들여다보았다. 순간 울컥하는 감정이 솟구쳤다.

"소용없어. 빨리 잊는 게 좋겠어. 자꾸 생각하면 마음만 괴로워지니까."

헌틀리의 체념에 스머저가 침통하게 대답했다.

"하긴 그래."

그때 한 남자가 옆을 지나갔다. 후덕한 인상을 풍기는 그 남자는 아무나 붙들고 뭐가 건강에 좋은지 설교를 늘어놓는 일을 무척이나 좋아하는 것 같았다. 재킷의 옷깃에는 국민건강당의 머리글자와 당 로고가 박힌 배지가 자랑스럽게 달려 있었다.

"오호, 여기 착한 아이들이 있구나."

남자가 선심을 쓰듯이 말을 걸어왔다.

"설마 여기서 말썽을 피우고 있는 건 아니겠지? 다들 오늘의 선행 활동은 마친 거냐?"

헌틀리와 스머저는 고개를 끄덕였다. 솔직히 둘 다 아무런 선행도 하지 않았다. 과연 뭐가 선행인지 알 수 없었기 때문이다. 스머저는 언젠가 선행활동이란 남을 성가시게 하는 것이고 남에게 자기 의견을 마구잡이로 강요하는 일에 다름 아니라고 아빠가 말하는 걸 들은 적이 있었다.

"좋아, 좋아. 그럼 우리 당의 예절서약도 지켰겠구나?"

"그럼요."

헌틀리와 스머저는 최대한 예의 바르게 대답했다. 남자는 흡족하다는 듯 환하게 웃고는 가던 길을 갔다.

예절서약 역시 국민건강당의 작품이었다. 만 5세가 넘은 아이들은 모두 예절서약을 엄수하고 하루에 한 가지 이상의 선행활동을 하도록 권고받았다. 그러나 사실은 강제나 마찬가지였다. 모든 아이가 임신 중인 어머니들에게 자리를 양보하고 수업 중에 휴대전화로 문자메시지를 보내지 않겠다는 예절서약에 서명했다.

스머저는 예절서약에 서명할 때 등 뒤에서 손가락을 꼬아 십자가 모양을 만들면서 살짝 용서를 구했다. 나중에 들은 이야기지만 헌틀리도 똑같은 행동을 했다고 한다. 당시 헌틀리는 이렇게 말했다.

"내가 예절을 안 지키는 건 아니지만 지키지 못할 수도 있는 약속을 억지로 할 수는 없잖아. 늘 예절을 지키려고 노력하겠지만 우연이라도 가끔씩은 무례하게 굴 수도 있으니까."

이보다 더 솔직하고 옳은 말은 없었다.

두 사람은 이제 갈림길에서 각자의 길로 가야 했다. 스머저가 내일 보자는 말을 하려고 입을 여는 순간, 낯선 무언가가 시선을 잡아끌었다. 무언가가 도로를 따라 다가오고 있었다. 한 번도 본 적이 없는 기이한 물체였다.

# 2장
## 초콜릿 탐지차

●●●

헌틀리도 그것을 뚫어져라 쳐다보았다. 어디서 본 것 같기도 하고 난생처음 보는 것 같기도 했다. 분명히 무언가를 닮았는데 그게 뭔지조차 떠오르지 않았다.

커다랗고 육중한 차량이 도로를 따라 내려오고 있었다. 큼직한 회전 솔을 달고 도로변 하수구를 청소하는 거대한 기계차처럼 생겼지만 분명히 청소용 차량은 아니었다.

차량의 유리창이 모두 거울처럼 사물을 반사하는 검은색 유리로 덮여 있었다. 안에서는 밖을 볼 수 있지만 밖에서는 안이 전혀 보이지 않는 구조였다. 운전수와 그 옆에 탄 사람의 어렴풋한 형체만 검은 윤곽으로 보일 뿐이었다. 한마디로 위협적이고 불길한 느낌의 차량이었다.

"저기 지붕 위를 봐."

스머저가 가리킨 차량 지붕에 위성수신기처럼 생긴 커다란 원반이 달려 있었다. 원반은 우뚝 솟은 소형 탑 위에 매달려 끊임없이 원을 그리며 회전하고 있었다. 차량이 천천히 도로를 움직이는 동안 이 원반은 마치 줄기 끝에 달린 거대한 감시용 눈처럼 집요하게 뭔가를 탐색하고 있었다. 여차하면 머릿속의 생각까지 캐낼 기세였다. 잘못한 게 아무것도 없는데 바라보기만 해도 괜한 죄책감을 느끼게 만드는 기계였다.

헌틀리는 드디어 이 차량을 어디서 본 적이 있는지 생각해냈다. 아주 오래전 집 앞을 스쳐 지나간 적이 있었다.

"엄마! 저것 좀 보세요! 군용트럭 같은 게 지나가요."

헌틀리의 호들갑에 엄마가 창밖을 내다보고 웃음을 터뜨렸다.

"괜찮아, 헌틀리. 우리 집에는 있으니까 걱정 안 해도 된단다."

"우리 집에 뭐가 있는데요?"

"텔레비전 허가증. 저건 텔레비전 탐지차란다. 집집마다 텔레비전 허가증을 구입했는지 확인하는 기계야. 맨 위에 원반 보이지? 저게 돌아가면서 가정마다 텔레비전이 있는지 찾아본단다. 탐지기가 텔레비전을 찾아냈는데 컴퓨터에 허가증 구입 내역이 없으면, 그때는……."

"그때는요?"

"뭐, 곤란한 일이 생기겠지. 탐지차가 멈춰 서서 집 문을 두드리고 안으로 들어올 수도 있고."

"집 안으로 들어온다고요? 텔레비전 허가증이 있는지 없는지 확인하려고 저런 차가 집으로 들어와요?"

"아마 집 문을 부수고 쳐들어올 수도 있을 거야."

"문을 부순다고요? 와! 그러다 착오였다는 게 밝혀지면요? 기껏 문까지 부수고 쳐들어갔는데 텔레비전 허가증이 발견되면요?"

"뭐, 그렇다면 사과를 하고 문을 고쳐주고 다시 가던 길을 가겠지."

"만약에 허가증이 없으면요?"

순간 엄마의 얼굴이 꽤 심각하게 굳어졌다.

"허가증이 없으면 법정으로 끌려갈 수도 있고 엄청난 벌금을 물어야 할지도 몰라. 감옥에 갇힐 수도 있지만, 뭐 그렇게까지 심하게 하겠니?"

"감옥에 갇힌다고요! 세상에! 텔레비전 허가증 하나 없다고 감옥에 간다고요? 흠, 그래도 엄마는 너무 걱정 마세요. 제가 면회는 꼬박꼬박 갈게요."

"그 지경까지 가기야 하겠니? 이 엄마는 매년 신중하게 텔레비전 허가증을 구입하고 있으니까 너야말로 너무 걱정하지 마."

엄마가 빙그레 웃으며 말했다.

"그런데요, 감옥에 가서도 텔레비전을 볼 수 있을까요?"

"감옥에서? 아마 그럴걸?"

"그럼 감옥에도 텔레비전 허가증이 있을까요?"

"아마 그럴걸?"

"만약에 허가증이 없으면 감옥에서 일하는 사람들도 모두 감옥에 갇히겠네요?"

하지만 이번에 온 차는 달랐다. 텔레비전 탐지차와 비슷했지만 확실히 달라진 구석이 있었다. 마치 등이 번들거리는 거대한 딱정벌레가 집게발을 앞으로 내밀고 뭔가를 찾으러 기어가는 것 같았다. 순간 지붕 위 원반이 이쪽을 똑바로 가리키면서 차량이 멈춰 섰다. 경광등이 번쩍번쩍 빛을 발하고 사이렌이 커다란 소리로 울부짖기 시작했다. 차문이 벌컥 열리면서 제복을 입은 남자들이 우르르 쏟아져 나왔다. 다들 진압봉을 들고 방탄복과 보안경이 달린 헬멧으로 무장하고 있었다.

"꼼짝 마!"

확성기를 통해 누군가 소리쳤다.

"움직이지 마. 달아날 생각은 아예 접어라. 벽에 바짝 붙어 벽을 보고 서도록. 양손 들고 발 사이 벌리고! 어서!"

몇 발 뒤로 물러서자 차가 더 잘 보였다. 헌틀리는 이들이 새로 생긴 법을 집행하기 위해 꾸려진 특수경찰대라는 사실을 알아챘다. 국민건강당이 거리 질서를 유지하고 법의 준수를 확고히 하기 위해 생각해낸 방법이었다.

탐지차 옆면에 번쩍거리는 노란색 글자로 '초콜릿 탐지차 19호'라고 씌어 있었다. 차 지붕에 붙여놓은 조그만 전광판에는 '초콜릿 발견…… 초콜릿 발견……'이라는 글자가 계속해서 깜빡거리고 있었다.

헌틀리와 스머저는 서로를 바라보았다. 둘 다 혼란과 두려움으로 범벅이 되어 있었다. 두 소년은 지시대로 양손을 번쩍 든 채 텅 빈 벽을 향해 돌아섰다. 불과 몇 센티미터 앞에 벽돌이 보였다. 벽돌 사이 작은 틈새와 조그만 구멍, 시멘트가 벗겨진 자리까지 선명하게 보였다.

"좋아. 이제 천천히 움직인다, 알겠나? 둘 다 주머니 속에 든 걸 모두 꺼내라. 지금 당장!"

뒤쪽에서 웬 묵직한 목소리가 명령했다.

두 소년은 갑작스럽게 움직이지 않으려고 한껏 조심했다. 잘못했다간 전기충격기가 등을 날카롭게 찌를 수도 있으니까. 전기충격기에 찔리면 전류가 통하는 철책을 만졌거나 포르투갈군함해파리에게 쏘였을 때와 비슷한 느낌이 든다는 이야기를 들은 적이 있었다. 하지만 그 강도는 백배가 넘는다고 했다.

두 소년은 주머니를 뒤집었다.

"안에 든 걸 모두 바닥에 내려놔."

역시 시킨 대로 했다. 경찰 한 명이 웅크리고 앉아 전기충격기 끝으로 소지품을 하나씩 찔러가며 검사했다. 방탄복 안에 입고 있는 제복은 우중충한 밤색이었다. 보안경을 쓰고 있어서 눈도 보이지 않았다. 소매에 배지가 달려 있었는데 방패 모양 배지가 깔끔하면서도 뭔가 공적인 느낌을 주었다. 방패 안에는 '특별법 집행을 위한 초콜릿경찰대'라는 금색 글자가 찍혀 있었다. 반대편 어깨에는 계급과 군번을 표시한 기장이 붙어 있었는데 '군번 171 경감'이라고 씌어 있었다.

"국민건강당 소속 초콜릿경찰대야⋯⋯."

헌틀리가 속삭였다.

경감이 고개를 들고 헬멧에 달린 보안경을 들어 올렸다. 얼굴은 동정심이라곤 전혀 찾을 수 없게 딱딱하게 굳어 있었고 은색에 가까운 회색 눈동자는 이상야릇한 금속성을 띠고 있었다. 마치 물고기 비늘이나 금속을 보는 것 같았다.

경감의 손안에서 뭔가가 은빛으로 반짝였다. 손가락 사이에 뭔가를 들고 있었다.

"이건 누구 거지?"

경감이 성난 목소리로 외쳤다.

두 소년은 그 자리에 못 박힌 듯 앞만 보고 서 있었다. 경감이 들고 있는 것은 좀 전에 스머저가 먹고 남긴 초콜릿 은박지였다. 은박지 사이에 쌀알만큼 작은 초콜릿 부스러기가 묻어 있었다.

"당장 말하지 못해!"

스머저가 침을 꿀꺽 삼켰다. 입술이 바싹 타오르고 목구멍은 모래를 삼킨 것처럼 까끌까끌했다.

"제 거예요."

스머저가 기어들어가는 소리로 겨우 대답했다.

헌틀리는 곁에 있는 친구를 위로하고 싶었다.

'걱정 마라, 스머저. 우린 지금 함께 있잖아. 언제나 네 곁에 있어 줄게.'

이렇게 말해주고 싶은 마음이 굴뚝같았지만 정작 눈빛으로 전하는 말은 달랐다.

'나도 무서워 죽겠다!'

경감이 고이 접힌 은박지를 펼쳤다.

"이건 초콜릿 포장지가 아닌가?"

경감은 몰라서 물어보는 게 아니었다. 다만 스머저가 인정하기를 원할 뿐이었다.

"마, 맞아요."

목소리를 떨지 않으려고 한껏 힘을 주었지만 어쩔 수 없이 말을 더듬었다.

"그, 그런 거 같아요."

"그런 거 같다? 그런 것 같다는군."

경감이 차갑게 웃으며 맞받아쳤다.

경찰대원들은 전혀 즐겁지 않은 얼굴로 같이 웃었다. 누가 봐도 윗사람의 농담에 비위를 맞추려는 억지웃음이었다.

경감이 스머저를 향해 돌아섰다.

"이게 포장지라면 그럼 초콜릿은 어디 있지?"

스머저의 눈빛이 크게 흔들렸다.

"아마도, 그게……"

"아마도, 뭐?"

"아마도…… 제가 먹은 것 같아요."

경감이 다시 대원들을 향해 돌아섰다.

"아마도 먹은 것 같다는군."

경감은 놀리듯이 믿을 수 없다는 표정을 지으며 말했다.

"거참 대단하군! 아마도 먹은 것 같다니! 꼬마 녀석이 저지를 수 있는 범위 내에서 가장 심각한 범죄를 저질러놓고 고작 한다는 소리가 뭐 어째? 전혀 잘못했다는 기색이 없잖아? 조금도! 겨우 한다는 소리가 먹은 것 같다니!"

"예. 하지만……."

스머저가 입을 열자, 경감이 버럭 소리를 질렀다.

"닥쳐!"

스머저는 울음이 터져 나올 것만 같았다. 아랫입술이 저도 모르게 파르르 떨려왔다. 하지만 이런 작자 앞에서 눈물을 보이고 싶지는 않았다. 이 사람은 불한당이다. 이런 불한당 앞에서 눈물을 보여 만족감을 안겨주고 싶지는 않았다.

하지만 이제 경감의 관심은 헌틀리에게 돌아갔다.

경감의 손에는 헌틀리가 마지막으로 씹고 간직해둔 껌 포장지가 들려 있었다.

"이건 껌종이예요."

헌틀리는 최대한 침착하고 공손하게 설명했다.

"껌종이라. 충치나 만드는 끈적끈적하고 역겨운 그 껌 포장지란 말이지."

경감이 적당한 거리에서 지켜보고 있는 구경꾼들을 향해 문제의 종이를 들어 보이며 말했다. 고작 껌종이 하나가 이 정도로 소란을 피울 일인지 두 소년은 도무지 이해가 되지 않았다.

"둘 다 입 벌려!"

경감이 소리쳤다.

어리둥절하고 당혹스러웠지만 두 소년은 시킨 대로 입을 벌렸다.

"더 크게 벌려! 거울을 가져와!"

경감이 명령하자 누군가 조그만 치과용 거울을 가져왔다. 경감은 스머저의 입속에 거울을 집어넣고 충치와 치료의 흔적을 찾았다. 탐색을 마친 후 부하가 건네준 살균거즈에 거울을 문질러 닦더니 이번에는 헌틀리의 입속을 샅샅이 검사했다.

"좋아. 일단 충치는 보이지 않는군. 경찰치과의사를 부를 필요는 없겠어. 적어도 오늘은 말이야."

그는 짓궂은 얼굴로 씩 웃어 보였다.

"경찰치과의사라고 들어봤나? 아주 훌륭한 의사지. 마취를 거의 하지 않거든. 마취도 없이 치아에 구멍을 뚫지. 신경까지 닿게 아주 깊숙이."

스머저는 흠칫 어깨를 떨었다. 치과라면 질색이었다. 하지만 헌틀리는 달랐다. 이 정도에 넘어갈 사람이 아니었다.

"우린 아무 잘못도 하지 않았어요. 최종 마감시간은 오후 다섯 시 잖아요."

"마감시간은 내가 정한다. 둘 다 똑똑히 들어라. 너희는 불법물질을 소지하고 있다가 현장에서 붙잡혔다. 초콜릿과 설탕의 흔적이 있는 포장지를 주머니 속에 고이 간직하고 있다가 발각되었다는 말이다. 이 정도면 어떤 처벌을 받는지 아나?"

"아뇨. 우린……."

"재교육수용소로 끌려갈 수도 있어!"

"남아 있던 걸 먹어치웠을 뿐이에요."

헌틀리가 얼른 대답했다.

"새로 산 게 아니에요. 그냥 갖고 있던 걸 없앴을 뿐이라고요. 원래 가지고 있던 걸 먹어치우는 것까지 잘못인 줄은 몰랐어요. 포장지를 갖고 있는 게 잘못인 줄도 몰랐고요."

스머저도 거들었다.

"그냥 기념품 삼아 간직해둘 생각이었다고요."

경감이 금속성의 회색 눈동자로 두 소년을 노려보았다. 어떤 감정도 느껴지지 않는 차가운 눈길이었다. 초콜릿 같은 건 전혀 좋아할 것 같지 않았다. 단것을 좋아하는 사람으로도 보이지 않았다. 오직 시고 쓴 맛만 좋아할 것 같은 사람, 타인의 즐거움을 빼앗는 걸 인생의 유일한 낙으로 삼고 사는 사람 같았다.

"좋다. 한눈에 봐도 너흰 그냥 애송이다. 난 피라미 새끼 따윈 잡지 않아. 내가 쫓고 있는 건 불법으로 초콜릿을 거래하는 놈들, 몰래 사탕을 쟁여놓는 놈들이지. 초콜릿 암거래상, 초콜릿 비밀제조업자, 뭐라고 부르든 지하에서 몰래 단걸 만들어 유통시키는 자들이지. 멀쩡한 목제품에서 언젠가는 벌레가 기어 나오듯이 조만간 놈들도 밖으로 튀어나올 수밖에 없겠지. 하지만 조심해라. 한 번만 더 초콜릿 부스러기나 캐러멜 사탕 따위를 주머니에 넣고 다니다 적발되면 영영 햇빛 구경을 못 하게 만들어줄 테니까. 알겠나?"

"예, 알겠습니다."

헌틀리가 고개를 끄덕였다.

"넌? 네 녀석은 머리에 구멍이라도 뚫린 게냐?"

경감이 스머저에게 윽박질렀다.

"알아들었어요. 알았다고요."

스머저가 중얼거렸다.

"이제 가도 좋다. 앞으로 다시는 내 눈에 띄는 일이 없길 바란다."

경감이 부하들을 이끌고 돌아가자 초콜릿 탐지차가 다시 도로 위를 천천히 움직이기 시작했다. 맨 위의 원반도 서서히 돌아가기 시작했다.

헌틀리와 스머저는 멀어져가는 탐지기를 바라보았다.

"다시는 마주치고 싶지 않은 사람이야."

그러나 언제나 상황은 마음먹은 대로 흘러가주지 않았다.

# 3장
## 바비 할머니

● ● ●

난데없는 소동에 충격을 받은 스머저와 헌틀리는 헌틀리의 집 쪽으로 함께 조금 더 걷기로 했다. 상점가를 지나가는데 초콜릿경찰대 소속 밴과 화물트럭 여러 대가 가게와 슈퍼마켓 앞에 서 있는 게 보였다. 국민건강당 소속 경찰 특유의 밤색 제복을 입은 대원들이 익숙한 상표가 붙은 상자들을 무장한 밴 옆으로 운반하고 있었다.

"앗, 저건 마르스 초콜릿이잖아. 저 정도 양이면 초콜릿 탐지기가 완전히 날뛰겠다."

스머저가 한숨을 푹 쉬며 말했다.

"캐드버리 플레이크 초콜릿도 있어."

헌틀리가 고개를 끄덕이며 말했다.

"아, 롤로스다. 내가 좋아하는 건데."

"캐러멜 사탕도 잔뜩 쌓여 있어."

"저길 봐, 스머저."

헌틀리가 가리킨 곳은 슈퍼마켓 앞이었다. 한 여자 경찰이 무거운 상자를 들고 비틀거리며 나오고 있었다. 상자가 얼마나 무거운지 무릎도 똑바로 펴지 못했다.

"초콜릿 음료까지 가져가나 봐."

"헉, 푸딩도 가지고 나왔어! 당밀도, 조리용 시럽도!"

헌틀리의 말끝이 점점 흐려지고 있었다.

"세상에 시럽까지 가져가다니. 내가 시럽을 얼마나 좋아하는데. 끈적거린다고 싫어하는 사람도 있지만 난 시럽이 정말 좋아. 시럽까지 가져갈 줄은 정말 생각도 못 했네. 대체 세상이 어떻게 돌아가고 있는 거야?"

대원들이 줄을 지어 왔다 갔다 하는 모습을 보자, 스머저는 언젠가 과학박람회에서 보았던 가위개미가 떠올랐다. 가위개미 떼는 각자 잘라낸 나뭇잎 조각을 보금자리까지 끌고 가느라 서로의 꽁무니를 따라 분주히 움직이고 있었다. 밤색 제복을 입고 아무 생각 없이 맡은 일에만 열심인 경찰들의 모습은 그때 보았던 가위개미 떼와 다를 바 없었다.

두 소년은 상점가를 떠나 바비 할머니의 가게로 갔다. 가게 밖에서 바비 할머니가 물건을 실어내고 있는 경찰과 격렬한 말싸움을 벌이고 있었다.

"다 가져가버리면 난 뭘 먹고 살란 말이냐? 그 상자만은 내놔라!"

그러나 경찰은 할머니의 호통은 들은 척도 하지 않고 계속해서 상자를 밴에 옮겨 싣고 있었다.

"이제 뭘 팔며 살란 말이냐? 이게 너희들이 말하는 국민건강이
냐? 국민의 생계수단을 빼앗는 게 국민을 위한 일이라고? 그동안 꼬
마들한테 사탕과 초콜릿을 팔아서 먹고살았는데 이제 뭘 팔란 말이
냐?"

경찰대원이 '건강과자'라는 상표가 붙은 상자 하나를 가져왔다.

"이제부터 이걸 파시면 됩니다, 부인. 아, 그리고 신체건강뿐만 아
니라 정신건강도 중요한 법이니까 지금부터 '국민건강만화'를 파십
시오. 명탐정 셜록 홈스나 괴도 뤼팽 같은 만화책은 다 치워버리고
이제 새 책으로 바꿔주십시오. 새 시대에 맞는 새로운 만화지요."

경찰대원은 국민건강과자 상자 위에 국민건강만화책 꾸러미를 올
려놓았다.

"우리라고 재미까지 반대하는 건 아니랍니다. 다만 건전하고 선
량한 재미를 추구하자는 거지요."

"아무도 거들떠보지 않는 그런 거 말이냐?"

바비 할머니가 버럭 화를 냈다.

경찰대원은 사탕 몇 상자를 더 밴 뒷자리에 집어던지고 서둘러 문
을 닫더니 운전수에게 외쳤다.

"자! 다음 가게로 이동!"


스머저와 헌틀리는 낑낑거리며 건강과자 상자를 나르고 있는 바
비 할머니를 거들었다. 할머니가 고개를 들고 웃어 보였다. 헌틀리

와 스머저를 만나 안심도 되고 기쁘기도 한 모양이었다.

"아이고, 단골손님이 오셨구먼. 어서 와라, 애들아. 이게 무슨 난리라니? 놈들이 몽땅 털어가버리고 남은 게 거의 없구나."

조그만 가게 안의 선반이 거의 비어 있었다. 특히 계산대 주변이 황량하고 쓸쓸했다. 마치 메뚜기 떼가 몰려와 단것을 닥치는 대로 먹어치우고는 다른 곳을 약탈하러 우르르 몰려가버린 뒤의 풍경 같았다.

"이제 너희한테 팔 게 하나도 없구나. 아무리 장사가 안 되는 날에도 너희 둘은 꼭 우리 가게에 들러 용돈을 쓰고 갔는데. 다들 다이어트를 합네, 몸매가 걱정입네 해도 너희만큼은 확실한 손님이었잖니. 놈들이 내 장사를 완전히 망쳐버렸어. 이제 어떡하면 좋단 말이냐. 아, 그 상자는 창고에 갖다주면 고맙겠구나."

할머니는 주머니에서 화장지를 한 장 꺼내 팽 하고 코를 풀었다.

"너무 노여워 마세요, 바비 할머니. 언젠가는 원상태로 돌아가겠죠. 제아무리 국민건강당이라도 천년만년 해먹겠어요?"

하지만 이렇게 말하는 스머저도 말투에 밴 의혹의 기미까지 완전히 숨길 수는 없었다. 순간 국민건강당이 정말로 천년만년 해먹으면 어떻게 하나 왈칵 두려웠던 것이다. 이렇게 하루하루를 영원히 살아가야 한다면? 하루가 지나고 또 하루가 지나도 여전히 같은 모습이라면?

"좋은 쪽으로 생각하세요, 할머니. 대신 건강과자를 팔면 되잖아요. 아마 잘 팔릴 거예요."

스머저가 창고 바닥에 상자를 내려놓으며 말했다.

헌틀리와 스머저는 창고 안을 둘러보았다. 철제선반 칸칸마다 외국의 과일과 피클이 담긴 유리병, 낯선 상자, 이런저런 통조림과 깡통, 포대 등이 높이 쌓여 있었다.

바비 할머니는 휴지를 똘똘 뭉쳐 휴지통에 던져 넣었다. 노년의 나이와 관절염을 감안하면 꽤 노련한 솜씨였다.

"그래, 새 과자와 간식거리가 있지. 국민건강 초콜릿대용품하고 국민건강 비스킷대용품이 있으니 일단 믿어보기로 하지. 자, 우리 함께 상자를 열어보자꾸나."

할머니가 칼을 가져와 상자 맨 위를 반으로 갈랐다. 헌틀리가 상자에 붙은 제품설명서를 읽었다.

"엄격한 심사를 통과하고 국민건강당이 인증한 정부 공식 과자. 무설탕, 무염분, 무초콜릿 건강과자 여섯 다스. 국민건강 초콜릿대용품에 관한 문의 항시 환영. 주식회사 국민건강 제조. 한번 먹어볼까요?"

바비 할머니가 먼저 초콜릿대용품의 포장을 뜯고 귀퉁이를 조금 뜯어 맛을 보았다. 그러나 할머니의 얼굴에는 아무런 표정도 떠오르지 않았다.

"어때요?"

스머저가 물었다.

"맛이 어떤지는 너희가 먹어보고 말해줘야겠다."

바비 할머니가 말했다.

"제발 내 입맛이 이상한 것이기를 바란다."

할머니는 국민건강 초콜릿대용품 두 개를 더 꺼내 내밀고는 두 소년이 포장지를 벗기는 모습을 골똘히 보았다.

"겉보기엔 그리 나쁘지 않은데요?"

스머저가 말했다.

"그래, 나도 그렇게 생각했어."

할머니가 맞장구를 쳤다.

"겉모습은 초콜릿이랑 똑같아요."

"맞아. 정말 똑같아."

헌틀리도 반색을 하며 동의했다.

"게다가,"

스머저가 초콜릿대용품을 코끝으로 가져가 냄새를 맡아보았다.

"냄새까지 초콜릿이랑 똑같아."

할머니가 슬프고도 딱하다는 표정으로 스머저를 바라보았다.

"아주 조금만 먹어보는 게 어떻겠니?"

"조금만 먹어보라고요? 냄새가 이렇게 좋은데요? 한꺼번에 다 먹어버릴 거예요!"

두 소년은 국민건강 초콜릿대용품을 덥석 입에 물었다. 냄새도 겉모습도 초콜릿과 똑같았지만 초콜릿도 지방도 설탕도 전혀 들어가지 않은 초콜릿대용품이 두 소년의 혀끝에 닿았다.

"아……."

스머저가 신음했다.

"으……."

헌틀리도 입을 열었다.

"그래, 바로 그 맛이지?"

할머니가 다 이해한다는 듯 고개를 끄덕였다.

"우에엑!!!"

스머저가 갑자기 비명을 지르면서 입 안에 든 걸 뱉어낼 자리를 찾아 미친 듯이 주위를 두리번거렸다.

"구역질나요! 정말 형편없어요! 끔찍해! 이건 정말, 우웩이야!"

헌틀리도 끙끙거렸다.

"그래. 내가 느낀 맛이 상상은 아니었던 게야. 화장실은 저쪽이다, 얘들아."

바비 할머니가 조용히 고갯짓을 했다.

스머저가 총알처럼 화장실로 달려갔고 헌틀리도 곧 뒤를 따랐다.

"찾아보면 새 칫솔이 두 개 있을 거야. 박하맛 치약도 있단다."

할머니가 뒤에 대고 외쳤다.

좁은 화장실에서 미친 듯이 양치질하는 소리가 들려왔다. 잠시 후 두 소년이 화장실 밖으로 나왔다.

"그래, 너희 같으면 용돈을 털어 저 국민건강 초콜릿대용품을 사 먹을 테냐?"

할머니가 물었다.

"아뇨, 절대로요! 차라리 살충제를 사고 말겠어요."

스머저가 말했다.

"내 말이 그 말이다."

바비 할머니도 맞장구를 쳤다. 그러고는 경찰이 두고 간 국민건강 만화를 한 부 집어 들었다.

"이건 또 어쩌려나?"

"청소년선도단 토머스와 티나의 건전하고 즐거운 모험."

헌틀리가 만화를 소리 내어 읽었다.

"오늘 토머스와 티나는 치실 사용법을 배우려고 치과에 갔어요."

헌틀리는 만화를 읽다 말고 투덜거렸다.

"욱. 이 만화책도 돈 주고 살 것 같지는 않아요, 할머니. 죄송하지만 정말 제 취향이 아닌걸요. 치실로 누군가의 목을 조르는 이야기라면 모를까, 이건 정말……."

"그래, 너희 잘못은 아니지. 그래도 고맙다. 너희는 정말 최고의 손님이었는데 앞으론 지금처럼 자주 보지 못하겠지?"

"할머니 뵈러 자주 올게요."

헌틀리가 약속했다.

"정말 고맙다. 그럼 또 보자꾸나."

바비 할머니가 작별인사를 건넸다.

두 소년이 가게를 나가자 문 위에 달아놓은 종이 짤랑 소리를 내며 울렸다. 바비 할머니는 계산대 뒤 의자에 앉아 혼자서 오래도록 다음 손님을 기다렸다.

# 4장
# 초콜릿을 폐기하라
●●●

스머저와 헌틀리는 헤어져 각자 집으로 향했다. 초콜릿경찰대가 집집마다 돌아다니며 먹지 않고 남겨둔 사탕이나 초콜릿이 있으면서 내놓으라고 요구하고 있었다. 그러나 아예 문을 열어주지 않는 집도 있었다. 그들은 가족이 다 함께 부엌에 모여앉아 남은 사탕과 초콜릿을 마구 먹어치우고 있었다. 부모는 비스킷 통마다 뚜껑을 모두 열어놓고 "딱 하나만 먹는 거야"나 "너무 많이 먹으면 배탈 난다" 같은 말을 전혀 하지 않았다. "먹을 수 있을 때 얼른 몰아넣어! 이건 우리한테 허락된 마지막 기회야!" 같은 말만 했다. 곳곳에서 사람들이 완벽한 돼지의 모습을 연출하고 있었다.

스머저의 동네에서도 경찰대원 한 명이 옆집 현관문을 마구 두드리고 있었다. 스머저는 걸음을 멈추고 경찰대원이 문 위의 우편함 구멍에 입을 대고 마구 고함치는 모습을 지켜보았다.

"없는 척해도 소용없다! 안에 있는 거 다 알고 있다. 최종 마감시간이 지났으니 남은 초콜릿을 전량 회수하겠다! 말을 듣지 않으면 당장 문을 부수고 진입하겠다!"

그는 다른 대원에게 고개를 까딱하며 준비태세를 갖추라는 신호를 보냈다.

"열을 셀 때까지 문을 열지 않으면 공권력을 투입하겠다. 하나! 둘! 셋! 넷! 다섯! 여섯! 일곱! 여덟! 아홉!"

그때 문 안쪽에서 소리가 들려왔다. 잠시 후 우편함 구멍을 통해 작고 납작한 초콜릿이 세상 밖으로 나왔다. 경찰은 미심쩍은 얼굴로 초콜릿을 받아들었다.

경찰은 다시 우편함 구멍을 들여다보았다. 잔뜩 겁을 먹은 두 눈동자가 보였다.

"비스킷은?"

경찰대원이 윽박질렀다.

"비스킷이라뇨? 아니, 무슨 근거로 비스킷이 있다는 겁니까?"

항변하는 목소리가 떨리고 있었다.

스머저는 다시 집을 향해 걸음을 옮겼다.

잠시 후 사탕과 초콜릿을 회수하는 장소가 나왔다. 선량한 시민들이 자진해서 여자 경찰에게 사탕과 초콜릿을 가져다주고 있었다. 경찰은 시민들에게서 회수한 단것들을 모두 폐기하기 위해 처리기에 집어넣었다. 처리기 안에서 톱니바퀴가 돌아가는 소리와 뭔가가 갈리는 소음이 들려왔다. 뭐든 처리기에 집어넣는 즉시 갈리고 으깨져 걸쭉한 물질이 되어 빠져나왔고 곧바로 연결되어 있는 쓰레기통에 떨어졌다.

회수 장소 앞에 긴 줄이 섰다. 국민건강당을 지지하는 이들이 이렇게 많았다니, 인생의 소박한 즐거움을 기꺼이 포기하고 절제생활과 도덕적 우월감이라는 내면의 기쁨을 추구하는 이들이 이렇게 많았다니, 그저 놀라울 따름이었다. 그러나 여기 모인 사람들이 모두 국민건강당을 지지한다고 볼 수만은 없으리라. 상당수는 그저 법은 지켜야 한다고 믿는 사람들, 문제를 일으키고 싶지 않아서 시키는 대로 할 뿐인 사람들이었다.

한 여자가 떳떳하고 다소 거만한 얼굴로 초콜릿을 내밀었다.

"이거 가져가세요!"

여자의 당당한 목소리에 메스꺼운 자만심이 가득 배어 있었다.

"당장 없애버려요! 저것들하고 영영 이별이라니 속이 다 시원하네. 설탕 과다섭취가 인류에게 가져올 수 있는 충치나 당뇨도 이젠 더 이상 걱정할 필요가 없겠죠? 눈앞에서 사라지면 먹고 싶다는 유혹도 생기지 않을 테니까."

"감사합니다, 부인. 훌륭한 자세, 훌륭한 정신을 보여주셨어요. 다음!"

경찰이 여자를 치켜세웠다.

젊은 부부가 아이들을 데리고 경찰 앞에 섰다. 어린 남자애와 여자애가 불안해하는 모습을 보니 헌틀리도 오싹한 기분이 들었다.

어떻게 저럴 수가 있지? 헌틀리는 도무지 이해할 수 없었다. 어떻게 마지막 남은 초콜릿까지 넘겨줄 수가 있지? 그것도 자발적으로? 몸부림도 안 치고 저항도 안 하고 어떻게? 그러나 그런 일들이 눈앞에서 버젓이 벌어지고 있었다.

"어서 오세요, 부인. 와삭와삭 사과 드세요."

경찰대원이 말했다.

"안녕하세요?"

아이 아빠가 빙그레 웃으며 인사했다.

"즙이 많은 오렌지 드세요. 저희 가족도 초콜릿을 가져왔습니다. 초콜릿케이크예요. 비스킷도 한 봉지 있고요."

남자가 가져온 것들은 곧장 처리기로 들어갔다. 톱니가 돌아가면서 케이크와 비스킷을 마구 으깨더니 곧장 죽 같은 덩어리가 쓰레기통에 퐁당 떨어졌다.

"저희 아이들도 직접 들고 온 게 있어요."

이번에는 아이 엄마가 말했다.

"샘, 제니. 엄마 아빠가 뭐라고 했지? 여기 친절하신 경찰대원님께 초콜릿 주머니를 드리려무나."

아이 엄마는 한껏 부드러운 목소리로 말했다.

제니가 꼭 움켜쥐고 있던 초콜릿 주머니를 내밀었다.

"이건 내 초콜릿이에요. 할머니가 주셨어요. 하지만…… 이젠 안 먹을래요. 몸에 나쁘니까요."

제니는 크게 한 번 숨을 들이쉬고는 초콜릿 주머니를 경찰에게 주었다. 하지만 샘은 여전히 주머니를 단단히 움켜쥐고 있었다.

"샘, 엄마가 어떻게 말해야 한다고 했지?"

엄마가 채근했다.

"제 초콜릿을 가져가세요. 저는…… 음, 저는 초콜릿이 없으면 더 좋아요."

샘은 경찰의 손에 초콜릿 주머니를 떠안기며 말을 더듬었다.

"가져가세요. 어서 폐기해주세요."

하지만 샘은 같은 말을 되풀이하면서 흐느꼈다.

경찰대원이 샘의 어깨를 꼭 감싸 쥐며 말했다.

"잘했다, 애야."

경찰은 아이의 부모를 향해서도 말했다.

"아이들을 정말 잘 키우셨군요."

하지만 경찰이 초콜릿을 처리기에 집어넣자 샘이 갑자기 울부짖기 시작했다.

"내 초콜릿! 내 초콜릿이야! 내 초콜릿 돌려줘!"

제니가 샘의 팔을 붙들고 달랬다.

"울지 마, 샘. 씩씩하게 굴어야지."

아이 엄마는 당황스러워 얼굴이 빨갛게 달아올랐다.

"죄송합니다. 애가 아직 어려서 뭘 몰라 그러는 겁니다."

엄마는 경찰에게 연방 고개를 숙여 사과했다.

"괜찮습니다, 부인. 앞으로 차차 배워가겠죠. 아이들은 건강을 위해 무엇이 좋은가를 깨닫는 데 원래 시간이 조금 걸리기 마련이잖아요. 아직도 혼자 자기 싫다고 눈물을 보일 나이니까요. 하지만 진정 아이를 생각한다면 부모가 마음을 모질게 먹어야 한답니다."

헌틀리는 더 이상 바라보고 있을 수만은 없어서 얼른 발걸음을 돌려 집으로 향했다.

국민건강당이 국민을 위해 벌이는 행동이 이러하다면 과연 어떤 점이 사람들을 위한다는 것인지 헌틀리는 궁금했다.

이상한 건 사실 국민 대다수가 국민건강당에게 표를 주지 않았다는 점이었다.

"이해가 안 돼요, 엄마."

집에 돌아온 헌틀리는 엄마에게 물어보았다.

"대다수 국민이 원하지 않은 사람들이 어떻게 선거에서 승리하고 또 집권할 수 있어요?"

엄마는 잠시 생각을 해보더니 분명한 어조로 말했다.

"그건 정치적 무관심 때문이란다, 헌틀리."

헌틀리는 정치적 무관심이 무슨 뜻인지 정확히 알 수 없었다.

"한마디로 게을러빠졌다는 소리야. 너무도 많은 사람들이 단지 투표소까지 가는 게 귀찮아서 투표를 하지 않았다는 뜻이지. 내가 아니더라도 다른 사람이 반대표를 던져주겠지, 나까지 성가시게 나설 필요가 있겠어? 뭐, 이런 태도란다. 그런데 알고 보면 나 말고 다른 사람들도 똑같이 생각하고 투표를 하지 않은 거지. 무슨 말인지 알겠니?"

"조금은요."

하지만 헌틀리는 여전히 무슨 말인지 잘 이해되지 않았다.

"그런 걸 뭐라고 부르는데요?"

"민주주의."

엄마가 대답했다.

"마음에 들든 안 들든 지금은 국민건강당이 집권했단다. 이들은 앞으로 5년 동안 정부를 차지하게 되었고 반대의견도 표결을 통해 이길 수 있게 되었어. 그러니 그들이 초콜릿은 몸에 나쁘다고 말하면 나쁜 거야. 더 이상 설탕을 먹어서는 안 된다고 말하면 먹어서는 안 되는 거지. 그게 법이란다. 농성시위나 가두행진으로는 변화를 불러올 수 없어."

"하지만, 엄마. 초콜릿을 조금 먹는 게 그렇게까지 나쁜 일인지는 잘 모르겠어요."

"엄마도 그래. 이 엄마가 알고 있는 건 이 세상엔 다른 사람들을 위해 무엇이 옳은지 알고 있다는 생각에 이건 해라, 이건 하지 마라, 이렇게 살아라, 남들에게 설교하는 걸 너무나 좋아하는 사람들이 많다는 거야. 이들은 자기가 알고 있는 길만이 유일하게 올바른 길이라고 생각하기 때문에 자기 생각을 조금도 의심하지 않는단다."

스머저의 동네에도 집에서 불과 몇 미터밖에 떨어지지 않은 맥켄지 씨 집 앞까지 초콜릿경찰대가 와 있었다. 경찰대는 도시를 점령한 군대처럼 움직이고 있었다. 이제 경찰대원이 스머저의 집을 향해 다가가고 있었다. 하지만 스머저의 집에는 회수당할 초콜릿이 없었다. 남은 건 식구들이 벌써 먹어치웠을 것이다.

'아니야. 남아 있을 수도 있어.'

스머저의 머릿속에 불현듯 떠오르는 게 있었다. 큼지막한 토블론 초콜릿! 마이크 삼촌이 스키를 타러 스위스에 다녀오는 길에 공항면 세점에서 선물로 사다 준 초콜릿이었다. 정말 어마어마하게 컸다. 스머저는 그렇게 큼직한 토블론 초콜릿은 본 적이 없었다.

"모두를 위한 선물이니 공평하게 나눠 먹어야 한다."

삼촌은 이렇게 말했었다.

하지만 엄마가 토블론을 뺏어 손이 닿지 않는 찬장 맨 위에 올려 두었다. 그냥 봐서는 초콜릿이 보이지 않는 높이였다.

"눈에서 멀어지면 마음에서도 멀어지는 법! 너희는 요즘 초콜릿을 너무 많이 먹었어."

하지만 며칠이 지나도 토블론 초콜릿은 마음에서 멀어지지 않았다. 스머저는 부엌에 혼자 남게 되면 몰래 의자 위로 올라가 초콜릿이 손에 닿는지 확인해보기도 하고 먹을까 말까 망설이기도 했다. 그런데 몇 주가 지나지도 않아 믿을 수 없는 일이 벌어지고 말았다. 정말로 토블론 초콜릿의 존재를 까맣게 잊어버린 것이다. 다른 식구들도 마찬가지였다.

초콜릿경찰대가 휴대용 초콜릿 탐지기를 어깨에 메고 길을 따라 움직이고 있었다. 엄청나게 크고 통통하고 혀끝에 살살 녹아내리는 맛이 환상적인 토블론 초콜릿은 탐지기의 눈을 피할 길이 없을 것이다. 포장지를 뜯어보지도 못한 채 곧장 처리기로 들어가 걸쭉한 덩어리가 되어 쏟아져 나오겠지. 아, 맛도 못 본 초콜릿이 쓰레기로 변한다니.

하지만 만약에…….

스머저는 달리기 시작했다. 죽을힘을 다해 달렸다. 핏줄마다 피가 빠르게 요동쳤다. *서둘러야 한다. 경찰보다 먼저 도착해야 한다.* 스머저는 여러 집 대문을 지나고 울타리와 담장을 지나고 주차된 자동차들을 지나 드디어 초콜릿경찰대의 밴을 앞질렀다.

"어이! 어디 불이라도 났냐?"

경찰대원 한 명이 소리쳤다.

스머저는 미끄러지듯이 집 대문을 지나 곧장 부엌으로 들어가는 뒷문을 쾅 소리가 나게 열어젖히고 돌풍처럼 집 안으로 들이닥쳤다. 아빠 론은 식탁에 앉아 다음날 주문받은 빵 목록을 검토하고 있었다. 엄마는 식기세척기에 그릇들을 집어넣고 있었고, 동생 카일리는 앞치마를 두르고 자기만 알아볼 수 있는 그림을 그리고 있었다.

"스머저! 운동화에 묻은 진흙은 털고 와야지!"

엄마가 고함을 쳤다.

스머저는 문 앞에 서서 가쁜 숨을 몰아쉬며 거리 쪽을 가리켰다.

"경찰이 와요. 초콜릿경찰대요! 우리 집으로 오고 있어요."

아빠가 한숨을 푹 쉬었다.

"그래, 안다. 벌써 한 시간째 저러고 있는걸."

스머저는 숨을 헐떡이며 겨우 말을 토해냈다.

"그런데, 헉헉, 우리가, 헉헉, 잊어버리고 있었어요."

스머저는 팔을 들어 찬장 맨 위를 가리켰다.

"헉헉, 저거요. 헉헉, 토블론요."

엄마와 아빠 모두 깜짝 놀라서 서로의 얼굴을 쳐다보았다. 카일리는 계속 그림을 그리며 물었다.

"토브롬이 뭐야, 오빠?"

"토브롬이 아니라 토블론! 초콜릿 말이야!"

스머저의 입에서 '초콜릿'이라는 말이 튀어나오자마자 누군가 현관문을 쾅쾅 두드리며 고막이 찢어져라 초인종을 울려댔다.

"경찰이야! 그들이 왔어!"

아빠가 벌떡 일어나 번개처럼 찬장 쪽으로 의자를 끌고 갔다. 찬장 맨 위를 손으로 더듬자 거대한 토블론 초콜릿이 나왔다. 식구들이 까맣게 잊고 있었던 큼직하고 맛있는 토블론 초콜릿이었다.

"어서 먹어치우자!"

"하지만 여보, 경찰이 문 앞에 있어요!"

엄마가 말렸다.

"그깟 놈들이 무슨 상관이야. 어서 먹어버리자구."

아빠의 눈이 번들거렸다.

잠깐 동안이지만 스머저의 머리가 분주하게 돌아갔다. 엄마는 위험하니까 안 된다고 할 거야. 당장 문을 열고 경찰에게 초콜릿을 넘겨줘야 한다고 주장할 거야. 그래야 별 탈 없이 넘어갈 테니까.

그러나 엄마는 이렇게 말했다.

"좋아요. 하지만 빨리 먹어야 해요."

아빠가 양손으로 토블론 초콜릿을 붙잡고 두 동강 냈다. 마치 철봉을 구부리는 서커스 차력사 같았다. 아빠는 동강 난 초콜릿을 다시 반으로 잘랐다.

"자, 각자 4분의 1씩 먹는 거야. 이러면 똑같이 나눠먹는 셈이지."

"하지만 오빠 4분의 1이 내 4분의 1보다 더 커."

카일리가 볼멘소리를 했다.

"이 바보야. 4분의 1이면 다 똑같은 4분의 1이지 어떻게 하나가 더 클 수 있냐? 그럼, 네가 내 걸 먹어."

스머저는 자기 몫을 카일리의 것과 바꿔주었다.

네 사람은 엄청난 속도로 초콜릿을 씹고 또 씹었다. 하지만 입 안에 퍼지는 초콜릿 맛은 최대한 천천히 음미했다.

문 두드리는 소리가 점점 커지고 있었다. 초인종이 울렸다. 한 번, 두 번, 세 번. 그러고는 소리가 멈췄다.

스머저의 가족은 계속 초콜릿을 씹었다. 현관문을 두드리는 소리도 초인종 소리도 더 이상 들리지 않았다. 대신 문 밖에서 사람들 목소리가 들리더니 집 옆쪽에서 묵직한 발소리가 들려왔다.

'집 뒤쪽으로 돌아오고 있어.'

스머저는 생각했다.

이제 토블론은 세 조각이 남았다.

"아까 웬 꼬마 녀석이 뛰어 들어간 집이다."

어느 경찰대원의 말이 들렸다.

"집 안에 틀림없이 사람이 있어. 탐지기를 작동시켜."

스머저는 초콜릿 한 조각을 입 안에 넣었다. 속도가 빠른 아빠는 이제 한 조각이 남았고 엄마는 두 조각, 카일리는 세 조각, 아니 두 조각이 남았다. 카일리는 어리지만 초콜릿 먹는 데는 선수였다.

바깥에서 굉음이 들려오기 시작했다. 초콜릿 탐지기가 드디어 행동을 개시한 것이다. 방사능 탐지기가 돌아갈 때처럼 웅웅거리는 소리가 났다.

"집 안에 초콜릿이 있다. 뒷문으로 들어가자."

경찰대원의 목소리였다.

스머저는 또 한 조각을 입 안에 우겨 넣고 번개처럼 뒷문으로 달려가 빗장을 지른 뒤 다시 식탁으로 돌아왔다.

"빨리, 빨리 먹어라."

아빠가 속삭였다.

다들 기계처럼 열심히 위아래로 턱을 움직이며 초콜릿을 씹었다. 분주하게 씹고 삼키고 씹고 삼켰다.

"문 열어!"

명령조의 목소리가 들려왔다. 누군가 부엌문의 반투명 유리창을 주먹으로 두들겨댔다.

"안에 초콜릿이 있다는 거 다 알고 있다! 최종 마감시간이 지났다! 어서 문 열어!"

이제 한 조각이 남았다. 카일리의 몫이었다.

"카일리, 어서 네 방으로 가지고 가렴."

엄마가 속삭였다.

카일리는 마지막 남은 토블론 조각을 들고 얼른 부엌을 나갔다.

엄마는 초콜릿 포장지를 휴지통에 버렸다.

"마지막 경고다! 문을 열지 않으면 부수고 들어가겠다!"

경찰대원이 잔뜩 화가 난 목소리로 외쳤다.

"알겠소! 갑니다, 가요! 대체 웬 소란이오?"

아빠가 빗장을 풀고 문을 열었다. 경찰대원이 초콜릿 탐지기를 끄자 굉음이 사라졌다. 아빠는 고개를 까딱하며 인사를 건넸다.

"안녕하십니까, 선생님들. 그런데 무슨 일이신가요?"

대원들은 몹시 화가 난 모습으로 거침없이 부엌으로 밀고 들어왔다. 거구의 사내들이 들어서자 부엌이 터무니없이 작아 보였다. 결코 체구가 작다고 볼 수 없는 스머저의 아빠마저 왜소하고 초라해 보였다.

"집 안에 초콜릿이 있다는 걸 다 알고 있소. 우리 탐지기는 단 한 번도 틀린 적이 없소."

계급이 높아 보이는 경찰이 단호하게 말했다. 하지만 아빠도 호락호락 물러나지 않았다.

"초콜릿이라뇨. 뭔가 착오가 있으셨던 모양입니다."

"우린 착오 따윈 하지 않소."

"그럼, 한번 찾아보시든가. 찾아서 나오면 가져가시죠."

상관이 부하에게 뭐라고 속삭였다. 부하가 다시 초콜릿 탐지기를 켜자 이번에는 아무 소리도 들리지 않았다. 탐지기는 거의 모든 곳의 초콜릿을 찾아낼 수 있었지만 납으로 감싸거나 뱃속으로 들어가 살과 피로 감싼 상태일 경우에는 찾아내지 못했다.

"고장이 났나? 오작동을 한 모양이로군."

경찰은 어쩔 수 없이 인정했다. 그러나 그가 휴지통 옆을 스쳐 지나가는 순간 탐지기가 작동을 시작했다. 그는 휴지통 뚜껑을 열고 그 속에 든 토블론 초콜릿 포장지를 꺼냈다.

"이건, 뭐지?"

스머저의 아빠는 아무것도 모르겠다는 듯 순진한 표정으로 경찰을 바라보았다.

"다 먹고 버린 껍질이잖아요."

경찰은 결국 아무것도 찾아내지 못했다. 대원들이 집 밖으로 나가려는데 카일리가 이층에서 계단을 내려왔다. 경찰을 보고 환하게 웃는 카일리의 하얀 이에 갈색 초콜릿이 잔뜩 묻어 있었다. 입 주위도 온통 초콜릿 범벅이었다.

하지만 아무리 초콜릿경찰대라고 해도 그 정도의 양을 가지고 어린 카일리를 끌고 갈 수는 없었다. 국민건강당이 그렇게까지 사악한 건 아니었다. 사실 여러 가지 측면으로 따져보면 국민건강당의 의도 자체는 나쁘다고 말할 수 없었다. 다만 지나치게 최선을 향해 달려가고 있을 뿐이었다. 이런 경우를 두고 스머저의 아빠가 즐겨 하는 말이 있었다.

"지옥으로 가는 길은 언제나 선의(善意)로 포장되어 있다."

# 5장
## 조촐한 점심식사

● ● ●

아침이 밝았다. 식탁 위에는 벌써 오렌지주스가 차려져 있었다. 헌틀리의 엄마는 아침 일찍부터 진료 일정이 잡혀 있었다. 엄마는 대부분의 의사들처럼 오랜 시간 일했고 진료실에서 환자를 만나지 않을 때는 종종 왕진을 다녔다. 엄마는 커피를 홀짝이며 자리에 앉아 오후 일정을 정리하고 있었다.

헌틀리와 엄마가 서로 아빠에 대한 이야기를 하는 일은 거의 없었다. 처음에는 거의 매일 아빠 이야기를 했다. 하지만 지금은 대화 속에서보다 생각과 추억 속에서 아빠를 만나는 일이 훨씬 많았다.

헌틀리는 한동안 엄마를 원망했다. 엄마와 이 세상을 향해 불같이 화를 내기도 했고 맹렬한 미움을 품기도 했다.

"엄마는 의사잖아! 그런데 왜 아빠 병은 고치지 못했어? 왜 아빠를 낫게 하지 못한 거야?"

지금은 최고의 의사라도 도저히 치유할 수 없는 일들이 존재한다는 걸 헌틀리는 알고 있었다. 그래서 아빠 이야기를 많이 하지 않았다. 하지만 한순간도 아빠 생각을 하지 않은 적은 없었다. 살면서 곤란한 일을 만날 때면 한결같은 질문이 떠올랐다.

아빠라면 어떻게 했을까? 아빠라면 어떻게 생각했을까? 아빠라면 뭐라고 말했을까?

헌틀리에게 아빠는 모든 일을 판단하는 기준, 곧 시금석과도 같았다. 아빠라면 국민건강당을 어떻게 생각했을까?

이번 대답은 간단했다.

아빠는 국민건강당을 눈곱만큼도 좋아하지 않았을 것이다.


헌틀리 앞에 그릇이 놓여 있었다. 하지만 헌틀리는 내키지 않는 얼굴로 그릇 안에 든 것을 숟가락으로 쿡쿡 찔러보며 시리얼 포장지를 흘끔 보았다.

'국민건강 아침 시리얼! 정부 승인 상품. 100% 무설탕, 무염분, 무지방!'

맛도 '무'라고 헌틀리는 생각했다. 무지방 우유 속에서 시리얼이 둥둥 떠다니고 있었다. 이런 것들 말고는 먹어도 되는 게 없었다.

"미안해. 가게에서 파는 거라곤 이것뿐이더라."

엄마가 말했다. 그러고는 벽시계를 보더니 자리에서 일어났다.

"네 점심도시락을 싸야겠구나. 뭐 먹고 싶니?"

"단거 없어요?"

엄마는 식탁 위에서 인쇄물을 집어 들었다. '학부모를 위한 점심 도시락 지침서'라는 제목이 보였다. 나라 안의 모든 가정에, 심지어 자녀가 없는 집까지 일제히 배포된 인쇄물이었다.

"자녀의 점심도시락에 단맛을 원할 경우 말린 자두를 추천한다."

엄마가 내용을 읽어 내려갔다.

말린 자두라니. 헌틀리의 뱃속이 꼬이는 것 같았다.

"됐어요, 엄마. 말린 자두는 안 가져갈래요."

엄마가 찬장을 열고 안을 살폈다. 그 속에 전혀 생각지도 못했던 유리병이 있었다.

"어머! 헌틀리! 엄마가 뭘 찾아냈게?"

엄마가 의기양양하게 꿀이 든 유리병을 들어 보였다. 롤빵 한 면에 넉넉히 바를 수 있을 만큼 남아 있었다.

"꿀이다! 와!"

"먹을래?"

"당연하죠!"

순간 헌틀리는 멈칫했다.

"설마 문제가 생기는 건 아니겠죠? 꿀 정도는 가지고 가도 되겠죠? 초콜릿이 아니니까. 하지만……."

"괜찮아. 꿀이 뭐 그렇게까지 나쁜 식품도 아니고, 일일이 돌아다니면서 점심도시락을 검사할 리도 없잖아."

그래, 엄마 말이 맞다. 괜한 걱정이 틀림없다.

"좋아요. 그럼 오늘 점심은 꿀 바른 롤빵으로 할게요."

하지만 여전히 헌틀리의 마음은 편치 않았다.

*아빠라면 이럴 때 어떻게 했을까?*

아무 생각도 떠오르지 않았다. 이 일은 스스로 해결해나가는 수밖에 없을 것이다. 국민건강당이 집권해서 이런 어처구니없는 사태가 벌어질 것을 아빠인들 상상이나 했겠어?

하지만 언제나처럼 대답이 들려왔다. 아빠가 헌틀리를 외면한 적은 단 한 번도 없었다.

*"지금은 조심해야 한다, 헌틀리. 아빠가 해줄 수 있는 말은 이것뿐이구나. 엄마도 마찬가지고."*

"예, 아빠. 그럴게요."

헌틀리는 아빠를 향해 속삭였다.

"헌틀리, 방금 뭐라고 했니?"

엄마가 롤빵에 꿀을 바르다 말고 고개를 들었다.

"아무것도 아녜요."

엄마는 플라스틱 도시락통에 롤빵을 집어넣고 과일과 땅콩 등을 곁들였다. 헌틀리는 숙제와 게임기를 챙겨 넣고 가방을 들었다.

두 사람은 함께 집을 나섰다. 엄마와 헌틀리는 반대 방향으로 가야 했다. 오늘은 학교까지 태워다줄 수가 없었다. 엄마는 헌틀리에게 작별인사로 입을 맞췄다.


스머저는 벌써 운동장에 와 있었다. 헌틀리를 보자마자 손을 흔들며 반기더니 어제저녁 있었던 토블론 사건에 대해 늘어놓기 시작했다. 그때 프랭크 크롤리가 주변을 맴돌고 있는 게 보였다. 오늘은 청소년선도단 제복 대신 다른 아이들과 똑같은 교복을 입고 있었다. 하지만 윗옷 옷깃에는 여전히 말끔한 금색의 청소년선도단 배지가 달려 있었다. 아침 내내 문질렀는지 배지도 구두도 번쩍번쩍 빛이 났다.

헌틀리와 스머저는 프랭키를 피해 자리를 옮겼다. 프랭키는 여기저기 돌아다니며 다른 사람의 이야기를 엿듣는 게 일이었다. 그러나 오늘은 떠드는 아이들이 많지 않았다. 다들 우울하고 슬픈 표정을 짓고 있었다. 수업 시작 전 초콜릿이나 과자를 사 먹는 게 버릇이 된 아이들은 오늘부터 학교 앞 가게에서 아무것도 살 수 없었다. 가게에는 아무도 거들떠보지 않는 국민건강 초콜릿대용품만 잔뜩 쌓여 있었다.

수업이 시작되었다. 오전 시간이 참 더디게 흘러갔다. 다들 무기력하고 피곤해서 수업에 집중하지 못했다.

"스머저."

로스 선생님이 채점을 마친 수학시험지를 돌려주며 말했다.

"너답지 않게 반이나 틀렸구나. 사실 대부분이 반 이상을 틀렸다. 너희들, 오늘 아침에 무슨 일 있었니?"

"혈당이 낮아서 그래요. 오늘은 초콜릿을 못 먹었거든요. 건강 식단 때문에 골병들겠어요."

스머저의 말에 학급 아이들이 일제히 웃음을 터뜨렸다. 하지만 프랭키와 머틀은 웃지 않았다. 프랭키는 옷깃에 꽂은 청소년선도단 배지를 만지작거리며 남들보다 우월해 보이려 애쓰고 있었다.

로스 선생님이 프랭키에게 수학시험지를 건넸다.

"잘했다, 프랭키. 백점이야."

"적절한 식단을 지켜서 그런 거예요. 정부에서 배포한 지침서대로 아침식사를 했거든요. 통밀 토스트와 설탕을 안 넣은 오트밀 죽을 많이 먹었죠. 아, 죽은 차갑게 해서 먹는 게 좋아요. 맛도 좋고 씹는 맛도 있으니까요. 여기에 자두 주스와 말린 무화과 한 접시를 곁들여 먹으면 딱 좋죠."

로스 선생님은 순간 움찔하는 것 같았다.

"아, 그래, 프랭키. 더 자세한 이야기는……."

프랭키가 다시 입을 열려 하자 선생님이 얼른 덧붙였다.

"다음에 꼭 다시 들려주길 바란다."

점심시간이 찾아왔다. 학교 급식을 먹는 아이들이 식판을 받기 위해 줄을 섰다. 헌틀리와 스머저처럼 도시락을 싸 오는 아이들은 따로 정해진 자리에 앉았다.

국민건강당이 다음으로 어떤 정책을 시행할 것인가에 관한 소문이 많았다. 헌틀리 옆에 앉은 데이브 쳉이 앞장서서 두려움으로 범벅이 된 소문을 퍼뜨렸다.

"있잖아, 헌틀리. 사탕이나 초콜릿이나 뭐 그런 걸 먹다가 걸리면 재교육수용소로 끌려간대. 거기 가면 초콜릿이라는 말만 들어도 질색할 정도로 온갖 혹독한 짓을 당한다더라. 수용소에서 단 몇 주만 살고 나와도 초콜릿이라면 아주 구역질을 하게 된대. 제발 초콜릿을 주지 말라고 싹싹 빌 정도라니 말 다 했지 뭐. 정말이야."

"허풍 좀 그만 떨어라."

헌틀리가 말했다.

데이브가 뭐라고 대꾸하기 전, 식당 문이 열렸다. 교장선생님이 초콜릿경찰대원 네 명과 누구나 다 알아볼 수 있는 어떤 높은 사람과 함께 식당 안으로 들어왔다.

그 사람은 제복을 입고 있지는 않았지만 제복을 입고 있는 경찰과 전혀 다를 게 없었다. 누구나 그 사람을 알아보았다. 차가운 회색 눈에서 강철같이 스산하고 단단한 눈빛이 뿜어져 나왔다.

초콜릿경찰대의 경감이었다. 어제저녁 거리에서 만난 바로 그 남자였다. 오늘은 말끔한 회색 양복을 입고 있어서 기업의 중역이나 정치인, 명성 높은 사업가처럼 보였지만 특유의 금속성 눈빛만은 여전했다.

그의 몸에서 보이는 유일하게 밝은 색깔은 국민건강당의 넥타이핀이었다. 금속성의 회색 바탕에 따뜻한 황금색 점이 박힌 핀이었다. 그는 겨울 하늘에 홀로 떠 있는 구름처럼, 묘지의 흙처럼 차가운 사람이었다.

학생들은 경감이 풍기는 오싹한 분위기에 다들 기분이 께름칙해졌다. 누구나 눈을 내리깔 수밖에 없는 무서운 기운이 느껴졌다.

교장선생님이 학생들을 주목시키려고 헛기침을 했다.

"에헴."

교장선생님이 시간을 끌자 곧바로 경감이 소리쳤다.

"다들 조용히!"

식당 안이 쥐 죽은 듯 고요해졌다.

"아이고, 고맙습니다, 경감님. 학생 여러분, 여기를 주목해주세요. 지금부터 간단한 점심도시락 검사가 있겠습니다. 다들 제대로 된 먹을거리를 싸 왔는지 살펴볼 거예요. 식사를 하다가 경감님이 지나가면 도시락을 보여드리고 몇 가지 질문에 대답하면 되는 겁니다. 알았지요? 그럼, 시작하겠습니다."

"다들 도시락을 열고 준비!"

학생들은 탁자 위에 도시락 뚜껑을 내려놓았다. 경감이 탁자 사이를 천천히 지나가며 도시락을 하나하나 살폈다. 고개를 끄덕이기도 하고 뭐라고 중얼거리기도 하고 간혹 불쾌한 표정을 지으며 경고나 충고를 하기도 했다.

경감이 마이크 해리스 옆에서 걸음을 멈추었다.

"이봐, 과일 두 개는 어디 있나? 한 개밖에 없잖아?"

마이크가 먹고 남긴 사과 속을 들어 보였다.

"벌써 다 먹었습니다."

"확실히 네가 먹은 건가?"

"틀림없습니다."

"좋다. 계속 먹어라."

그때 누군가 헌틀리의 소매를 잡아당겼다. 스머저가 잔뜩 겁에 질려 있었다.

"과일을 두 개씩 싸 와야 하는지 몰랐어. 하나만 가져왔단 말이야."

스머저가 속삭였다.

"점심도시락 지침서 안 읽어봤어?"

경감은 이제 제니퍼 앨런 옆에 서 있었다.

"과일 두 개는 어디 있지?"

제니퍼가 줄기 하나에 달린 포도 두 알을 들어 보였다.

"지금 장난하나?"

경감이 버럭 소리를 질렀다.

"포도 한 알을 과일 한 개로 치지는 않는다. 내일은 제대로 해오도록!"

경감이 스머저 쪽으로 점점 가까이 다가오고 있었다.

"내 오렌지를 줄 테니까 검사받은 다음 다시 몰래 줘."

헌틀리가 속삭였다. 그러고는 탁자 밑으로 오렌지를 건네주었다.

경감이 스머저 앞에서 걸음을 멈추었다.

"네 과일은 어디, 잠깐! 이게 누구시더라? 우린 만난 적이 있지?"

"아닙니다."

스머저가 우겼다.

"아니, 우린 만난 적이 있다. 초콜릿 껍질을 갖고 있던 애송이지?
오늘은 말썽 부리지 않길 바란다."

"예."

"과일 두 개는 어디 있지? 바나나 한 개밖에 없는데?"

스머저가 오렌지를 들어 올렸다.

"여기 있습니다. 이제 막 껍질을 까려는 참이었어요."

"그래, 좋다. 계속 해라."

경감이 지나갔다. 스머저가 탁자 밑으로 헌틀리에게 오렌지를 돌려주었다. 경감이 탁자 모퉁이를 돌아 반대편으로 향했다. 그는 헌틀리의 도시락을 흘끔 보았다.

"이게 뭐지?"

"롤빵입니다."

아, 일찌감치 먹어버릴걸.

"안에 뭘 발랐지?"

"마마이트(빵 등에 발라먹는 이스트 추출물:옮긴이)를 발랐습니다."

"이건 마마이트가 아니다."

경감이 롤빵을 집어 들어 속을 펼쳐보았다.

"이건 꿀이야."

"아, 그런가요?"

금속성의 회색 눈동자가 더 차가운 냉기를 내뿜었다.

"꿀은 곧 설탕이다. 초콜릿이든 사탕이든 설탕이 들어간 건 뭐든 금지야! 몰랐나? 소지만 하고 있어도 범죄행위란 말이다. 아닌가?"

"마, 맞습니다."

"정말 몰랐나? 아니면 머리에 구멍이라도 뚫린 건가?"

"모, 몰랐습니다. 저는 꿀이 금지 대상인 줄 몰랐습니다. 꾸, 꿀은 자연식품이니까, 꿀벌이 만드는 거라서, 괜찮은 줄만……."

헌틀리가 자꾸만 말을 더듬었다.

차가운 회색 눈이 빠르게 깜박였다.

"그렇다면 이제 꿀벌도 뭔가 다른 걸 만드는 법을 배워야겠군."

경감의 얼굴에 소름끼치는 비웃음이 번졌다.

"제아무리 꿀벌이라도 사회적으로 책임질 수 있는 먹을거리를 만들어야지."

"감자튀김요!"

누군가 외쳤다.

식당 안에 와르르 웃음보가 터졌다.

"누구야?"

누군지 안 봐도 알 수 있었다. 켄 데이커가 고개를 빼고 환하게 웃고 있었다. 주위 사람들이 모두 고마운 얼굴로 켄을 바라보았다.

"너! 나가서 기다려!"

순간 켄의 얼굴에서 웃음기가 싹 가셨다.

"그, 그냥, 노, 농담이었어요."

"15분 후에도 그렇게 웃을 수 있는지 보겠다. 문 옆에서 기다리도록!"

켄은 크게 놀랐는지 자리에서 일어날 힘도 없어 보였다. 비틀걸음으로 겨우 문까지 가더니 잔뜩 겁에 질린 모습으로 덜덜 떨며 섰다. 나중에 알았지만 잔뜩 겁을 먹게 만드는 것, 그게 바로 처벌이었다. 다른 벌은 따로 받지 않았다. 무슨 일이 닥칠 거라는 두려움만으로도 충분히 위압적이었다. 경감은 그런 심리를 아주 잘 알고 있는 사람이었다.

경감이 다시 헌틀리의 롤빵에 관심을 돌렸다. 그는 손아귀의 힘으로 롤빵을 으깨버렸다.

"건강에 좋은 예."

그는 넥타이에 꽂은 국민건강당 핀을 가리키며 말했다.

"건강에 나쁜 예."

이번에는 뭉개진 롤빵을 헌틀리의 도시락통에 다시 떨어뜨렸다.

"차이점을 배워라."

"예."

헌틀리는 얼버무리며 대답했다. 뭉개진 롤빵을 보자 맛있는 음식을 낭비했다는 아쉬움이 들었다.

검사를 받을 도시락이 몇 개 남지 않았다. 곧 검사가 끝날 것 같았다. 그러나 경감은 나머지 도시락을 남겨두고 몸을 돌렸다. 어쩌려는 속셈이지? 경감이 데이브 쳉 옆에서 멈췄다.

"너! 도시락통을 다시 보자."

데이브는 자기 도시락통을 진심으로 자랑스럽게 생각했다. 직접 부품을 자르고 일일이 끼워 맞춘 것으로, 보통 도시락통보다 절반 정도 더 컸다.

"나무로 된 도시락통이군."

"제가 직접 만들었어요."

경감이 천천히 살펴보다가 도시락통을 뒤집어 보았다.

"나무를 만지는 솜씨가 뛰어나구나."

뭔가 딸깍하는 소리가 들리더니 밑부분의 나무판이 옆으로 밀려났다.

"뛰어나도 너무 뛰어나군. 이게 뭐지? 오호, 비밀 공간을 만들었군. 여기에 뭘 숨겨놓았을까? 이런! 초콜릿이잖아!"

순간 숨 막히는 침묵이 식당 안을 덮쳤다.

다들 데이브 쪽을 주시하고 있었다. 경감이 초콜릿을 들어 보였다. 데이브의 이마에 땀방울이 맺히고 얼굴에는 비참한 공포가 서렸다. 머릿속에서 둘러댈 말들이 굴러가는 소리가 들리는 것만 같았다. 하지만 어떤 말로도 변명이 되지 않을 것이다. 이 상황에서 변명은 불가능하다는 걸 데이브도 잘 알고 있었다.

하지만 무슨 말이라도 해야 했다.

"엄청 오래된 초콜릿이에요. 거기 넣어두고 몇 주 동안이나 까맣게 잊고 있었어요."

"이 탐욕스런 꼬마 녀석, 뻔뻔스럽기도 하지! 지금 초콜릿이 중요한 게 아니다! 불쌍한 척하지 마! 날 바보로 아나? 이 초콜릿, 불법거래로 구입했지? 암시장에서?"

"아닙니다! 절대 아녜요!"

경감이 제복을 입은 대원들을 향해 돌아섰다.

"이 녀석을 끌고 가!"

"아녜요! 그게 아녜요! 누가 거기 넣어둔 거예요. 제가 그런 게 아니라고요!"

데이브가 소리쳤다. 처절한 울부짖음이었다. 그러나 경감은 꿈쩍도 하지 않았다.

"어서 끌고 가! 지금 우리가 하고 있는 건 교육이다. 교육이 평탄하게만 굴러가는 거 봤나? 이 녀석은 재교육을 받을 거다!"

대원들이 데이브의 양팔을 하나씩 붙들고 끌고 갔다.

"살려줘! 난 아무 잘못도 없어!"

데이브가 울부짖으며 애원했다.

"안 돼! 스머저! 헌틀리! 누가 나 좀 도와줘!"

하지만 상대는 훈련을 받은 경찰대원이고 스머저와 헌틀리는 한 날 소년일 뿐이었다. 도와줄 사람은 아무도 없었다. 데이브는 그렇게 어디론가 끌려갔다.

경감이 나가다 말고 문 앞에서 걸음을 멈추었다.

"법을 어기면 어떻게 되는지 다들 똑똑히 봤겠지? 누구라도 감히 법을 무시할 생각이 들거든 오늘 일을 경고로 삼아라. 와삭와삭 사과 먹어라, 제군들."

"즙 많은 오렌지 드세요, 경감님."

아이들이 의무적으로 외쳤다.

"바나나도."

경감이 말했다.

"아, 그리고 바나나를 먹은 뒤엔 껍질 처리를 신중히 하도록."

그렇게 경감은 가버렸다.

그후로 오랫동안 아무도 데이브 쳉을 보지 못했다.

# 6장
## 암시장

• • •

점심식사를 마친 아이들이 운동장으로 몰려 나왔다. 몇몇 아이들이 축구를 시작했지만 평소와 같은 활기는 없었다. 헌틀리는 운동장 한 귀퉁이에서 손을 흔드는 스머저를 알아보고는 축구를 하다 말고 빠져나왔다.

"내 말 잘 들어봐, 헌틀리. 할 말이 있어."

스머저는 미심쩍은 표정으로 운동장을 살폈다. 가까운 거리에 프랭크 크롤리가 서성이고 있었다. 스머저는 헌틀리를 잡아끌고 도로와 운동장을 가르는 울타리 쪽으로 갔다. 거긴 아무도 엿듣는 사람이 없었다.

"낮말은 새가 듣고 밤말은 쥐가 듣는다고 했잖아. 곳곳에 스파이가 깔려 있어. 사람들 이야기를 몰래 엿듣고 있다가 건수가 생기면 곧장 신고를 하려는 거지."

"왜 그래, 스머저? 대체 무슨 일이야?"

헌틀리가 물었다.

"이제 말할게. 너랑 나는 위험한 일도 함께 감수할 수 있는 친구 맞지?"

"그럼."

"학교엔 겁이 많아 찍소리도 못 하는 애들이 있어. 찍소리는커녕 감히 입도 못 벌릴 거다. 하지만 너랑 나는, 그리고 또 몇 명쯤은 가끔씩 모험에 나서기도 했잖아. 적어도 우린 인간적이라는 뜻이지. 하지만 우리는 공부도 숙제도 하잖아. 한마디로 엄청난 모범생에 우등생까지는 아니어도 불량 학생은 아니라는 거지. 중간 정도라고 할까? 그러니까 우린 들키지 않을 자신이 있을 정도로 좋은 기회가 생길 때만 모험에 나선다는 거야."

"대체 무슨 소리야?"

"우린 지금까지 한 번도 법을 어긴 적은 없지?"

"그걸 말이라고 하냐? 불법이라니, 그런 건 꿈도 꾸지 마."

헌틀리는 스머저를 찬찬히 살펴보았다. 농담을 하고 있는 건가? 하지만 스머저의 얼굴은 그 어느 때보다 진지했다.

"헌틀리. 만약에 법이 부당하고 불공정하다면, 누가 봐도 잘못되었다면, 넌 그런 법을 위반할 생각이 있냐?"

헌틀리는 주위를 둘러보았다. 머리 위에서 아빠의 목소리가 들리는 것 같았다. 아빠는 악법도 법이므로 반드시 지켜야 한다고 말하고 있었다. 하지만 언젠가 아빠가 법이란 자연스러운 정의와 상식선을 지켜야 한다고 말했던 게 떠올랐다. 그때 아빠는 자기 양심에 귀 기울이고 야만과 불의와 폭력에 맞서 싸워야 한다고도 했다. 명령에 무조건 복종할 필요는 없으므로 옳은 일을 선택하라고 했다.

"법이 잘못되었다면 그 법에 맞서 싸우고 바로잡아야 하는 거 아냐?"

스머저가 말했다.

"그래, 네가 지금 사탕과 초콜릿에 관한 특별법을 말하는 거라면 맞는 말일 수도 있어. 그런데 왜 그러는 건데?"

"그게 말이야, 내가 초콜릿을 구할 수 있는 곳을 알고 있거든."

"뭐?"

"잘 들어. 바깥에 떠도는 소문을 들어보면 국민건강당이 초콜릿과 사탕을 금지했다고 해서 다 끝난 게 아니래. 아까 초콜릿경감이 데이브 쳉한테 하는 소리 못 들었어? 암시장 어쩌고 했잖아."

"맞아. 그랬지."

"소문에 의하면 초콜릿 금지령이 떨어지기 몇 주 전부터 초콜릿을 엄청나게 쟁여놓은 사람들이 있대. 산더미처럼 어마어마하게. 정부가 모르는 비밀창고에 초콜릿이 그득하고, 암시장에서 초콜릿이 거래되고 있다는 거야. 난 어딜 가야 구할 수 있는지도 알아."

헌틀리가 입을 벌리고 멍하니 스머저를 바라보았다.

"안다고? 어디 가면 구할 수 있는데? 진짜 초콜릿이래?"

"당연하지."

스머저가 말했다.

"누구한테 들었어?"

"데이브 챙한테 들었어. 오늘 아침 학교 오는 길에. 방과 후에 같이 가보자."

헌틀리는 곰곰이 생각해보았다.

"조금만 더 생각해볼게. 이건 정말 위험한 일이야. 초콜릿 불법 소지로 어떤 벌을 받게 되는지 너도 알지? 데이브랑 같은 감방에 갇히고 싶진 않아."

"왜? 걔가 코를 심하게 골아서?"

"뭐? 하하하. 스머저, 이건 보통 위험한 일이 아니야. 우리, 조금만 더 생각해보자."

헌틀리는 생각에 생각을 거듭했다. 낮은 울타리 위에서 비둘기 몇 마리가 빵부스러기를 사이에 두고 서로 싸우고 있었다. 어쩌면 평생 저 비둘기처럼 살게 될지도 모른다. 빵부스러기가 떨어지기만을 기다리며, 지나가는 사람들이 샌드위치를 조금 뜯어 주기만을 기다리며 그렇게 초라하게 살아갈 수도 있다. 하지만 다른 새처럼 살 수도 있지 않을까? 하늘 높이 먼 거리를 날아다니는, 별이 닿을 만큼 높이 활공하는 그런 새로. 자유롭고 용감하게, 온전한 삶을 살아가는 새로.

그렇지 않으면 조롱에 갇힌 새처럼 먹이가 오기만을 기다리며 속박의 삶을 살아야 한다.

"그래, 하자."

드디어 헌틀리가 말했다.

스머저가 한 손을 번쩍 쳐들고 헌틀리와 하이파이브를 했다.

"오늘 오후 어때?"

"좋아. 학교 끝나고 바로 가자."

"근데, 돈 가진 거 있냐?"

"응. 넌?"

"나도 조금 있어."

두 소년은 서로 가진 돈을 꺼내 보여주었다.

"암시장 초콜릿 가격이 얼마래?"

"모르지만 비싸겠지. 뭐 곧 알게 될 거야."

점심시간이 끝났음을 알리는 종이 울렸다.

"어디로 가면 돼?"

"펠로필즈 상점가. 자동차거래소와 임대공장 사이. 네 시 정각에 사람이 나와 있을 거래."


수업 끝을 알리는 종이 울리자 두 소년은 재빨리 가방을 챙겨 들고 학교 정문 밖으로 빠져나갔다. 잰걸음으로 학교 근처를 벗어난 뒤 펠로필즈 상점가로 가는 지름길을 택해 공원과 축구장을 가로질러 뛰어갔다. 청소년선도단이 벌써 모여 군사훈련을 하고 있었다.

"쟤들 좀 봐. 깡패 군단 같아."

스머저가 말했다.

멀리서 프랭키 크롤리의 목소리가 들렸다.

"청소년선도단은 똑똑하고 깨끗하다."

"청소년선도단은 똑똑하고 깨끗하다."

프랭키의 선창을 따라 선도단원들이 복창했다.

"우리는 양치질을 잘하고 채소를 먹는다."

"우리는 양치질을 잘하고 채소를 먹는다."

선도단원들의 목소리가 점점 멀어졌다.

달리면서 스머저는 생각했다. 그래, 저 애들은 양치질을 잘하겠지. 채소도 잘 먹겠지. 똑똑하고 깨끗하겠지. 더할 나위 없이 완벽하겠지.


팰로필즈 상점가는 주말이면 자전거나 스케이트를 타러 온 사람들로 붐볐다. 그러나 지금은 널찍한 도로가 거의 비어 있었다. 해안에는 대형 크레인이, 공장 마당에는 거대한 스테인리스스틸 드럼통이 줄지어 서 있는 모습이 몹시 매혹적이었다. 아마 원료로 사용할 곡물이나 화약약품, 연료 등을 넣어두는 저장 탱크인 것 같았다.

임대공장 창고는 첫 번째 모퉁이 끝에 있었다. 초콜릿경찰대의 제복을 삶고 풀을 먹이느라 하루 종일 하늘에 하얀 증기를 내뿜는 국민청결세탁소에서 약 100미터 정도 떨어진 곳이었다. 모퉁이를 돌자 매주 자동차 거래 시장이 열리는 넓은 공터가 나왔다.

상점가에 들어선 두 소년은 널찍한 도로가 텅 비어 있는 것을 보고 실망했다. 길모퉁이에 암거래상으로 보이는 사람은 단 한 명도 없었다. 유리창을 온통 검은색으로 뒤덮은 길쭉한 리무진도 보이지 않았다. 검은색 코트를 입고 검은색 선글라스를 낀 마피아 느낌의 조직원도 보이지 않았다. 파란색 작업복 차림의 인부가 여기저기 찌그러진 낡은 자동차를 고치고 있을 뿐이었다.

스머저와 헌틀리는 빈 플라스틱 물통으로 축구 하는 시늉을 하면서 주변을 어슬렁댔다. 하지만 암거래상처럼 보이는 사람이 다가와 말을 거는 일은 없었다. 정부의 감시를 피해 비밀리에 활동하고 있는 게 틀림없었다.

몇 분 뒤, 작업복 차림의 남자가 자동차 보닛을 닫고 두 소년이 놀고 있는 곳으로 느릿느릿 다가왔다.

"공차기 하나?"

남자가 물었다.

"예."

스머저가 대답했다. 사실 두 사람이 뭘 하고 있는지는 누가 봐도 분명했기 때문에 굳이 물어볼 필요까지는 없었다.

"공차기를 하다 보면 배가 고프지. 이 아저씨도 어렸을 때 축구를 좀 했는데, 조금만 뛰어도 쉽게 허기가 지는 법이란다."

남자는 아직도 할 말이 많이 남은 눈치였다.

헌틀리와 스머저는 서로 눈빛을 주고받으며 플라스틱 병 차기를 멈추었다.

"그래. 공차기는 엄청나게 배가 고픈 놀이지. 플라스틱 병 차기라도 말이야. 칼로리가 높은 음식이 마구 당길 거야. 먹자마자 불끈불끈 힘을 주는 고열량 식품! 대체 이 음식이 없는 은하계에서는 다들 무슨 낙으로 사나 궁금하게 만드는 환상의 맛! 화성인들은 무슨 힘으로 축구를 할까 궁금하게 만드는 그 맛! 이 아저씨는 말이다, 저 멀리 은하수 어딘가에 과연 생명체가 있을까 가끔씩 궁금해진단다. 너희는 똑똑해 보이니까 답을 알겠지?"

남자는 이렇게 이상야릇한 말을 늘어놓더니 자동차 뒤쪽으로 돌아가 몸을 기대고 하늘을 올려다보았다.

혹시 이 남자인 걸까? 암거래상이 맞는 걸까? 겉모습만 봐서는 절대로 그렇게 보이지 않았다. 그저 평범한 인상을 풍길 뿐이었다. 이런 사람이 암거래상일 리 없었다.

아니다! 남자는 암거래상이다! 이렇게 평범한 인상이라면 누구도 의심하지 않을 테니까.

헌틀리와 스머저는 자동차로 가까이 다가갔다. 그냥 남자 뒤를 따라가는 것처럼 최대한 자연스럽게 움직였다. 두 소년이 접근하자 남자는 아무 말 없이 차 뒷문을 열었다.

"자, 이동식 가게란다. 너희가 좋아하는 건 다 있을 거다."

두 소년은 차 안쪽을 자세히 들여다보았다. 입이 저절로 벌어지고 두 눈이 접시만큼이나 휘둥그레졌다. 어안이 벙벙한 두 소년의 표정을 보고 남자가 터져 나오려는 웃음을 애써 참았다.

정말로 차 안에는 없는 게 없었다. 이름을 들어본 적이 있는 초콜릿이라면 죄다 있었다. 데리밀크, 트윅스, 롤로스 등등 차 뒤쪽의 짐칸에 초콜릿이 산더미처럼 쌓여 있었다.

"얼른 서둘러라. 빈둥거릴 시간이 없잖니?"

남자가 초조한 눈빛으로 주위를 살피며 말했다.

스머저가 마르스 초콜릿을 가리켰다.

"이거 얼마예요?"

남자가 가격을 말했다.

"헉! 가게에서 팔던 가격보다 다섯 배나 비싸잖아요!"

스머저가 깜짝 놀라 소리쳤다.

"그거야 옛날이야기지. 지금은 시대가 달라졌잖니. 더 싸게 파는 데가 있으면 거기로 가거라. 난 이 값을 받아야겠다. 내가 지금 얼마나 위험한 일을 하고 있는지 너희도 알지? 만약 잡히기라도 하면 어떻게 되는 줄 아니? 너희는 어리니까 재교육만 받고 나오면 그만이지. 난 한 번 잡혀가면 영영 세상 빛을 구경 못 하게 될 거다. 다시는 바깥세상으로 나올 수 없단 말이다."

스머저는 남자를 가까이서 좀 더 자세히 살펴보았다. 허름한 작업복 차림이었지만 절대로 평범한 수리공은 아니었다. 눈빛에 강경한 고집이 서려 있었다. 이런 사람에게는 흥정도 협상도 통하지 않을 게 분명했다.

"좋아요. 이걸로 할게요. 데리밀크도 두 개 주세요."

스머저가 돈을 건네자 남자가 초콜릿을 내주었다.

"네 친구는 안 사냐?"

"저는 납작한 캐러멜 사탕요."

헌틀리가 말했다.

"끈적끈적한 것 말이냐?"

"예. 크런키 초콜릿도 두 개 주세요."

초콜릿 값을 치르고 나니 헌틀리의 주머니가 텅 비었다. 마지막 남은 동전까지 깡그리 모아 냈는데 남자는 제값을 다 못 받았다고 불평했다.

"5펜스가 모자라지만 그냥 주마. 이렇게 자꾸 퍼준다고 해서 이 아저씨 별명이 바가지란다."

남자는 쉰 목소리로 껄껄 웃었다.

"자, 이제 그만 장터를 접는 게 좋겠다. 관심 있는 친구들한테 아저씨 이야기 좀 해주렴. 내일도 같은 시간, 같은 장소다. 물건이 바닥나기 전에 서두르는 게 좋을 거다. 물론 어른들한테는 절대 비밀이야, 알겠지?"

그러나 남자가 말을 채 마치기도 전, 상점가 입구에 낯선 차가 모습을 드러냈다. 큼직해서 부담스럽고 볼품도 없는 차 한 대가 느릿한 속도로 덜덜덜 굴러왔다. 다름 아닌 초콜릿 탐지차였다.

"초콜릿경찰이다! 빨리 도망쳐! 어서 여길 빠져나가! 죽을힘을 다해 달리라구!"

남자가 소리쳤다.

헌틀리와 스머저는 달아나기 시작했다. 두 소년은 전력질주로 도로를 벗어나 울퉁불퉁한 비포장 공터로 접어들었다.

너무도 분명한 일인데 왜 진작 생각하지 못했을까? 지금쯤이면 데이브 쳉이 모든 사실을 다 털어놓고도 남았을 시간이다. 벌써 심문을 받았을 테고 그 와중에 이 장소를 말했을 것이다. 여기에 제 발로 찾아온 건 자살행위나 마찬가지였다. 하지만 이미 너무 늦어버렸다. 후회해도 소용없었다.

작업복 차림의 남자가 차 뒷문을 소리 나게 닫고 운전석으로 달려 갔다. 얼른 자리를 잡고 앉아 시동을 걸었지만 시동은 한 번에 걸리 지 않았다. 남자는 다시 한 번 시동을 걸었다.

초콜릿 탐지차가 속도를 내기 시작했다. 새까만 전면 유리창이 햇 빛을 되쏘았다. 지붕 위에 달린 원반이 천천히 돌아가며 삐익 삐익 경고음을 울려댔다. 범죄 및 불법거래 행위를 감지해낸 것이다. 차 에 탄 경찰대원들은 헬멧을 깊숙이 눌러쓰고 방호복을 제대로 갖춰 입은 다음 허리띠에서 경찰봉과 전기충격기를 떼어내 단단히 손에 쥐었다.

헌틀리와 스머저는 상점가와 구도심의 경계를 이루는 제방 아래 쪽까지 내려왔다. 한때는 제방 위쪽을 따라 기차가 지나갔지만 지금 은 철로를 뜯어내고 아스팔트를 깔아 자전거도로를 만들어놓았다. 두 소년은 쐐기풀과 가시나무 덤불을 헤치고 계속해서 앞으로 달려 갔다. 가시가 살갗을 찔러댔지만 달리는 동안에는 아무런 느낌도 들 지 않았다.

경찰대원들이 작업복 차림의 남자를 거의 따라잡고 있었다. 탐지 차와 남자 사이의 거리가 불과 2미터밖에 되지 않았다. 암거래상 남 자는 필사적으로 한 번 더 시동을 걸었고 드디어 점화에 성공했다. 그는 가속페달을 있는 힘껏 밟고 사이드 브레이크를 풀면서 차를 출 발시켰다.

헌틀리와 스머저의 귀에 날카로운 자동차 바퀴 소리가 들렸다. 뒤를 돌아보니 암거래상의 차가 도로 위에 남긴 검은 타이어 자국과 고무 타는 연기가 보였다.

"괜찮을 거야. 탐지차보다 빠르니까 도망칠 수 있을 거야."

스머저가 말했다.

그러나 암거래상의 차는 길모퉁이를 돌자마자 공장 진입로에서 달려 나오는 자전거를 피하기 위해 어쩔 수 없이 급정거를 해야 했다. 브레이크를 급히 밟자 제대로 닫지 못한 뒷문이 벌컥 열리면서 짐칸에 실어놓았던 내용물이 왈칵 도로 위로 쏟아져내렸다.

"저길 봐! 초콜릿이야!"

헌틀리가 깜짝 놀라 소리쳤다.

다가오는 탐지차 앞으로 초콜릿이 우르르 쏟아졌다. 참으로 깜찍한 불법행위였다. 암거래상의 차는 계속 달아나며 도로 위에 초콜릿과 캐러멜, 사탕 등을 떨어뜨렸다. 뒤를 따라가는 초콜릿 탐지차의 거대한 바퀴가 그 위를 밟고 지나갔다. 초콜릿은 곧 형체를 알아볼 수 없는 걸쭉한 덩어리가 되어 도로에 눌어붙었다.

운전수가 탐지차를 멈추고 후진을 시작했다. 암거래상의 체포는 포기해야 했지만 남은 일이 있었다. 탐지차는 전진과 후진을 반복하며 마지막 남은 초콜릿까지 모조리 으깨버렸다. 이제 도로 위에는 도저히 먹을 수 없는 상태의 보기 흉한 초콜릿 덩어리와 포장지만 남았다.

무자비한 파괴 현장을 두 눈으로 똑똑히 목격한 헌틀리와 스머저는 이제야 비로소 현실을 가슴 깊이 깨달았다. 초콜릿을 마구 으깨고 짓밟던 육중한 바퀴는 곧 정부의 힘과 권력이었다. 국민건강당에 반기를 들면 어떻게 되는지를 똑똑히 보여주는 사건이었다. 반항하는 사람들도 바퀴에 깔려 으깨지고 짓눌려 결국 도로 위에 들러붙어 버린 초콜릿 같은 대접을 받게 될 것이다.

"어서 가자, 스머저. 일단 여길 벗어나야 해. 초콜릿 아직도 가지고 있어?"

스머저는 행여나 초콜릿을 떨어뜨렸을까 봐 마음을 졸이며 주머니 속을 더듬었다. 다행히 초콜릿은 그 안에 있었다.

"있어."

"다행이다. 안전한 곳을 알고 있어."

헌틀리가 말했다.

두 소년은 제방 반대쪽으로 기어 내려갔다. 헌틀리는 스머저를 옛 철길 터널로 데리고 갔다. 조명이 꺼진 지 오래된 길쭉한 터널이었다. 터널 한가운데는 어두컴컴했지만 눈이 어둠에 익숙해지니 희미하게나마 앞이 보였다. 평소라면 들어가 있다는 상상만으로도 온몸이 오싹해지는 섬뜩한 장소였다. 그러나 오늘은 터널 속으로 들어가도 전혀 무섭지 않았다. 그보다 훨씬 두려운 일을 겪었기 때문이다.

이 기분을 덜어줄 뭔가가 필요했다. 달콤한 위로가 필요했다.

그들은 옛 철길 침목 위에 앉아 초콜릿과 캐러멜을 나눠 먹었다.

"경찰이 여기까지 쫓아올까?"

스머저가 묻자, 헌틀리가 고개를 저었다.

"아니. 그 남자를 따라갔을 거야."

"경찰이 차 번호판을 봤겠지?"

"그랬겠지. 하지만 어차피 가짜 번호판일 텐데 뭐."

"맞다. 아, 캐러멜 정말 맛있다."

"초콜릿도 맛있어."

두 소년은 바닥에 앉아 초콜릿의 달콤한 맛을 음미했다.

터널 천장 어디선가 물방울이 똑똑 떨어지고 있었다. 터널 위를 덮고 있는 흙에서 흘러나온 물인 것 같았다. 스머저가 터널 천장에 볼록 솟아오른 무언가를 가리켰다.

"저길 봐. 종유석이 자라고 있어."

"정말이네."

"백 년은 넘게 자라야겠지?"

"그래야 더 크고 길게 자랄 거야."

"종유석이 자라려면 아주 오랜 시간이 흘러야 해. 물속에 녹아 있는 소금하고 광물 성분 때문에 생기는 거니까. 물방울이 떨어질 때마다 아주 작은 소금과 광물을 남기게 되고 그것들이 수백 년 동안 조금씩 쌓여가면서 종유석이 자라는 거야."

"앞으로 이 세상은 어떻게 변하게 될까? 미래의 아이들은 초콜릿을 먹어보기는커녕 어떻게 생겼는지 구경조차 못 하겠지?"

"우리는 진짜 초콜릿이 뭔지 아는 마지막 아이들이야."

스머저가 슬픈 얼굴로 말했다.

"미래의 아이들을 위해 기록을 남기자."

헌틀리가 제안했다.

"그래, 좋은 생각이다. 당장 하자."

두 소년은 끝이 뾰족한 돌멩이를 골라 들었다. 한때 철로에 깔아 놓았던 파석이었다. 두 소년은 벽이 휘어지는 지점까지 걸어가 뭐라고 쓸지 잠시 생각했다.

그곳엔 사람들이 먼저 남겨놓은 낙서들이 있었다. 이름과 하트가 새겨져 있고 누가 누구를 사랑했네, 누가 누구를 미워했네, 누구는 뭐라네 등의 말이 새겨져 있었다. 먼 옛날부터 세월과 함께 낙서도 흘러가고 있었다. 터널 벽에는 옛 증기기관차가 뿜어낸 검댕도 고스란히 묻어 있었다.

스머저가 돌멩이를 들고 검댕 위에 뭔가를 쓰기 시작했다.

힘겨운 시절, 스머저와 헌틀리가 다녀가다.

헌틀리도 잠시 멈추었다가 검댕 위에 조심스럽게 글자를 새겨나 갔다.

우리는 위대한 초콜릿 전쟁에 나선 전사들. 아이들의 자유를 위해 싸웠다. 우리를 기억하라. 언젠가 초콜릿을 되찾으면 우릴 기억하며 초콜릿을 먹어라.

"어때?"

헌틀리가 스머저에게 물었다.

"잘했어."

두 소년은 자신들의 작품을 흐뭇하게 쳐다보았다.

"미래의 아이들은 우리가 쓴 글을 보고도 '초콜릿? 그게 뭐지?' 하며 궁금해할지도 몰라."

헌틀리가 말했다.

초콜릿이 완전히 잊힌다니, 끔찍하도록 두려운 일이었다.

초콜릿을 조금 남겨두어야 하는 게 아닐까? 헌틀리가 먼저 제안하고 스머저가 동의했다. 조금 아까운 마음도 들었지만 가치 있는 희생이었다. 두 소년은 암거래상에게서 구입한 초콜릿 하나를 비닐 봉지로 둘둘 감싼 다음 터널 벽의 헐거운 벽돌 뒤에 감춰두었다.

"다 끝났어. 이젠 어디서도 초콜릿을 구할 수 없을 거야. 아까 그 아저씨는 당분간 나타나지 않을 거야. 다른 암거래상은 어딜 가야 만날 수 있는지 전혀 몰라. 초콜릿과도 영영 작별인가 봐. 이제 정말 끝이야."

두 소년은 터널 밖으로 나와 각자 집으로 향했다. 숙제가 기다리고 있었다.

# 7장
# 초콜릿대용품

●●●

"뭘 줄까, 청소년선도단 손님?"

제과점 안은 갓 구운 빵이 풍기는 따스한 냄새와 열기, 습기로 후끈했다. 스머저의 아빠, 론 무어는 흰색 제빵사 복장을 입고 앞치마에 손을 닦으며 서 있었다. 보통은 스머저의 엄마, 트리샤가 가게에 나와 손님들의 주문을 받고 론은 안에서 빵을 구웠다. 그러나 오늘은 트리샤가 카일리를 수영 수업에 데리고 가는 날이어서 론 혼자 가게를 지키고 있었다.

"케이크를 주문하려고요."

론은 소녀의 얼굴을 바라보았다. 분명히 아는 아이였다. 스머저랑 같은 반 아이인데 누구더라? 메이블 어쩌고 했던 것 같은데. 아니다, 머틀이다. 그래, 머틀 퍼펙트. 아니, 퍼킨스. 그래, 머틀 퍼킨스가 틀림없다. 또 다른 재수 없는 녀석이랑 엄청 친하게 지내던데 그

애는 누구더라? 크롤리. 프랭키 크롤리다. 거의 없지만, 그나마 몇 안 되는 친구들은 녀석을 그냥 프랭키라고 부른다. 하지만 그 밖에 다른 아이들은 모두 '재수 없는' 크롤리라고 부른다.

머틀의 옷깃에 배지가 달려 있는 게 보였다. 청소년선도단의 머리 글자가 찍혀 있었다. 머틀은 국민건강당의 청소년분과에 속해 있었다. 이른바 착한 아이들만 모여 있다는 조직이었다.

"케이크라고, 청소년선도단 손님? 어쩌지? 케이크는 조금 힘든데?"

"우리 소대를 위한 케이크를 주문하려고요. 우리 소대가 선도단에서 영광스러운 봉사를 시작한 지 벌써 1년이 되었거든요."

론은 계산대 밑에서 소책자를 하나 꺼냈다. '제빵사를 위한 지침서'라는 제목이 붙어 있었다.

"어떡하지, 청소년선도단? 케이크를 만들 수 있는 재료가 얼마 안 된단다. 여기 허가받은 목록을 좀 살펴보마. 그래, 여기 있다. 생일용 당근 케이크하고 과일과 견과 케이크, 무설탕 무지방 스펀지케이크가 가능하구나. 자, 여기서 하나를 골라야겠다. 어떤 걸로 해줄까?"

"그럼 스펀지케이크로 해주세요. 층층마다 속을 가득 채워주시고 또 맨 위에는 아이싱도 충분히 덮어주셔야 해요."

"이런, 정확히 무엇으로 속을 채우고 위를 덮어줘야 하나? 시멘트로? 너도 알겠지만 아이싱을 만들 설탕이 없단다. 그건 금지 품목이니까."

론은 "빌어먹을 국민건강당 덕분에!"라고 덧붙일 뻔했지만 가까스로 참아냈다.

머틀은 책가방에서 손잡이가 달린 큼직한 플라스틱 통을 하나 꺼냈다.

"이걸로 케이크 속도 채우고 아이싱도 덮어주세요, 시민 제빵사님. 맛도 좋고 건강에도 좋은 설탕아이싱 대용품이랍니다."

론은 얼굴을 찌푸리면서 플라스틱 통을 바라보았다.

"청소년선도단을 위한 케이크를 만들게 되다니, 이거 영광이로구나. 언제까지 만들어줄까?"

"이번 주말까지요."

머틀은 출입문으로 향하며 인사했다.

"와삭와삭 사과 드세요, 시민 제빵사님."

"즙 많은 오렌지도, 청소년선도단."

"바나나도요."

머틀이 제과점을 나가자, 론은 초콜릿대용품의 뚜껑을 열고 안에 든 끈적거리는 물질을 내려다보았다.

"냄새도 역겹고 생긴 것도 역겹군."

론은 수상하게 생긴 배합물을 손가락으로 살짝 찍어 맛을 보았다.

"맛도 지긋지긋하게 역겹군. 그럴 줄 알았지만."


프랭키 크롤리는 참을성 있게 누군가를 기다리고 있었다. 면담실은 황량하고 휑뎅그렁했다. 초콜릿경찰대원 한 명이 따분한 얼굴로 문 옆을 지키고 서 있었지만, 그가 맡은 역할은 경비라기보다 장식품에 더 가까워 보였다.

초콜릿경찰본부는 난공불락의 요새였다. 정문 하나를 통과하는 데도 엄청나게 힘들었다. 그러니 온갖 행정 사무실이 들어차 있는 지상 층과 지하 층, 미로 같은 여러 개의 방과 복도를 지나가는 일은 말할 수 없이 어려웠다. 가장 끔찍한 것은 심문이었다. 데이브 쳉도 여기 어딘가에서 불법 초콜릿에 관한 태도와 삶의 자세를 완전히 바로잡기 위해 재교육을 받고 있을 것이다.

초콜릿경찰본부는 누구라도 들어오고 싶은 마음이 전혀 들지 않는 장소였다. 논의할 중요한 문제가 있어서 찾아온 프랭키 크롤리 같은 사람이 아니라면 절대 발을 들여놓고 싶지 않은 곳이었다. 즉, 밀고자가 아니라면 제 발로 걸어올 일이 없는 곳이었다.

개가 주인을 위해 공을 물어 온다면 밀고자는 정보를 물어 온다. 인정받기를 바라고, 나아가 약간의 보상을 바라며 한결같은 표정으로 주인을 바라보고 앉아 있는 게 개와 밀고자의 공통점이다.

차가운 회색 눈동자의 남자가 읽고 있던 서류에서 눈을 들었다.

"그래, 청소년선도단. 할 말이 뭔가?"

프랭키가 조그만 분홍색 혀로 얼른 마른 입술을 축였다.

"의심이 가는 녀석들이 있습니다. 저희 반 남학생 둘인데요. 암시장에서 초콜릿을 구입한 것 같습니다."

"흐음. 의심의 근거는?"

"꽤 오래전부터 수상한 행동을 보여왔습니다. 솔직히 국민건강당에 대해서도 당의 이념에 대해서도 올바른 태도를 보인 적이 없는 녀석들입니다. 처음부터 그랬어요."

"정말인가, 청소년선도단?"

경감이 문 옆을 지키고 서 있는 대원과 모종의 눈빛을 주고받았다. 무슨 뜻인지는 알 수 없었다. 혹시 비웃고 있는 건가?

프랭키는 계속 말을 이어갔다.

"우선감시대상 명단에 집어넣는 게 좋을 것 같습니다. 청소년선도단이 작전을 수행할 때마다 비웃고 조롱하는 녀석들입니다. 게다가 한 번도 선행활동을 한 적이 없습니다. 조회시간에 국민건강당가를 부르지도 않습니다. 제가 가까이 서 있어서 잘 압니다. 입술만 달싹거리지 노래는 전혀 하지 않아요. 노래를 하더라도 당가가 아닌 다른 노래를 부릅니다. '국민건강당은 나를 위한 당'이라는 대목을 '국민건강당은 변기에 머리를 박는다'라고 불러요."

순간 경감의 얼굴에 울컥하는 동요가 지나갔다.

"오늘 아침에도 쉬는 시간에 축구를 하고 있기에 제가 몰래 녀석들의 소지품을 뒤져보았습니다. 그런데 이것들이 나왔지 뭐예요."

프랭키가 초콜릿 포장지 두 개를 책상 위에 올려놓았다. 경감이 연필로 포장지를 쿡쿡 찔러보았다.

"최종 마감시간 전부터 가지고 있던 것일 수도 있다."

"아닙니다. 하나는 헌틀리의 책상에서 나왔고 또 하나는 스머저의 운동용 가방에서 나왔어요. 오늘 아침에요. 어제도 녀석들의 소지품을 뒤져봤지만 없었거든요. 화요일에 없던 게 수요일에 나왔다면 대체 어디서 구한 걸까요?"

경감이 부하 대원을 바라보았다.

"아귀가 맞아떨어지는군."

그러자 부하 대원이 고개를 끄덕이며 대답했다.

"그렇습니다. 어제 상점가에서 암거래상을 추격한 일이 있는데 그때 남학생 두 명이 달아나는 걸 보았습니다. 어제 그자에게서 초콜릿을 구입한 게 틀림없습니다."

경감이 다시 프랭키를 향해 말했다.

"훌륭하다, 청소년선도단. 잘했어. 좋은 정보였다."

"그럼 점수를 주시는 겁니까?"

프랭키가 물었다.

"물론, 많이 주지."

경감이 짧게 대답했다.

"최고 점수를 받은 단원은 그 점수를 어디에 써야 하는지도 잘 알고 있겠지?"

경감이 또다시 비꼬는 말투로 말했다.

"그 녀석들을 체포하실 건가요? 잡아다가 심문을 하시겠죠?"

프랭키의 목소리가 간절하게 들렸다.

"아니, 아직은 아니야. 하지만 언젠가는 유용하게 써먹을 수 있을 거다. 지금은 무슨 일을 벌이고 있는지 동태만 파악하기로 하겠다. 스스로 잘못을 깨닫고 그만둘 수도 있고 또…… 아니다, 잠시 지켜보기로 하자. 때를 기다리자."

"예, 알겠어요. 저는 계속해서 녀석들을 감시하겠습니다."

"그래야지."

프랭키는 이제 그만 자리에서 일어날 때라는 걸 깨달았다.

"아, 그런데요, 경감님."

프랭키는 나가다 말고 다시 뒤를 돌아보았다.

"이번 주 금요일 저녁에 청소년선도단 1주년 기념식이 있습니다. 혹시 참석해주실 수 있으신지요?"

경감은 일정표를 확인해보지도 않고 대답했다.

"미안하구나, 청소년선도단. 참석하고 싶은 마음은 굴뚝같다만 안타깝게도 선약이 있어서 말이다. 미리 축하한다."

프랭키는 살짝 얼굴을 찌푸렸다. 선도단 친구들에게 경감이 자신과의 개인적 친분으로 기념식에 참석해 함께 케이크를 자를 거라고 큰소리쳤기 때문이다.

"특별히 케이크를 주문했어요. 몸에 좋은 초콜릿대용품을 사용한 국민건강 스펀지케이크예요."

프랭키는 미련을 버리지 못하고 마지막으로 한 마디 던졌다.

"맛있겠구나. 다들 즐겁게 먹기를 바란다."

경감은 다시 책상 위의 서류철을 펼쳐 들었다. 그것으로 면담은 끝이었다.

프랭키는 안내받은 가장 가까운 출구로 나와 청소년선도단 모임 방으로 향했다. 이 순간은 충분히 기뻐해도 좋은 때였다. 국민건강당을 위해 좋은 일을 했고 또 언젠가는 이번 일로 인정도 받고 상도 받게 될 것이다. 하지만 프랭키는 웬일인지 거스름돈을 덜 받은 것 같은 찜찜한 기분이 들었다. 그건 바로 제대로 인정받지 못했다는 느낌이었다.

"그게 뭐예요, 아빠?"

스머저가 물었다.

"네가 보기엔 무엇으로 보이냐?"

아빠는 스머저에게 상대의 질문에 또 다른 질문으로 응대하는 건 좋은 버릇이 아니라고 가르쳐왔지만, 오늘은 자기도 모르게 이렇게 대꾸했다. 부모란 원래 그렇다. 자녀에게 규칙을 정해주지만 정작 자기는 그 규칙을 따르지 않는다.

"케이크 만드시는 거예요?"

"관찰력은 만점!"

"아이, 빨리요. 무슨 케이크예요? 우리가 먹을 거예요?"

스머저는 아빠의 제과점이 좋았다. 그 안에 있으면 언제나 좋은 냄새가 났다. 가장 추운 한겨울에도 제과점 안은 따뜻하고 희망이 샘솟았다. 반죽이 부풀어 오를 때 나는 발효의 냄새와 빵을 구울 때 나는 달짝지근한 냄새는 세상은 살 만하다는 안도감과 희망을 안겨 주는 힘이 있었다.

"이게 뭐냐고? 지방도 없고 설탕도 없고 맛대가리도 없는 스펀지 케이크란다. 맛 좋은 초콜릿대용품 아이싱을 잔뜩 얹어서 금요일 저녁 청소년선도단 1주년 기념식에 가져갈 거야. 〈이상한 나라의 앨리스〉에 나오는 미친 모자장수라면 좋아라 할지도 모르겠다.”

“금요일에 필요하다면서 왜 벌써 구워요?”

“케이크는 하루나 이틀 정도 둬야 가장 맛있는 법이란다. 지금 만들어야 금요일 주문에 맞출 수 있어. 금요일엔 아빠가 바쁘거든.”

가게 안에서 종소리가 들렸다.

“스머저, 손님이 왔나 보다. 아빠가 나가볼 테니까 넌 오븐 좀 지켜봐라.”

론 무어는 손님을 맞으러 가게로 나갔다. 두 번째에 이어서 세 번째 손님까지 잇따라 들어왔다. 손님은 꼭 시내버스처럼 온다. 한참을 기다려도 한 명도 안 오다가 한꺼번에 우르르 들이닥친다.

스머저는 제과점 안을 흘끔 살펴보았다.

“청소년선도단을 위한 생일케이크라 이거지? 그렇다면 내가 빠질 수 없지.”

스머저는 오븐 맞은편에 있는 선반을 살폈다. 거기 빨간 십자가가 그려진 조그만 상자가 하나 있었다. ‘응급처치’라는 빨간색 글자가 선명하게 찍힌 구급약품 상자였다.

제과점에서는 언제든지 위험한 일이 생길 수 있다. 아빠도 가끔씩 베이거나 화상을 입었다. 너무 바빠서 조심할 틈이 없는 것이다.

스머저는 구급약품 상자를 열었다. 붕대며 반창고, 연고, 소독약, 크림 등이 잘 갖춰져 있었다. 응급처치를 위해 필요한 건 다 있었다. 하지만 지금 스머저가 찾고 있는 것은 보이지 않았다. 스머저는 연고 몇 개를 옆으로 밀치고 안쪽을 살펴보았다.

대체 어디 있는 걸까? 분명히 여기서 봤는데. 그때도 아빠한테 물어봤었다.

"무화과 시럽이 뭐예요, 아빠? 빵 구울 때 쓰는 거예요?"

"뭐? 절대로 안 되지! 변비가 생겼을 때 먹는 거야. 아주 조금만 먹어도 화장실로 직행하게 될걸? 많이 먹었다간 주말 내내 변기에 앉아 있어야 할 거다."

무화과 시럽, 대체 어디 있는 거야?

찾았다! 둥글게 말린 반창고 뒤에 숨어 있었다. 조그만 암갈색 병. 돌려서 여는 검은색 마개.

빨리, 서둘러야 한다. 스머저는 얼른 작업대 쪽으로 병을 가져갔다. 그 위에는 청소년선도단 케이크의 속을 채우고 위에 아이싱을 덮을 때 사용할 초콜릿대용품이 커다란 통에 가득 담겨 있었다.

스머저는 플라스틱 통 뚜껑을 열고 무화과 시럽 마개를 연 다음 내용물을 몽땅 쏟아 부었다. 이 정도 양이면 엄청나게 환상적인 축하 선물이 될 것이다.

스머저는 나무주걱을 들고 초콜릿대용품과 무화과 시럽이 부드럽게 섞일 때까지 열심히 저었다. 그런 다음 숟가락을 깨끗이 씻고 무화과 시럽 병에 수돗물을 채워놓은 뒤 다시 구급약품 상자에 넣어두었다.

시간도 딱 맞아떨어졌다.

"뭐 하고 있냐?"

아빠가 돌아왔다.

"저요? 제가 뭘 해요?"

"구급약품 상자는 뭐 하려고?"

"아무것도 아녜요. 그냥 반창고를 찾고 있었어요."

"아무거나 만지면 안 된다고 했지? 여긴 위험한 곳이라고 몇 번을 말했어?"

"아무것도 안 만졌어요. 아까 학교에서 종이에 손가락을 조금 베였거든요. 별일 아녜요."

이 순간을 대비해 스머저는 아무 상처도 없는 손가락에 작은 반창고를 하나 붙여두었다.

"혹시 청소년선도단을 골탕 먹이려던 건 아니겠지?"

"아녜요."

"정말 아무 짓도 안 했단 말이지?"

"절대 아니라니까요."

"그럼 어서 집에 가서 숙제나 해라."

"알았어요."

스머저가 제과점을 나가자, 론은 오븐에서 케이크를 꺼낸 뒤 식히기 위해 쟁반 위에 올려놓았다. 스머저가 분명히 무슨 일을 꾸미고 있었는데. 하지만 그는 곧 머릿속에서 그 생각을 몰아냈다. 그는 초콜릿대용품 뚜껑을 열어 다시 한 번 맛을 보았다. 아까보다 훨씬 역겨운 맛이 났다.

어쩔 수 없다. 내 알 바 아니다. 제빵사는 손님이 원하는 대로 만들어주기만 하면 된다. 맛이 형편없어도 불평하지 않을 것이다. 초콜릿대용품을 원한 건 바로 그들이니까.

론은 길쭉하고 매끄러운 팔레트나이프로 케이크에 아이싱 작업을 하기 시작했다.


헌틀리와 스머저는 그 남자를 찾아보려고 또다시 상점가로 가보았다. 위험한 일인 줄 알고 있었지만 철가루가 보이지 않는 강력함 힘에 의해 자석으로 끌려가듯이 그렇게 그곳으로 이끌렸다. 그만큼 단것을 향한 욕구가 강렬했다.

암거래상이 거기 있을 거라고는 기대하지 않았지만 학교에서 집으로 돌아가는 길에 몇 번 일부러 상점가를 지나 먼 길을 돌아갔다. 하지만 도로 위에는 눌어붙은 검은 타이어 자국과 납작해진 초콜릿 덩어리의 흔적만 남아 있었다.

"초콜릿을 파는 암거래상이 그 아저씨 혼자겠어? 분명히 다른 장사꾼이 나타날 거야."

스머저가 말했다.

하지만 무슨 수로 찾는단 말인가? 게다가 암시장의 초콜릿 가격이 하늘 높은 줄 모르고 솟아오르면 그 어마어마한 가격을 어떻게 감당한단 말인가? 초콜릿은 팔릴수록 그 수가 줄어들 것이고 그만큼 가격은 높아질 것이다. 주머니에 동전 몇 푼밖에 없는 학생들이 어른들과 경쟁하는 것은 불가능하다.

두 사람은 이제 모든 게 추억 속으로 사라져버렸다는 걸 실감했다. 언젠가는 그 추억마저도 희미해질 것이다. 이제 지리멸렬하고 공허한 무설탕의 삶을 꾸역꾸역 살아가는 일만 남았다. 진정 초콜릿의 종말이 왔다.

이들의 생각은 옳았다.

그러나 이들의 생각은 틀렸다.


금요일 오후, 황금시간대였다. 큰 소리로 떠들지만 않는다면 뭐든 하고 싶은 대로 해도 되었다. 로스 선생님은 교탁 앞에 앉아 채점을 하고 있었고, 아이들은 책을 읽거나 그림을 그리거나 글을 쓰거나 공상을 하거나 사탕가게에 가면 뭘 사 먹을까 상상하고 있었다.

프랭키 크롤리와 머틀 퍼킨스는 청소년선도단 본부라는 거창한 이름을 붙여놓은 장소(과거 소년단 모임방이었던 곳)에서 오늘 저녁에 열릴 1주년 기념식을 생각하고 있었다.

학급 컴퓨터는 순서를 정해 사용하게 되어 있는데 드디어 스머저의 차례가 왔다. 그전까지 스머저는 무화과 시럽을 쏟아 부은 케이크를 생각하고 있었다. 과연 그 케이크가 바라던 대로 효과를 내줄지 궁금했다. 혹시 아빠에게 불똥이 튀면 어쩌나 조금 걱정되기도 했지만 아마 그럴 일은 없을 것이다. 모두 초콜릿대용품을 탓할 것이다. 새로 나온 제품이어서 아직은 그 효과가 많이 알려져 있지 않으니까.

이제 초콜릿과 관계된 것은 뭐든 인터넷 상에서 검색이 불가능했다. 검색어를 입력하는 순간 곧바로 시스템이 마비되거나 '접근 불가'라는 경고문이 떴다.

로그인 상태에서 금지된 단어를 검색하면 정부 감시기관에서 곧바로 쿠키를 보내왔다. 쿠키는 인터넷 웹사이트의 방문 기록을 남겨 사용자와 사이트 사이를 매개해주는 정보로, 사용자의 하드드라이브에 자동 저장되어 그동안 그가 어떤 사이트를 돌아다녔는지 모두 알아냈다. 그후 사용자의 IP 주소를 추적해 곧바로 집으로 찾아갈 수도 있었다.

스머저는 인터넷에서의 검색은 포기하고 대신 소프트웨어 보관상자에서 오래된 백과사전 디스크를 찾아내 DVD용 슬롯에 집어넣었다. 백과사전이 실행되자 '초콜릿'이라는 단어를 입력했다. 화면에 다음과 같은 내용이 떴다.

초콜릿―카카오나무 열매로 만든 조제식품. 풍미용이나 음료 및 다양한 과자류의 재료로 사용된다. 초콜릿은 1519년 스페인의 아메리카 대륙 정복 시기에 아즈텍족에게서 사용법을 배운 스페인인들이 처음 유럽에 전파했다. 이후 영국에 들어온 것은 1657년 무렵의 일이다.

스머저는 얼굴을 찌푸렸다. 흥미로운 내용이긴 했지만 찾고 있는 정보는 아니었다. 이번에는 '관련 주제' 항목으로 가 '초콜릿 제조'를 클릭했다. 화면이 바뀌면서 사진과 관련 글이 나타났다. 역시 흥미로운 내용이었지만 필요한 정보는 아니었다. 결국 초콜릿을 포기하고 맨 처음 찾아보기 화면으로 돌아갔다. 검색창에 '금주법'이라는 단어를 입력했다.

컴퓨터 돌아가는 소리가 들리더니 잠시 후 화면에 새로운 글이 나타났다.

금주법- 음주가 사회악으로 간주되던 당시 미국에서 주류의 제조 및 판매를 금지시키기 위해 시행한 법. 1920년 1월 16일 자정부터 금주가 선포되었다. 그러나 금주법은 현실보다 이상을 반영하는 법이었으므로 법을 무시한 밀수와 증류, 발효, 양조 행위가 성행했다. 당연히 범죄행위가 양산되었고 불법으로 주류를 만들거나 판매하는 이른바 '밀거래'가 생겨났다. 대중 의식이 크게 바뀌면서 1933년 금주법이 폐지되었다.

스머저는 화면을 뚫어져라 보았다. 이번에는 '밀거래'라는 단어를 따로 클릭해보았다. 화면이 한 번 더 바뀌면서 간략한 문단이 나타났다.

밀거래- 주류를 불법으로 공수하거나 판매하는 행위를 가리키는 용어. 이와 같은 주류를 '밀주'라고 하며 이를 판매하는 사람을 '밀거래자'라고 한다. 밀거래자를 속칭 '장화다리'라고 부르는데, 이 용어는 미국의 남북전쟁 당시 밀주를 판매하는 사람들이 쇠가죽으로 만든 장화 속에 위스키 병을 숨겨 다녔던 데서 유래했다.

스머저는 흥미가 바짝 당겼다. 보통 흥미로운 게 아니었다. 알고 보니 오래된 백과사전에서도 배울 수 있는 점들이 많았다. 계속 보다 보면 뭔가 좋은 생각이 떠오를 수도 있을 것 같았다.

로스 선생님이 가까이 다가와 스머저가 뭘 하고 있는지 살펴보더니 옛날 백과사전 CD를 사용해서는 안 된다고 했다. 선생님이 깜빡 잊어서 그렇지 원래는 소프트웨어 보관상자에서 따로 빼내 제출해야 하는 거라고 했다.

선생님은 앞으로 궁금한 게 있으면 국민건강당의 교육 사이트를 찾아가라고 했다. *온 세상 아이들에게 가장 정확한 진실을 가르쳐주는 곳.*

스머저는 그 대목을 되새겨보았다.

*가장 정확한 진실.*

그런데 세상에 진실의 종류가 여러 개나 있을 수 있을까? 진실은 오직 한 가지 아닌가? 어떻게 하나의 진실이 또 다른 진실보다 더 정확하다고 말할 수 있단 말인가? 그렇다면 나머지 진실은 반만 진실이고 반은 거짓이라는 말인가? 국민건강당이 여러 개의 진실 중 한 가지를 내세워 주장한다면 사실 그건 전혀 진실이 아니지 않을까?


"백과사전에서 뭘 찾아봤어?"

금요일 오후, 집으로 가는 길에 헌틀리가 물었다. 바람결에 자유의 기운이 묻어 있었다. 주말을 앞두고 느낄 수 있는 분위기였다.

스머저는 우선 엿듣는 사람이 있는지부터 확인했다.

"제조법을 알아보려고."

"무슨 제조법?"

"당연히 초콜릿이지. 그거 말고 또 뭐가 필요하겠냐?"

"그래서 찾아냈어?"

"아니. 하지만 밀거래에 대해선 알아냈어."

"밀, 뭐라고?"

스머저는 오늘 백과사전에서 찾아낸 것들을 헌틀리에게 설명해주었다.

"밀주를 몰래 파는 무허가 술집이 있었대. 흔히 '소굴'이라고 불렀는데 거기 가면 마음 놓고 맥주랑 위스키를 마실 수 있었대. 초콜릿 제조법을 못 알아낸 게 너무 아쉽다. 우리가 직접 초콜릿을 만들어볼 수도 있을 텐데. 안전하면서도 확실한 초콜릿 제조법이 필요해."

"하지만 제조법만 알아낸다고 끝날 문제가 아니야. 재료가 전혀 없잖아. 제조법을 알아낸들 무슨 수로 만들겠어?"

"맞다. 그 생각을 못 했구나."

스머저가 한숨을 푹 쉬었다.

"게다가 우린 아직 어리잖아. 우리가 어떻게 밀거래자가 될 수 있겠어? 잘은 몰라도 그런 건 꽤 조직적이어야 할 거야. 범죄조직처럼 말이야."

헌틀리가 말했다.

"하지만 어딘가에는 재료가 남아 있지 않을까?"

스머저는 미련을 버리지 못하고 곰곰이 생각해보았다.

"어디서? 합리적으로 생각해봐. 설탕이든 코코아버터든, 모두 몰수당하고 폐기되었잖아."

"그래도 어딘가에는……."

"야, 아예 생각도 하지 마. 머릿속에서 지워버리라니까. 너도 데이브 쳉처럼 되고 싶어? 끌려가서 재교육이라는 걸 받고 싶어? 설탕이든 뭐든 손에 넣으려 하는 건 화덕에서 아이스크림을 찾는 것보다 더 부질없는 짓이야."

저만치에 있는 돌멩이를 발로 차버리려고 성큼성큼 앞으로 걷던 스머저가 문득 걸음을 멈추었다.

"왜 그래? 뭐 놀라운 일이라도 생각났어?"

헌틀리가 물었다.

"아니. 놀라운 일이 아니라 엄청나게 좋은 일이야. 방금 끝내주는 생각이 떠올랐어."

스머저가 씩 웃으며 대답했다.

"끝내주는 생각? 지금 어디 가는 건데?"

"옛날 친구를 만나러. 거기 가면 틀림없이 찾을 수 있을 거야. 어서 가자."

# 8장
# 설탕 한 포대, 케이크 한 조각
●●●

아름다운 케이크였다. 론 무어는 볼품없는 케이크는 절대로 만들지 않았다. 설탕도 지방도 들어가지 않은 스펀지케이크지만 예술가이자 장인으로서 최선을 다해 작품을 만들어냈다.

머틀 퍼킨스는 케이크를 들고 의기양양하게 청소년선도단 모임방으로 들어가 탁자 위에 내려놓았다.

론 무어는 청소년선도단 배지 모양으로 케이크를 구웠다. 초콜릿 대용품으로 아이싱을 덮고, 남학생 한 명과 여학생 한 명으로 이루어진 꼬마 인형을 만들어 케이크 맨 위를 장식했다. 꼬마 선도단원들은 꼿꼿하고 자랑스러운 자세로 서 있었다. 그 옆에는 '축 청소년선도단 1주년'이라는 글자 장식이 씌어 있었다.

인상적인 모양의 케이크가 등장하자 단원들이 일제히 환호성을 질렀다. 머틀은 케이크를 제 손으로 구워 온 양 절로 어깨가 펴졌다.

단원들의 신뢰와 인정이 모두 자기를 향해 달려오는 것 같았다. 솔직히 단원들이 원하는 것이라면 머틀은 기꺼이 들어줄 각오가 되어 있었다.

"와, 머틀. 케이크 멋지다."

"훌륭한데, 머틀? 한 건 해냈구나?"

프랭키 크롤리가 조금 샘이 난 표정으로 흘낏 바라보았다. 높은 점수와 칭찬, 인정은 그동안 언제나 프랭키의 몫이었다.

"역겨운 설탕이나 흥분을 유도하는 초콜릿 없이도 얼마든지 훌륭한 케이크가 탄생할 수 있다는 걸 보여주고 싶었을 뿐이야. 건강과 맛과 선행을 모두 쏟아 부어 반죽하고 케이크를 구웠다고 봐야겠지? 모두 맛있는 초콜릿대용품 덕분이야. 자, 각자 컵을 채우고 다 함께 청소년선도단가를 부르자."

단원들은 각자 컵에 자두주스를 따르고 큰 소리로 단가를 불렀다. 특히 절정을 향해 치닫는 대목에서는 오늘의 기념식을 위해 특별히 가사를 바꾸어 불렀다.

"오늘 우리는 한 살이 되었네.

드디어 첫돌을 맞이했네.

우리는 행복한 선도단

기운찬 함성소리 울려 퍼지니

우리의 선행은 기쁨이어라.

나가자, 다 함께, 앞으로 가자!"

노래를 마치고 다 함께 자두주스를 비웠다. 몇몇 단원은 흥에 겨워 빈 종이컵을 벽난로에 집어던지기도 했다. 머틀이 칼을 들어 케이크를 자르고 각자의 접시에 한 조각씩 나눠 주는 동안 다들 굶주린 표정으로 지켜보았다. 모든 접시가 찰 때까지 누구도 먼저 먹어서는 안 되는 게 규율이었다.

"자, 맘껏 먹자, 청소년선도단이여! 선량하고 깨끗하고 건전한 방법으로도 얼마든지 신나게 즐길 수 있다는 걸 온 세상에 보여주자!"

머틀이 큰 소리로 외쳤다. 그러고는 선량하고 깨끗하고 건전한 방법으로도 얼마든지 신나게 즐길 수 있다는 걸 온 세상에 몸소 보여주기 위해 가장 먼저 케이크를 덥석 깨물었다.

그런데 이건 뭔가 잘못되었다. 전혀 예상했던 맛이 아니었다. 하지만 국민건강당에서 인증한 초콜릿대용품으로 만든 케이크가 아니던가. 감히 맛이 없다고 불평할 수 없는 노릇이었다.

"으음! 맛있다. 그렇지, 애들아?"

머틀이 먼저 말을 꺼냈다.

다들 뭐라고 중얼거리며 미적지근하게 동의를 표했다.

"아, 배불러."

"정말 배부르다. 두 번은 못 먹겠어."

"이 접시도 다 못 비울 것 같아."

프랭키가 이마를 찌푸리며 그 단원을 노려보았다.

"제 몫의 케이크를 다 못 먹는 사람은 충실한 선도단원이라 할 수 없어. 접시를 깨끗이 비우고 다들 한 조각씩 더 먹는 게 어때?"

머틀이 다시 케이크를 잘랐다. 불행인지 다행인지, 다들 한 조각씩 더 먹을 수 있는 양이 충분히 남아 있었다.

머틀이 두 번째 케이크 조각을 접시에 담고는 자두주스를 꿀꺽 삼켰다.

"좋아. 케이크와 자두주스를 먹고 나서 다 같이 자리에 앉아 청소년선도단 규율에 관한 퀴즈를 풀어보자."

프랭키 크롤리가 모두에게 선언했다.

잠시 후 어디선가 우르릉거리는 소리가 들려왔다. 누군가의 뱃속에서 나는 소리 같았다. 소리의 진원지는 머틀이었다. 프랭키는 곧 자기 배에서도 같은 소리가 들린다는 걸 깨달았다. 다른 단원들의 배도 차례차례 요동치기 시작했다.

곧 전쟁에서 패배하고 달아나는 병사들처럼 황망하고 분주한 장면이 연출되었다.

그래도 첫 장면은 꽤 예의를 갖춘 모습으로 시작되었다.

"저, 다들 미안한데, 잠시 화장실 좀 다녀올게. 미안."

머틀은 이렇게 말하고 점잖게 자리에서 일어났다. 하지만 금세 종종걸음으로 바뀌더니 급기야 광란의 질주로 치달았다. 나머지 단원들도 머틀의 뒤를 쫓아갔다. 살아야 한다는 본능 때문에 체면치레고 뭐고 다른 생각은 할 여유가 없었다.

다들 굶주린 사자에게 쫓기는 얼룩말 떼처럼 복도를 내달렸다. 너도 나도 한꺼번에 뛰어드는 바람에 화장실 문 앞에서 병목현상이 일어났다. 서로 먼저 들어가려고 몸부림쳤다.

"저리 비켜!"

"내가 먼저 왔어!"

"이 문 놓지 못해?"

"아이고, 배야!"

"으악, 이거 새 바지인데."

"엄마한테 뭐라고 말하지?"

"헉, 안 돼!"

"어머, 이게 웬일이야."

"우웩, 냄새!"

"여기 휴지 떨어졌어! 빨리! 누가 신문지라도 빌려줘!"

스머저 무어가 초콜릿대용품에 무화과 시럽을 섞었을 거라고는 그 누구도 상상하지 못했다. 다들 초콜릿대용품 때문이라고 짐작했다. 그러니 앞으로 초콜릿대용품을 요리에 사용하려면 아주 조금만, 지극히 적은 양만 넣어야겠다고 각자 다짐하는 것으로 사건은 일단락되었다.


스머저와 헌틀리가 가게에 들어서자 바비 할머니는 크게 반가워했다. 사실 누구든 찾아오기만 해줘도 반가울 형편이었다. 할머니는 원래 사람을 좋아하고 특히 아이들을 좋아하는데 초콜릿금지령이 떨어진 뒤로는 사람도 아이도 자주 볼 수 없었다. 할머니에게 가게는 단순한 장사 이상의 의미를 지니고 있었다. 이곳은 할머니의 사교공간이자 소문을 전파하는 통로였으며 온갖 소식과 정보를 모으는 사랑방이었다. 한마디로 할머니가 살아가는 방식이었다.

그러나 지금은 신문과 만화책, 국민건강과자, 우유, 생활필수품 외에는 팔 수 있는 게 많지 않았다. 이른 아침 출근길에 신문을 사러 들르는 손님들 때문에 가게가 잠깐 붐볐다가 러시아워가 끝나면 하루 종일 사람 구경하기가 하늘의 별 따기였다. 그럴 때면 할머니는 계산대 뒤에 앉아 천천히 신문이나 잡지를 읽었다. 다 읽은 다음 다시 가판대에 가져다놓고 새것처럼 팔아야 하기 때문에 페이지를 넘길 때마다 접히지 않도록 최대한 조심했다.

석간신문 첫판이 도착하는 이른 오후까지는 시간이 참으로 더디게 흘러갔다. 그러다 신문이 도착하면 손님들이 드문드문 찾아왔다. 주로 구인광고나 중고차판매란, 친구나 애인을 구하는 외로운 사람들의 게시판 등을 보기 위해 신문을 사는 사람들이었다.

사정이 이렇다 보니 가게 문에 달린 종이 딸랑 울리면서 스머저와 헌틀리가 어슬렁어슬렁 가게 안으로 들어오자 바비 할머니는 왈칵 반가운 마음이 솟구쳤다.

"아이고, 어서 와라, 얘들아. 그나저나 팔 게 없으니 어쩌누? 설마 건강과자를 사러 온 건 아니겠지?"

스머저는 정색을 하며 건강과자를 사러 온 것은 절대 아니라고 밝혔다.

"고양이한테나 한번 줘볼까 생각 중이다. 고양이라면 아마 건강과자를 좋아할 거야. 물론 먹는 게 아니라 갖고 노는 걸로 좋아하겠지. 그런데 너희가 오늘은 웬일이냐?"

잠시 어색한 침묵이 흘렀다. 스머저와 헌틀리는 요점을 말하고 싶었지만 어떤 말부터 꺼내야 할지 알 수 없어 안절부절못했다.

"솔직히 조금은 힘든 일이에요. 저랑 스머저는 누구도 곤란에 빠뜨리고 싶지는 않거든요."

헌틀리가 먼저 이야기를 꺼냈다.

"그럼요, 절대로 안 되죠. 그러니까 할머니도 내키지 않으시면 언제든 안 된다고 말씀하세요. 두 번 생각하실 필요도 없어요."

스머저가 맞장구를 쳤다.

"대체 무슨 일인데 그러냐? 무슨 소린지 감을 못 잡겠구나. 빙빙 돌리지 말고 그냥 말해보렴."

"저, 할머니. 저희가 지난번에 여기 왔을 때, 그러니까 초콜릿이 전면 금지된 그날 말예요. 할머니 창고에 갔었잖아요. 저는 못 봤는데 스머저는 봤대요."

"보다니, 뭘 말이냐?"

"할머니 창고 뒤쪽에 통조림이랑 포대 같은 게 잔뜩 쌓여 있는 걸요."

"아, 그래! 여긴 내가 인수하기 전에 식료품가게였단다. 그러다 신문가게로 바뀐 거야. 그때 팔다 남은 물건이 아직도 많이 남아 있어. 썩기 쉬운 건 다 버리고 통조림이나 포대는 남겨두었지. 지금 생각해보니 그날 초콜릿경찰대가 거기까지는 미처 못 보고 간 것 같구나. 초콜릿경찰이라고 다 똑똑한 사람만 모여 있는 건 아닌가 보다. 머릿속에 뇌 대신 널빤지나 벽돌을 넣고 다니는 모양이야."

"제 말이 그 말이에요. 할머니 창고에 쌓여 있는 그 물건들을 요긴히 사용할 때가 드디어 왔어요."

헌틀리의 목소리가 저도 모르게 높아졌다.

"그래? 그게 뭐냐? 설마 정어리 통조림을 말하는 건 아니겠지? 아니면 으깬 완두콩이냐?"

"아뇨. 코코아하고 설탕 포대요. 코코아버터도 좋고요."

스머저가 불쑥 말했다.

바비 할머니는 뭔가 크게 착각했을 거라는 표정으로 스머저를 바라보았다. 할머니는 당장 가게 출입문에 '폐점' 표지판을 걸어놓고 창고 쪽으로 향했다.

스머저의 기억은 틀리지 않았다. 선반 맨 아래 칸에 쌓여 있는 갈색 종이상자에 '최상품 코코아, 6다스'라고 씌어 있었다.

두 소년은 상자를 모두 끌어내 숫자를 세어보았다. 앞에 보이는 상자는 모두 열두 개인데 앞쪽 상자를 들어내니 뒤쪽에 또 열두 개가 있었다.

스머저가 펜과 종이를 좀 달라고 했지만 바비 할머니는 암산으로 충분하다고 자신했다.

"상자 하나에 여섯 다스가 들어 있어. 한 다스에 소포장 코코아 봉지가 열두 개니까, 상자 하나엔 6 곱하기 12 즉 총 72개가 들어 있는 거지. 그런데 상자가 모두 스물네 개니까, 소포장 코코아 봉지는 모두……."

바비 할머니는 결국 펜을 가져와 종이상자 위에 대고 계산했다.

"모두 1,728개의 코코아 봉지가 있는 거야!"

스머저가 나지막한 휘파람을 길게 불었다. 처음에는 바비 할머니가 계산을 잘못 한 줄 알았다. 하지만 확인하고 또 확인해봐도 정확했다. 정말로 1,728개의 코코아 봉지가 있었다. 지금으로선 같은 무게의 황금과 바꿔도 될 만큼 귀한 물건이었다.

"바비 할머니. 지금 할머니가 뭘 손에 넣었는지 아세요? 이걸 암시장에 가져가면 얼마나 받을 수 있는지 아세요?"

헌틀리가 흥분해서 말했다.

"아니, 난 모르겠구나. 하지만 초콜릿경찰에게 발각되면 무슨 일을 당하게 될지는 분명히 알 것 같다. 아마 10년은 족히 갇혀 있어야 할걸. 그건 엄청난 시간이야. 다시 세상 밖으로 나올 때쯤이면 얼굴주름이 쪼글쪼글해져서 다리미로 펴야 할 거야."

"그런데 초콜릿경찰은 왜 이걸 못 보고 지나쳤을까요? 경찰대원이 여기까지 안 와봤다 해도 초콜릿 탐지기가 있었잖아요. 탐지기는 벽 너머에 있는 초콜릿도 다 찾을 수 있거든요."

스머저가 말했다.

"흠, 아무래도 소문이 사실인가 보구나."

할머니가 조심스럽게 입을 열었다.

"초콜릿 탐지기는 완제품 초콜릿과 사탕에만 반응을 보인다는 말을 들었거든. 초콜릿 재료는 찾아내지 못한다더구나. 재료를 혼합해서 초콜릿 상태로 만들었을 때만 탐지기 모니터에 잡힌다는 거야."

스머저와 헌틀리는 서로를 바라보았다. 정말 귀중한 정보였다. 할머니 말이 사실이라면 지금 마음에 두고 있는 일의 위험이 상당히 줄어들 것이다.

"예전엔 코코아버터를 어떻게 구했어요?"

헌틀리가 묵직한 통조림을 하나 집어 들며 물었다. 제조사 이름은
스페인어처럼 보였고 통조림은 남아메리카에서 수입한 것이었다.

"재료상에서 구했지. 제과점 같은 데에 납품하는 곳이란다."

"그럼, 설탕은요? 설탕이 얼마나 있나 한 번 봐도 돼요?"

스머저가 물었다.

설탕은 다음 선반 위에 있었다. 설탕상자는 코코아상자보다 무겁
고 단단했다. 두 소년은 있는 힘을 다해 설탕상자들을 모두 바닥에
내려놓았다.

상자를 뜯어보니 갈색설탕도 있고 핫케이크나 초콜릿케이크를 만
들 때 쓰는 흑설탕도 있었다. 한 상자에 모두 40개의 소포장 봉지가
들어 있었다.

"최소한 800봉은 되겠어요."

헌틀리가 말했다. 스머저도 고개를 끄덕였다. 스머저의 계산도 같
았다. 하지만 바비 할머니만은 조금 걱정스러운 얼굴로 설탕을 바라
보았다.

"일일이 다 열어보고 안에 든 설탕을 확인해봐야 할 거다. 가끔 창
고에 쥐가 돌아다니며 말썽을 피웠거든. 생쥐가 설탕을 건드렸을 거
라곤 상상도 하기 싫다만."

두 소년은 설탕상자를 확인했다. 하지만 쥐가 갉아먹은 흔적은 어
디에도 보이지 않았다. 그래도 할머니는 칼을 가져와 상자 한두 개

를 직접 열어보고 안에 든 소포장 봉지까지 확인했다.

"제가 보기엔 괜찮은데요? 배설물 흔적도 없고 갉아먹은 흔적도 없어요."

스머저가 잠시 망설이다가 말을 이었다.

"확실히 알아보려면 아무래도, 직접 맛을 보는 게 낫지 않을까요?"

바비 할머니가 빙그레 웃었다.

"그러려무나."

스머저가 조심스럽게 부드러운 갈색설탕 봉지를 하나 열었다. 그러고는 손가락에 설탕을 묻혀 핥으며 맛을 보았다.

"맛은 괜찮아요. 할머니도 맛을 보세요."

"다음 차례는 헌틀리한테 양보하지."

바비 할머니가 빙그레 웃으며 말했다. 헌틀리의 눈이 불안하게 떨리는 걸 보았기 때문이다. 자기 차례가 오면 봉지 안의 설탕이 모두 없어져 있을까 봐, 황금 같은 기회를 영영 놓치고 말까 봐 걱정하는 그런 눈빛이었다.

이제 설탕봉지는 헌틀리의 손으로 넘어갔다. 그 다음은 바비 할머니의 차례였다. 세 사람 모두 설탕의 상태에 전혀 문제가 없다는 데 동의했다. 사실 지금까지 먹어본 설탕 중 최고의 맛이었다. 세 사람은 다시 한 번 돌아가며 맛을 보았다. 결국 설탕봉지 하나를 다 먹어 버렸다.

"아, 맛있다. 최상급 설탕이야."

스머저가 말했다.

"동감이야. 처음엔 조금 께름칙했는데 결국 한 봉지를 다 먹어버렸어. 할머니는 어떻게 생각하세요?"

하지만 바비 할머니의 눈에는 오로지 두 소년의 끈적거리는 얼굴만 보였다. 입술과 입 주변이 온통 갈색 범벅이었다.

"내 생각엔 말이다, 너희 둘 다 어서 세수를 하고 오는 게 좋을 것 같구나. 그 상태로 거리에 나갔다간 초콜릿경찰대가 재깍 알아보고 너희 손에 재깍 수갑을 채울 거다."

헌틀리는 내심 부끄러웠다. 앞으로는 사탕이나 초콜릿 앞에서 절대로 자제심을 잃지 않겠다고 다짐했다. 자제심을 잃는다는 것은 어리석고 불필요한 위험에 뛰어든다는 뜻이고 곧 적발과 체포로 이어질 수 있다. 뛰는 놈 위에 나는 놈이 있다고, 항상 초콜릿경찰대보다 한수 위여야 한다. 꿀통에 푹 빠진 곰돌이 푸처럼 끈적거리는 두 손을 드러내며 돌아다니는 일은 피해야 한다. 규정을 어기더라도 몰래 어겨야 한다.

두 소년은 얼굴을 깨끗이 닦고 창고로 돌아왔다.

"자, 이제 어떻게 하면 되는지 말해보려무나. 혹시 내 짐작이 맞는 거냐?"

할머니는 이미 눈치를 챈 것처럼 보였다. 그래도 스머저는 본격적인 이야기를 시작했다.

"바비 할머니, 그러니까 여긴 금광 같은 곳이에요. 코코아도 있고 설탕도 있고 코코아버터도 있어요. 하지만 초콜릿을 만들려면 또 필요한 게 있어요. 바로 초콜릿 제조법이죠. 그런데 제조법을 알아내는 게 쉽지 않아요. 초콜릿에 관한 책은 모두 판매 금지되었고 도서관에서도 모두 사라졌어요. 인터넷 검색도 안 돼요. 초콜릿이란 단어만 입력해도 시스템이 전부 마비돼요. 혹시 할머니는 초콜릿을 만들 줄 아세요?"

"아니, 난 못 만든다. 만들 수만 있다면 얼마나 좋겠니? 정말 미안하구나."

"아녜요. 그래도 제조법을 꼭 찾아낼 수 있을 거예요. 초콜릿을 만들게 되면 그걸 팔아야 할 거고, 그날이 오면 할머니 가게야말로 제격이겠죠. 물론 할머니가 팔 물건은 절대금지품목, 한마디로 밀거래 품목이 되겠지만요."

"밀거래?"

할머니가 물었다.

"아주 오래전 미국에서 금주령이 실시됐을 때처럼 말예요."

"아, 그래. 무슨 말인지 알겠다."

할머니가 고개를 끄덕였다.

"계산대 밑에 조금씩 숨겨놓고 팔면 돼요. 신문이나 잡지를 사러 온 사람들한테 할머니가 눈을 찡긋하면서 '더 필요한 건 없어?' '다른 건 안 살 거야?' 같은 말을 하는 거예요. 그럼, 뭐, 생각대로 되겠죠."

"저희가 정말 잘 알고 믿을 만한 친구들한테만 암호를 알려줄게요. 절대 우리 편인 학교 친구들요. 청소년선도단 같은 애들 말고요.

저랑 헌틀리가 초콜릿을 만들게요. 할머니는 그걸 팔아서 돈을 버세요."

"너희는? 너희 몫은 어떻게 되는 거냐? 일만 시키고 아무것도 안 줄 순 없다."

"저희는 초콜릿만 먹을 수 있으면 돼요."

"하지만 금전적 보상이 전혀 없다는 건 좀 그렇구나. 그럴 경우, 내가 어린 너희를 착취한다는 기분이 들지 않겠니?"

"마음 써주셔서 감사해요. 하지만 저희가 이 일을 하려는 진짜 이유는 희망을 살리고 싶어서예요. 저들에게 절대 굴복하지 않겠다는 걸, 하찮은 존재로 취급받지 않겠다는 걸 똑똑히 보여주고 싶어요."

할머니는 그들을 물끄러미 바라보았다. 사뭇 진지한 얼굴이었다.

"너희를 보니 우리 영감이 살아 있었을 때가 떠오르는구나. 그이도 너희처럼 늘 반란을 꿈꾸었지. 언제나 자유와 정의를 위해 싸웠단다. 의회와 신문사에 항의편지를 보내고 중앙선에 차를 세우고 시위를 하곤 했지. 너희가 자꾸 그이를 떠올리는 바람에 내가 따르지 않을 수 없구나. 그이는 '반란의 역사는 국가의 역사보다 길다'고 입버릇처럼 말했지."

"그게 무슨 뜻이에요, 할머니?"

"그건 너희가 직접 곱씹어보거라. 그럼 이제 거래가 끝난 건가?"

그랬다.

스머저와 헌틀리는 차례차례 바비 할머니와 악수를 했다.

"우린 초콜릿 밀거래자가 될 거예요."

스머저가 자리에서 일어나 당당히 말했다.

"아직 어리다고 해서 권리까지 없는 건 아니라는 걸 보여줄 거예요. 초콜릿을 그런 식으로 무턱대고 뺏어가서는 안 돼요. 우린 맞서 싸울 거예요."

스머저와 헌틀리는 바비 할머니의 가게를 나와 집으로 향했다.

"이제 뭘 해야 하지?"

헌틀리가 물었다.

"책벌레가 되어야지."

스머저가 대답했다.

"토요일 아침에 책을 한 권 찾아내야 해. 초콜릿 제조법이 담긴 책."

# 9장
## 블레이즈 씨

• • • •

스머저는 평소 책에 열광하는 편은 아니었다. 한때는 읽어야 할 만큼 읽었지만 점점 흥미가 줄어들었다. 지금은 정확한 정보와 축구에 대한 관심이 더 컸고 필요한 정보는 대부분 잡지나 인터넷에서 찾아보았다.

그렇다고 책을 향한 애정이 모두 식어버린 건 아니었다. 책은 작아서 들고 다니기 편하고 무엇보다 전원을 연결할 필요가 없기 때문에 아주 유용하다. 게다가 책은 어떤 일을 하는 방법도 가르쳐줄 수 있다. 이를테면 초콜릿을 만드는 방법이랄지.

문제는 과연 어디서 그런 책을 구할 것인가, 바로 그것이었다. 도서관에서는 더 이상 아무것도 기대할 수 없었다.

바비 할머니의 가게에 다녀온 그 주 토요일 오전, 두 소년은 47번 버스를 타고 시내로 향했다. 그들의 목적지는 최신식 쇼핑몰이 아니었다. 오래되고 초라하지만 훨씬 흥미로우며 물건도 싸게 살 수 있는 곳이었다. 자동차가 다니지 않고 상점과 노점이 길게 이어져 있는 재래시장이었다.

글래스시장 부근의 거리는 좁고 자갈이 깔려 있으며 뱀처럼 구불구불했다. 갑자기 모퉁이가 나타나거나 수상쩍은 문이 가로막기도 하고 난데없이 너른 마당이 나타났다가 숨은 출입구가 보이기도 했다. 흠집이 있는 도자기나 바이올린 활, 우표 수집품 등을 파는 가게부터 골동품가게, 고물상도 여럿 있었다. 또 중고 레코드 가게와 구제 의류 가게, 말린 과일과 향신료를 파는 가게 등도 보였다. 갓 볶은 커피를 살 수 있는 가게도 있었는데 가만히 서 있기만 해도 커피콩을 볶는 향기로운 냄새가 솔솔 풍겨왔다.

두 소년은 서둘러 복잡한 골목길을 빠져나갔다. 과일가게를 지나는데 주인의 목소리가 울려 퍼졌다.

"사과 사세요! 맛 좋은 사과요! 오렌지 있어요! 포도도 좋아요! 바나나도 있습니다!"

스머저는 걸음을 멈추고 사과 두 알을 샀다. 두 소년은 사과를 와삭와삭 씹으며 걸어갔다.

"나도 과일을 싫어하는 건 아니야. 나보다 사과를 더 좋아하는 사람 있으면 나와보라고 그래. 단지 초콜릿도 똑같이 좋아하는 것뿐이지."

스머저가 말했다.

"옳은 말이야. 하지만 목소리는 좀 낮춰라."

헌틀리가 주의를 주었다.

두 소년은 고물상과 헌책방이 늘어서 있는 자갈 깔린 구역으로 들어섰다. 길 위에 헌책이 가득 담긴 상자와 표지가 너덜너덜해진 두꺼운 책이 꽂혀 있는 선반이 나와 있었다. '한 권에 2파운드', '세 권에 5파운드'라고 쓰인 표지판도 보였다.

헌틀리와 스머저가 어느 헌책방 앞에서 잡지를 들춰보고 있는 사이, 제복을 입은 두 소년이 과일가게 앞을 지나갔다. 둘 다 금방이라도 쓰러질 듯 얼굴이 해쓱했다.

"어제저녁 왜 배탈이 났는지 도무지 모르겠어."

머틀 퍼킨스는 거짓말을 했다. 왜 배탈이 났는지는 너무도 분명했지만, 그걸 인정하는 순간 스스로 이교도요 반역자임을 선언하는 것과 같았다.

"나도 모르겠어. 어쩌면 오래전에 먹은 설탕과 초콜릿이 몸속에 남아 있다가 탈을 일으킨 건지도 모르지."

프랭키가 대답했다.

"맞아. 그럴지도 몰라."

머틀이 얼른 맞장구를 쳤다.

뭔가를 더 말하려는 순간, 낯익은 두 소년이 그들의 눈에 띄었다. 헌틀리 헌터와 스머저 무어였다. 흐음. 저기서 무슨 수작을 벌이고 있는 거지? 프랭키는 직접 가서 알아봐야겠다고 생각했다.

"이따 본부에서 보자. 혼자서 조금 걷고 싶어."

"알았어, 프랭키. 이따 오후 훈련시간에 보자. 날씨가 좋으면 공원에서, 아니면 강당에서."

"그래, 잘 가, 머틀."

두 소년은 각자 갈 길로 향했다.

헌틀리와 스머저는 책을 뒤지고 있었다. 길가 접의자에 앉은 헌책방 주인은 밀짚모자를 깊숙이 눌러 쓰고 두 소년을 흘끔거렸다.

"뭐 찾는 거라도 있냐?"

"아, 그냥 살펴보는 거예요."

"딱히 필요한 책이 있는 거냐?"

그러나 스머저는 감히 초콜릿이라는 단어를 입 밖에 낼 엄두가 나지 않았다.

"그냥 요리책 같은 거요."

주인이 모자를 뒤로 젖히며 얼굴을 내비쳤다.

"요리책? 남자애들이 요리에 관심이 있는 거냐?"

"예. 요리법을 소개하는 책을 찾고 있어요."

헌틀리가 대답했다.

"손님상 차림 같은 거?"

"그런 건 아니고요."

헌틀리는 대답을 하다 말고 뭔가를 알아보았다. 헌책방 주인의 윗옷 주머니에 은색 종이가 반짝이고 있었다. 가게 주인도 초콜릿을 먹는 사람이다!

"저걸 봐. 저 할아버지도 우리 편이야."

헌틀리가 스머저의 옆구리를 쿡쿡 찌르며 속삭였다.

"하지만 오래도록 우리 편은 못 되겠다. 저렇게 버젓이 광고하고 다니는 걸 보면 조심성이 별로 없다는 뜻이잖아."

스머저가 속닥거렸다.

두 소년은 가게 주인이 앉아 있는 곳으로 다가갔다. 얼굴이 붉고 볼이 통통하며 행복한 표정을 짓고 있었다. 아무래도 낙관주의자인 것 같았다.

스머저는 입을 거의 움직이지 않고 나지막이 말했다.

"할아버지, 초콜릿 다 보여요."

헌책방 주인의 눈빛에 왈칵 두려움이 실렸다. 그는 얼른 윗옷 주머니를 내려다보았다. 정말로 초콜릿 은박 포장지가 버젓이 밖으로 나와 있었다. 주인은 침을 꿀꺽 삼키고 빨간 물방울무늬 손수건을 꺼내더니 마치 마술사 같은 손놀림으로 윗주머니에 꽂아 초콜릿을 가렸다.

"고맙다, 얘들아. 너희가 아니었으면 큰일 날 뻔했다. 그러니 이제 말해보려무나. 진짜로 찾고 있는 게 뭐지? 이 할아버지는 알 것도 같다만."

"제조법 책을 찾고 있어요."

스머저가 말했다.

"물론 특별한 제조법이죠. 특히 푸딩이나 뭐, 달콤한 걸 만드는 법 요."

헌틀리가 덧붙였다.

"그런 책을 갖고 있긴 하다만……"

가게 주인이 순간 목소리를 확 낮추고 은밀히 속삭였다.

"내가 먼저 들어갈 테니 너희는 조금만 더 어슬렁거리다 오너라. 2층 뒤쪽 방이다."

가게 주인은 살집이 많아서 스머저와 헌틀리의 도움을 받고서야 겨우 접의자에서 몸을 일으켰다. 생각보다 키가 작았다. 앉아 있을 때가 훨씬 커 보였다.

"이따 보자. 태연하게 굴어야 한다."

주인은 이렇게 말하고 가게 안으로 들어갔다. 출입문에 '로저 블레이즈 중고서점'이라는 간판이 붙어 있었다. 그 아래에는 작은 글씨로 '책을 훔치다 들키면 즉시 고발 조치하겠음'이라는 경고문도 보였다. '개조심—맹견임'이라는 글자도 보였다. 하지만 개는 흔적도 보이지 않았다.

서점 1층에 손님이 와 있었다. 청소년선도단 제복을 입은 남자아이였다. 가게 주인은 손님이 들어와 있는 것도 몰랐다.

"뭘 찾으시나, 청소년선도단?"

블레이즈 씨가 가게 안으로 들어서며 물었다.

"그냥 둘러보는 거예요."

프랭키 크롤리가 대답했다.

"필요한 게 있으면 큰 소리로 불러라."

블레이즈 씨는 인자한 목소리로 그렇게 말하고는 바람이 빠지는 풍선처럼 숨을 헐떡이며 삐걱거리는 좁은 계단을 올라갔다.

헌틀리와 스머저가 가게 안으로 들어와 좁은 계단을 올라갈 때 프랭키는 책장 뒤에 몸을 숨기고 있었다. 잠시 지체하다가 뒤를 밟았지만 계단이 심하게 삐걱거리는 바람에 올라갈 엄두는 못 내고 그냥 소리만 엿듣기로 했다. 계단 밑에 서서 사냥개처럼 귀를 쫑긋 세우고 위층의 소리에 집중했다.

블레이즈 씨는 사무실 문을 살짝 열어놓고 기다리고 있었다. 스머저와 헌틀리가 올라오자 60와트 백열등 홀로 희미한 빛을 뿌리는 창문도 없는 작은 방으로 데리고 들어갔다. 그러고는 아무도 뒤따라온 사람이 없는지 확인한 뒤 가만히 문을 닫았다.

두 소년이 밟고 올라온 계단 밑에는 프랭키가 숨을 죽이고 있었다. 프랭키는 문 닫히는 소리가 들리자 발끝으로 조심조심 몇 계단 올라간 뒤 다시 귀를 기울였다. 그러나 희미하게 웅얼거리는 소리 말고는 들려오지 않았다.

"너희가 찾고 있는 책은 특별히 감춰둔 거란다. 금서를 모두 몰수해 불태워버릴 때 겨우 화를 면한 것들이지."

붉게 부풀어 오른 코를 톡톡 두드리며 블레이즈 씨가 말했다.

사무실 안에는 책이 가득 쌓여 있었다. 마치 수돗물이 쏟아지듯 벽에서 바닥을 향해 책이 마구 뿜어져 나온 것 같았다. 이렇게 잔뜩 쌓인 책 더미에서 어떻게 원하는 책을 찾을 수 있을까 궁금할 정도였다. 그런데 블레이즈 씨는 단 몇 초 만에 원하는 책을 골라 왔다. 모서리가 잔뜩 접힌 누덕누덕한 책으로 표지 전체에 촉촉한 초콜릿 사진이 실려 있었다. 블레이즈 씨는 그게 성배(聖杯)라도 되는 양 공손하고 조심스럽게 책을 다루었다.

"초콜릿 제조기술, 토비어스 맬로 지음."

블레이즈 씨는 책표지를 읽어 내려갔다.

"현존하는 세계 최고의 장인이 쓴 탁월한 초콜릿 제조법 지침서. 안타깝게도 지금은 고인이 되셨단다."

블레이즈 씨는 애도의 뜻으로 잠깐 밀짚모자를 벗었다가 곧 다시 썼다.

"미안하지만 이 책을 넘겨줄 수는 없다. 나한테 남은 유일한 책이니까. 펜과 종이를 빌려줄 테니 제조법을 베껴가렴. 복사기가 있긴 하지만 내가 손을 댄 뒤로 작동이 안 되는구나."

아무렇게나 펼쳤는데 정확히 원하는 페이지가 나타났다. 아무래도 운명의 계시인 것 같았다.

블레이즈 씨가 스머저에게 책을 건넸다.

"이 부분을 찾고 있었던 거냐? 기본 초콜릿 제조법?"

"예, 맞아요. 고맙습니다."

스머저가 고개를 끄덕였다.

헌틀리는 스머저의 어깨 너머로 펼쳐진 페이지를 바라보았다.

가정에서 만드는 초콜릿 제조법 모음

"펜과 종이를 갖다주마."

블레이드 씨가 말했다.

"고맙습니다. 얼마나 드리면 될까요?"

스머저가 물었다.

"아니다. 사례는 벌써 받았다. 초콜릿경찰에게 끌려갈 뻔했는데 너희 덕분에 살았잖니. 이만하면 공평하지?"

블레이즈 씨가 펜과 종이를 가져왔다.

"자, 여기 있다. 요즘 애들도 필기체를 쓸 수 있으려나?"

그는 씨근거리듯 혼잣말을 했다.

"잠깐! 무슨 소리가 들린 것 같은데."

블레이즈 씨가 사무실 문을 열고 밖을 엿보았다. 그러나 아무도 보이지 않았다. 프랭키는 이미 계단 밑으로 급히 내려간 뒤였다.

스머저와 헌틀리는 들어설 때처럼 태연하게 가게를 나섰다.

"도와주셔서 감사합니다, 블레이즈 씨. 아, 그, 우리 고장의 역사에 대해 알려주신 거요."

스머저는 인사를 하다 말고 혹시 누가 엿듣고 있기라도 할까 봐 급히 덧붙였다.

"별 말을 다 하는구나."

블레이즈 씨도 인사를 건네고 다시 가게 안으로 들어갔다. 프랭키는 여전히 책장 사이를 오가며 책을 살펴보고 있었다.

"뭐라도 건졌나, 청소년선도단? 혹시 도움이 필요하냐?"

순간 프랭키가 짓궂은 표정으로 물었다.

"우리 고장의 역사에 관한 책은 없나요? 저 위층에 있겠죠?"

"우리 고장의 역사? 그런 건 없는데? 그런 책은 취급하지 않는단다. 길모퉁이 매튜 서점에 가봐라. 우리 고장의 역사 전문가니까."

"아까 어떤 애들이 나가면서 우리 고장의 역사를 가르쳐주셔서 고맙다고 인사하는 걸 들었는데요?"

블레이즈 씨가 씩 웃었다.

"아, 그거. 그래, 두 손님에게 옛날이야기를 좀 들려주었지. 어디까지나 개인적인 추억이지만. 여기 글래스시장이 최고 전성기를 누리던 시절의 이야기 말이다. 너도 사무실에 가서 좀 들어보겠니? 이할아버지가 죄다 들려주지."

"아니, 아녜요. 괜찮습니다."

프랭키는 재빨리 사양했다.

"괜찮아. 옛날이야기라면 몇 시간이고 할 수 있어."

"그러실 것 같네요. 하지만 급한 약속이 있어서요. 안녕히 계세요."

프랭키가 서둘러 가게를 떠나자, 블레이즈 씨는 사무실로 돌아갔다. 안에서 문을 잠근 뒤 일부 페이지를 몰래 도려낸 책을 한 권 꺼내어 그 속에 숨겨둔 납작한 초콜릿을 꺼냈다.

## 10장
# 책 보고 요리하기

●●●

헌틀리와 스머저는 한껏 들뜬 채로 집에 돌아왔다. 처음에는 초콜릿경찰이 있는지 조심스럽게 살폈다. 혹시 뒤를 밟는 사람이 있을까 봐 이따금씩 가게 문 앞에 잠깐 서 있어보기도 하고 유리문에 비친 그림자를 확인해보기도 했다. 그러나 고발을 목적으로 뒤를 밟는 미행자나 비밀리에 활동하는 초콜릿경찰은 보이지 않았다. 확신이 커지자 버스 정류장에 도착할 즈음에는 이미 마음이 풀어져 있었다.

흥분이 고조되면서 조심성까지 자연스레 사라진 탓에 더 이상 뒤를 살피지 않았다. 하긴 주의를 기울였더라도 모퉁이에서 모퉁이로, 문에서 문으로 바람처럼 움직이며 몸을 숨기는 희미한 그림자를 발견하기는 힘들었을 것이다.

두 소년은 원하는 제조법을 얻었다는 성취감에 들떠 도처에 숨어 있는 덫과 함정을 까마득히 잊어버렸다. 덫을 너무도 쉽게 피했다고 생각하면서 실제로는 제 발로 덫을 찾아가 질끈 밟은 꼴이 되고 말았다. 거대한 덫의 발톱이 서서히, 아주 서서히, 그러나 무자비하게 두 소년을 옭아매기 시작했다.

운명은 이미 봉인되었다. 어떻게 흘러갈지는 오직 시간만이 알고 있었다.

버스에서 내렸을 때는 이미 해가 많이 기울어 있었다. 그러나 바비 할머니 가게에 들러 제조법을 구했다는 소식을 전할 시간은 남아 있었다. 스머저는 바비 할머니에게 안전하게 보관해달라며 제조법 쪽지를 맡겼고, 할머니는 그걸 창고의 오래된 깡통 속에 감춰두었다. 그리고 다음날인 일요일 아침에 다시 만나 초콜릿을 만들어보기로 약속했다.

다음날 아침 두 소년은 미리 약속해둔 비밀 암호로 바비 할머니의 가게 문을 두드렸다. 잠시 후 할머니가 문을 열어주었다.

바비 할머니의 부엌은 창고를 지나가야 나왔다. 부엌에는 활처럼 굽은 무쇠 다리가 달린 구식 가스레인지가 놓여 있었고 비좁고 답답한 느낌을 풍겼다.

"충분하진 않겠지만 이 정도면 될 거다. 작은 그릇에 조금씩 만들어야 할 거야. 냄비랑 팬은 여기 있고 나무주걱도 있다. 빵을 구울 때 쓰는 쟁반도 있어. 여기에다 초콜릿을 붓고 모양을 만들어서 냉장고에 집어넣으려무나. 냉장고는 영업용이니까 큼직해서 좋을 거야."

"고맙습니다, 바비 할머니. 그런데, 혹시 우유를 좀 써도 될까요? 아, 버터도 조금요."

스머저가 말했다.

"나도 알고 있단다. 어젯밤 제조법을 읽어보니 우유가 있어야겠더라. 걱정 마라. 우유는 많으니까. 냉장실에 500밀리리터짜리 우유가 스무 개 정도 있을 거야. 누가 와서 우유를 찾으면 다 팔렸다고 해야겠다."

"고맙습니다. 그럼 지금부터 시작해볼까요?"

헌틀리가 제조법 메모를 읽으며 물었다.

"그런데 할머니, 혹시 온도계 있어요?"

물론 있었지만 케이크나 설탕용 온도계는 아니었다. 안타깝게도 할머니의 온도계는 혀 밑이나 겨드랑이 사이에 끼우고 결석이 가능할 만큼 열이 나는지 확인할 때 쓰는 체온계였다. 하지만 이가 없으면 잇몸이라도 써야 했다.

"초콜릿 배합물은 적당한 온도를 정확히 유지해야 해."

스머저가 헌틀리에게 말했다.

"그렇지 않으면 초콜릿이 만들어지지 않아. 너무 뜨겁거나 차가우면 망치게 된대. 2, 3도 차이도 안 돼. 자, 이제 시작해보자."

"잠깐만, 애들아. 시작하기 전에 할 이야기가 있다. 이 할머니는 냄새가 걱정되는구나."

헌틀리가 얼굴을 찌푸렸다.

"맞다. 그 생각은 못 했어요."

"초콜릿에는 독특한 향기가 있지 않니. 그러니 어떻게든 그 냄새를 덮어야 해. 내가 가게에 토스터를 가지고 나가서 가끔씩 식빵을 한 장씩 태워야겠구나. 손님들이 '이게 무슨 냄새죠?' 하고 물어보면 '아이고, 오늘 아침에 토스트를 홀라당 태워먹었지 뭐요'라고 대답하마."

토스터를 들고 나간 할머니는 가게 문을 열고 일요일자 신문을 가판대에 늘어놓았다. 곧 손님의 방문을 알리는 종소리가 들려왔다. 손님은 신문 값을 치르면서 바비 할머니와 수다를 떨었고 "오늘 아침 토스트를 태우셨나 봐"라고 말했다.

할머니는 공중에 대고 코를 쿵쿵대며 이렇게 대꾸했다.

"아이고, 냄새가 아직도 나나 보네. 앞으론 정신을 바짝 차려야겠어."

손님이 가고 난 뒤, 할머니는 계산대 위에 신문을 활짝 펴고 머리기사를 훑어보았다. '국민건강당, 여론조사에서 승승장구. 역대 최고 등수. 지난 50년 동안 가장 인기 있는 정당으로 선정!'이라는 제목이 보였다.

바비 할머니는 역겨움을 느끼며 코웃음을 쳤다.

"웃기시네. 하다하다 이제 숫자까지 조작하네."


창고에서는 한창 초콜릿 제조가 진행되고 있었다.

"우유를 좀 더 부어보자. 버터도 좀 더 넣고. 설탕은 한 숟가락 더. 코코아도 좀 더 넣고."

헌틀리가 재료를 부으면 스머저가 나무주걱으로 반죽을 저었다. 그리고 손가락으로 배합물을 찍어 먹어보았다.

"그 손가락 깨끗하냐?"

헌틀리가 물었다.

"당연하지! 원래 이렇게 하는 거야. 최고 요리사들은 언제나 자기 요리를 손가락으로 찔러 맛을 보거든."

헌틀리도 따라 했다.

"어때?"

"괜찮아. 대단하진 않지만 그런대로 괜찮아."

헌틀리가 대답했다.

"온도계 좀 줘봐."

스머저가 배합물에 온도계를 집어넣고 온도를 확인했다.

"아직 더 뜨거워져야 해."

그러고는 가스레인지 불을 높였다.

"계속 저어. 난 쟁반을 준비할게."

스머저가 핫케이크용 쟁반을 가져와 부엌 식탁 위에 올려놓았다.

"적정 온도에 도달한 거 같아."

헌틀리가 말했다.

"그럼 한번 해보자."

스머저가 커다란 팬에서 끓고 있는 초콜릿 배합물을 한 숟가락 떠서 그릇에 담아놓은 찬물에 떨어뜨렸다. 반죽이 퐁당퐁당 물속으로 떨어졌다. 초콜릿이 작은 쇠구슬 모양으로 흩어졌다. 스머저는 그중

한 알을 골라 들고 입속에 넣어보았다.

"어때?"

"흠, 괜찮은 것 같아."

"그럼 부어보자."

두 소년은 오븐용 장갑을 끼고 뜨거운 팬을 들어 쟁반에 배합물을 쏟아 부었다. 그런 다음 팬을 싹싹 긁고 숟가락까지 남김없이 핥았다. 이제 초콜릿이 식을 때까지 기다리면서 모든 조리도구를 싱크대로 가져가 깨끗이 씻었다.

초콜릿 배합물이 어느 정도 식자 냉장고에 집어넣었다. 나머지 설거지까지 모두 마치고도 조금 더 기다려야 했다. 초콜릿이 완성되기를 기다리는 일이야말로 가장 어려운 단계였다.

사실 초콜릿 상태가 어떤지 보려고 몇 분에 한 번씩 냉장고를 열어보고 싶은 마음을 억누르는 게 가장 힘들었다. 바비 할머니도 10분마다 한 번씩 찾아와 일이 제대로 진행되고 있는지를 살폈다. 할머니는 아이들에게 레모네이드를 만들어주고 싶었지만 제대로 된 레모네이드 맛을 살려주는 설탕과 탄산도 이미 초콜릿과 사탕의 뒤를 따라가버리고 없었다.

"탄산은 몸에 해롭습니다."

어느 날 저녁 텔레비전에 국민건강당 대변인이 나와서 이렇게 발표했다.

"탄산음료에는 인산이 집중적으로 함유되어 있어 지나치게 섭취하면 치아가 마모되어 말 그대로 완전히 녹아버릴 수도 있습니다.

위장에 가스가 과도하게 들어참으로써 야기되는 반사회적 효과는 말할 필요도 없을 것입니다. 이에 정부는 이와 같은 위협 요소를 제거하기 위해 신속한 조치를 취하기로 결의했습니다. 내일 자정부터 탄산음료는 모두 불법입니다. 국민 여러분의 냉장고에 탄산음료 캔이나 병이 있다면 지금 당장 싱크대에 부어버리기 바랍니다."

다시 냉장고를 열어보니 초콜릿은 여전히 걸쭉한 액체 상태였다. 흐물흐물한 음료 같았다. 맛은 그럭저럭 괜찮았지만 초콜릿이라고 보긴 힘들었다.

"뭐가 문제인지 알 수가 없네. 제조법에 씌어 있는 대로 재료를 넣고 하라는 대로 섞고 하라는 대로 가열하고 식혔는데."

바비 할머니와 두 소년은 기어이 초콜릿을 응고시키고야 말겠다는 듯이 쟁반을 뚫어져라 바라보았다. 그러나 초콜릿 반죽은 그 상태 그대로 남아 있을 뿐 협조해주지 않았다.

누구도 입을 열지 않았지만 다들 걱정하고 있었다. 설탕과 코코아 재료가 한정되어 있기 때문에 자꾸 실험에 실패하면 원료만 낭비할 게 빤했다.

"다시 한 번 해보자. 이번엔 아주 조금만."

스머저가 말했다.

"이건 어떻게 할 거야?"

헌틀리가 풀이 죽은 얼굴로 굳지 않은 초콜릿을 바라보며 물었다.

스머저는 바비 할머니의 눈을 보았다.

"먹을까요?"

"별다른 수가 없잖니. 이걸 버리면 엄청난 낭비란다. 게다가 점심 시간도 가까워졌고. 빵을 조금 가져올 테니 같이 먹도록 하자꾸나."

할머니가 칼을 가져와 빵 위에 초콜릿 반죽을 두껍게 발라주었다. 세 사람은 잠시 말을 멈추고 먹는 일에만 집중했다. 얼마 지나지 않아 쟁반이 깨끗이 비었다.

오후 1시 반이 되자 바비 할머니는 가게 문을 닫았다. 할머니는 '연중무휴'를 고수하는 장사꾼이 아니었다.

"내 몸은 내가 생각해야지. 난 좀 쉬어야 해. 일요일 오후만큼은 내 것으로 즐기고 싶단다. 하고 싶은 일을 하면서 말이지."

"일요일 오후에 하고 싶은 일이 뭔데요?"

헌틀리가 물었다.

"낮잠."

할머니는 소파 위에서 잠깐만 눈을 붙이고 오겠다며 거실로 갔다. 고양이가 할머니 옆에 몸을 동그랗게 말고 누웠다.

잠깐만 눈을 붙인다는 게 조금씩 늘어나 낮잠이 되고, 숙면이 되었다. 거실에서 할머니의 깊은 숨소리와 코 고는 소리가 들려오는 동안, 부엌에서는 냄비가 부딪혀 쩽강거리는 소리, 반죽 휘젓는 소리, 나무주걱 부딪히는 소리가 일요일 오후를 가득 채웠다.

스머저와 헌틀리는 계속해서 초콜릿 배합물을 만들었는데, 두 번째도 첫 번째만큼이나 물기가 많았고 세 번째는 더 질었다. 아까운 초콜릿을 싱크대에 부어버릴 수는 없어서 이번에도 그들은 질척한 초콜릿 반죽을 모두 먹어치웠다.

"헌틀리, 아무래도 온도가 문제인 것 같아. 이 체온계로는 정확한 온도를 측정할 수 없잖아. 설탕용 온도계가 필요해."

"그래, 네 말이 맞을지도 몰라. 하지만 설탕용 온도계를 어디서 구할 수 있겠냐?"

스머저는 냄비와 팬을 굽어보다가 불쑥 고개를 들었다.

"이런 머저리! 내가 지금까지 뭘 한 거지? 나, 설탕용 온도계 구할 수 있어. 10분만 기다려줘."

"어디 가려고?"

헌틀리가 묻자 스머저가 뒷문 밖으로 서둘러 나가며 대답했다.

"당연히 제과점이지."

그렇다. 왜 진작 그 생각을 떠올리지 못했을까?

스머저는 낡은 자전거를 타고 아빠의 제과점으로 달려갔다. 제대로 된 스프링과 부속장치가 달린 멋진 산악자전거를 갖고 싶었지만 아직은 여유가 없었다. 크리스마스도 다음번 생일도 아직 멀었다.

그런데 아빠한테 들키지 않고 어떻게 온도계를 손에 넣는다?

스머저는 가게 안으로 들어갔다. 문을 여는 동안 위에 달린 종을 손으로 꼭 붙잡아 소리가 나지 않게 했다. 아빠는 뒷마당에서 밴을 세차하고 있었다. 스머저는 발끝으로 살금살금 걸어 아빠가 짤주머니와 팔레트나이프 등을 넣어두는 서랍 쪽으로 향했다. 조용히 서랍을 열고 있을 때……

"오빠!"

스머저는 화들짝 놀라 뒷걸음질을 쳤다.

"카일리!"

여동생 카일리가 탁자 밑에 앉아 오래된 밀가루반죽으로 소시지를 만들고 있었다.

"너, 거기서 뭐 해?"

"엄마가 외출하면서 아빠랑 같이 있으라고 했거든. 아빠가 오빠 찾았어. 하루 종일 어디서 뭘 하고 다니냐고."

"아무 데도 안 가고 아무 짓도 안 했어."

뒷마당에서 소리가 들려왔다. 아빠가 돌아오고 있었다. 스머저는 또 다른 서랍을 열었다. 거기, 설탕용 온도계가 있었다. 스머저는 곧장 온도계를 주머니에 집어넣었다.

"그거 뭐야?"

"아무것도 아냐, 카일리."

"어디로 가져가려고?"

"아무 데도 안 가."

"그걸로 뭘 할 건데?"

"몰라."

"오빠는 정말 아는 게 하나도 없네?"

"그게 아냐. 잘 들어, 카일리. 아빠가 물어보면 날 봤다는 이야기도 내가 여기 왔었다는 이야기도 절대 하면 안 돼. 오빠는 지금 아주 특별한 일을 하고 있거든. 비밀을 지켜주면 뭔가를 가져다줄게. 정말로 좋은 거야."

카일리가 의심을 담은 얼굴로 스머저를 쳐다보았다.

"어떤 건데?"

"초콜릿이야."

스머저가 속삭였다. 그러고는 가게 밖으로 조용히 걸어 나갔다.

아빠가 가게 안으로 들어와 싱크대에서 손을 씻었다.

"카일리, 네 오빠는 대체 어디서 뭘 하고 돌아다니는지 모르겠구나."

그러자 카일리가 대답했다.

"난 오빠 못 봤고 여기 오지도 않았어."


예상대로 설탕용 온도계가 큰 활약을 해주었다. 드디어 초콜릿 배합물의 온도를 정해진 시간 동안 정확히 맞출 수 있게 되었다. 따뜻한 배합물을 식히려고 쟁반에 붓자마자 곧 초콜릿이 응고하는 것을 확인할 수 있었다. 따로 냉장고에 넣어둘 필요도 없었다. 두 소년은 텅 빈 설탕봉지로 초콜릿 배합물에 가만가만 부채질을 해주었다.

배합물이 눈에 띄게 변화를 일으키며 점점 단단해지고 표면도 매끄러워졌다.

"재료 배합비율은 적어두었지?"

스머저가 묻자, 헌틀리가 메모지를 보여주었다.

"정확해. 온도도 적절하고. 생각대로야."

"조리시간도 적었어?"

"응. 다 적어두었어."

"좋아! 이제 사업을 시작해도 되겠어."

그때 무슨 생각을 떠올렸는지 스머저의 눈이 반짝 빛났다. 스머저는 곧장 창고로 가서 건포도와 헤이즐넛이 담긴 상자를 들고 나왔다.

"그건 뭐 하려고?"

헌틀리가 물었다.

"다음에 쓸 거야. 뭐 생각나는 거 없냐? 과일과 견과를 섞은 초콜릿, 어때?"

헌틀리의 얼굴이 환하게 빛났다.

"넌 천재야, 스머저. 당장 해보자."

# 11장
## 그럴싸한 배합
●●●

바비 할머니가 낮잠에서 깨어날 무렵, 부엌에는 초콜릿 세 쟁반이 완성되어 있었다. 쟁반 두 개는 보통 초콜릿, 다른 하나는 과일과 견과를 섞은 초콜릿이었다. 모두 네모난 모양으로 잘라 포장을 할 수 있을 정도로 충분히 식어 있었다.

할머니는 초콜릿을 보자마자 환호성을 질렀다. 종류별로 조금씩 맛본 다음 예리한 칼과 쿠킹포일, 부엌용 저울을 가지고 왔다.

"할머니가 자를 테니 너희는 무게를 재고 포장을 하려무나. 초콜릿 하나당 125그램을 유지해야 해. 보통 초콜릿은 쿠킹포일의 번쩍거리는 면이 바깥으로 보이게 하고, 과일과 견과를 넣은 것은 번쩍거리는 면이 안으로 가게 포장하거라. 그렇게 하면 쉽게 구별할 수 있을 거야."

초콜릿은 금세 잘리고 포장되어 조그만 종이상자 안에 차곡차곡

쌓였다. 바비 할머니는 종이상자를 많이 갖고 있었다.

"모두 120개예요, 할머니. 딱 맞아떨어지는 짝수예요. 보통 80개 랑 과일과 견과 넣은 것 40개. 아, 그런데⋯⋯."

스머저가 탁자를 내려다보며 말했다.

"세 개가 남네요."

쿠킹포일의 번쩍거리는 면이 바깥으로 보이게 포장된 보통 초콜 릿이었다.

"그건 깔끔하게 잘리지 않은 거야. 게다가 난 홀수는 아주 싫어한 단다. 그럼, 저것들을 어쩐다?"

"자선단체에 기부할까요?"

헌틀리가 제안했다.

"썩 나쁜 생각은 아니구나. 하지만 요즘 같으면 위험할 수도 있겠 지. 우리가 하나씩 먹으면 어떨까?"

결국 세 사람이 하나씩 나눠 가지기로 했다.

"저는 집으로 가져가서 동생하고 나눠 먹을래요."

스머저가 말했다.

"저는 엄마한테 드릴 거예요. 친구가 줬다고 둘러대면 돼요."

헌틀리가 말했다.

"그러려무나. 너희 가족은 모두 믿을 만한 사람들이라 분명 아무 말도 하지 않을 거야. 하지만 어린 동생들은 입단속을 잘 시켜야 해. 아이들은 비밀의 뜻이 뭔지도 잘 모르고, 본의 아니게 진실을 털어 놓는 경우도 있단다."

"조심할게요. 걱정 마세요."

스머저가 할머니를 안심시켰다.

"우리 모두 밀거래자가 되었으니 그만큼 조심하지 않으면 안 된다. 우선 암호부터 정하자꾸나. 가게에 초콜릿을 사러 온 손님이 너희가 보낸 믿을 만한 사람인지 알아볼 수 있게 암호를 만들자."

"그래야겠네요."

헌틀리는 진지하게 생각해보았다.

"저희가 보낸 사람은 '꼭 먹어야만 살 수 있는 것' 을 사러 왔다고 말하라고 할게요."

"그럼 난 뭐라고 대답하면 좋겠냐?"

"할머니는 '뭐 생각해둔 거라도 있니?' 하고 대답하세요."

"그럼 손님은 뭐라고 대답해야 하지?"

"'입에 착착 붙는 거요' 라고 대답할 거예요. 그럼 그 손님은 믿을 수 있다는 뜻이에요."

"괜찮은 생각이구나."

"스머저, 네 생각은 어때?"

"괜찮은 것 같아."

"만약에 손님이 두 번째 암호를 제대로 못 대면 할머니도 무슨 일로 왔는지 전혀 모르겠다는 듯이 대하셔야 해요."

"알았다."

"그럼, 행운을 빌게요. 저희도 이번 주 안에 한번 들러서 상황이 어떻게 돌아가는지 살펴볼게요."

두 소년은 외투 주머니에 초콜릿을 몰래 감춰 넣고 가게 밖으로 나왔다. 그러고는 큰길에서 멀찍이 떨어진 뒷골목을 택해 각자 집으로 향했다. 일요일이었지만 큰길에는 여전히 초콜릿 탐지차와 초콜릿경찰이 순찰을 돌고 있었다.

　스머저가 집에 도착했을 때 카일리는 부엌에서 그림을 그리고 있었다.

　"초콜릿이야, 카일리."

　스머저는 초콜릿을 몰래 건네주며 동생 귀에 대고 속삭였다. 카일리의 눈이 기쁨으로 반짝 빛났다.

　"고마워, 오빠. 어디서 난 거야?"

　"몰라도 돼. 누구한테도 말하면 안 돼. 조용히 먹어. 아빠한테도 말하지 마. 엄마한테도. 알겠지? 절대 비밀이야."

　카일리는 조금 당황한 것 같았다.

　"알았어."

　정말로 알아들었는지는 알 수 없었다. 하지만 어디론가 몰래 숨어 들어가 초콜릿을 먹어야 한다는 것쯤은 알아들은 것 같았다.

　스머저는 부모님에게도 초콜릿을 가져다드리고 싶었다. 하지만 어디서 났는지, 문제가 생기지는 않을지 괜한 걱정만 끼칠 게 분명했다. 결국 당분간 부모님에겐 아무 말도 하지 않기로 했다.

　아빠가 부엌으로 들어왔다.

　"너, 여기 있었구나! 하루 종일 어디 갔었던 거냐?"

　"헌틀리랑 놀았어요. 궁금하시면 헌틀리네 집에 전화해보세요."

스머저는 진심 어린 표정으로 대답했다.

그 순간 헌틀리의 엄마 역시 같은 질문을 던지고 있었다.

"스머저랑 같이 있었어요. 궁금하시면 스머저네 집에 전화해보세요."

결국 스머저와 헌틀리 모두 거짓말을 하지는 않았다. 다만 부모님이 마음에 들어 하지 않을 대목만 쏙 빼고 얘기했을 뿐이다.

거짓말을 전혀 하지 않으려면 얼마나 많은 진실에 관해 입을 다물어야 하는 것일까? 결국 아무 말도 하지 않으면 될 것이다. 그러고 보면 침묵만큼 진실을 속이는 행위도 없다.

# 12장
# 비밀을 찾아라
● ● ●

그들은 밝은 대낮에도 그림자처럼 찾아들었다. 유령처럼 스쳐 지나갔다. 처음에는 손님을 자처한 사람들도 선뜻 가게 안으로 들어가지 못했다. 들어갈까 말까 몇 번을 망설이며 거리를 네다섯 번 넘게 오락가락했다. 스머저가 아무리 안심을 시켜주었어도, 확실한 암호를 알려주었어도, 최상의 품질이라고 큰소리쳤어도, 이건 너무 위험한 일이었다.

다들 가게 유리문 너머로 바비 할머니의 모습만 확인했다. 겉으로는 아무 문제가 없어 보이지만, 행여 누가 보고 있기라도 한다면 그런 낭패가 없을 것이다. 초콜릿경찰대가 탐지차를 앞세우고 불쑥 나타난다면, 거리 어딘가에 스파이가 숨어 있다면 어쩔 것인가? 그래서 다들 계속 지켜보기만 하며 거리를 오르락내리락하다가 용기가 더 생기면 그때 오자고 다짐했다. 초콜릿을 손에 넣지는 못했지만 아무 짓도 저지르지 않았으니 다행이라고 스스로를 위로했다. 엄청난 용기를 발휘하는 것보다는 빈손으로 돌아가는 편이 더 쉬웠다.

그러던 어느 순간, 콩닥거리는 가슴보다는 단것을 향한 욕구를 참아내기가 훨씬 힘들었던 어느 여자애가 드디어 바비 할머니의 가게 문을 열고 계산대로 다가갔다.

"꼭 먹어야만 살 수 있는 걸 사러 왔는데요."

여자애가 말했다.

바비 할머니는 여학생을 내려다보았다. 솔직히 할머니도 여학생만큼이나 불안했다. 혹시 밀고자가 암호를 알아내고 찾아온 건 아닐까? 이 아이는 초콜릿경찰의 딸이 아닐까? 이 모든 게 함정이면 어떡하지? 초콜릿 탐지차가 불쑥 나타나면 또 어떡하나? 다른 구역으로 이동했는지 한동안 잠잠했지만 언제 또 갑자기 나타날지 알 수 없는 노릇이었다.

"뭐 생각해둔 거라도 있니?"

할머니가 묻자, 여자애가 눈을 동그랗게 뜨고 할머니를 물끄러미 쳐다보았다. 순간 스머저가 가르쳐준 암호가 떠오르지 않았다. 뭐라고 말해야 하더라? 그래, 생각이 났다.

"입에 착착 붙는 거요."

바비 할머니는 고개를 끄덕이며 계산대 밑으로 손을 뻗었다. 그러고는 은박지로 포장한 초콜릿 두 개를 집어 여자애에게 보여주었다.

"번쩍거리는 면이 밖으로 가게 싼 거하고 안으로 가게 싼 게 있다. 하나는 보통 맛, 하나는 과일과 견과가 들었단다."

"반짝이가 밖으로 간 거요."

할머니가 가격을 말하자 여자애가 돈을 내려놓았다. 두 사람 모두 잠시 머뭇거렸다. 할머니는 혹시 초콜릿경찰이 쳐들어올까 무서워 출입문을 흘끔거렸고, 여자애는 누군가 숨어 있다가 불쑥 나타나 "체포해!"라고 말할까 걱정되어 불안한 기색으로 할머니의 어깨 너머를 살폈다.

하지만 아무 일도 일어나지 않았다. 사위가 고요하고 평화로웠다. 흔한 가게에서 일어날 법한 흔한 거래의 한 장면이었다. 여자애가 손을 뻗어 초콜릿을 움켜쥐었다. 할머니는 동전을 집어 들었다.

"고맙습니다."

"고맙긴. 보이지 않게 잘 간수해야 한다, 알겠니?"

"예. 기회를 봐서 몽땅 다 먹어버릴 거예요."

여자애는 가게를 떠났다. 그게 다였다. 거센 폭우도 처음에는 단 한 방울의 비로 시작되는 법이다. 그후 바비 할머니의 가게에는 손님들의 행렬이 그칠 새가 없었다.


헌틀리와 스머저는 어엿한 밀거래자가 된 기분이었다. 한껏 으스대고 싶고 뽐내고 싶었다. 하지만 두 사람은 가장 나이가 어린 밀거래자일지는 몰라도 유일한 밀거래자는 아니었다.

스머저와 헌틀리처럼 불의에 맞서고 고귀한 이상을 추구하기 위해 떨쳐 일어난 자발적인 혁명가도 있었지만, 초콜릿 금지령을 기회로 삼아 벼락부자가 되려는 쩨쩨한 범죄자들도 더러 있었다. 그러나

이들이 파는 초콜릿은 저질이었다. 심지어 카카오가 전혀 함유되지 않은 초콜릿을 팔기도 했다. 도토리 껍질을 끓여 갈색을 내기도 했고, 초콜릿 배합물에 어묵을 집어넣기도 했다. 혹여 불평하는 손님이 있으면 적반하장으로 주먹을 휘두르고 곤봉까지 휘둘렀다.

밀거래자들은 길모퉁이뿐만 아니라 뒷골목 카페나 간식가게에서도 초콜릿과 사탕을 팔기 시작했다. 이런 가게는 건물의 다락방이나 지하실에 위치했다. 두꺼운 철문에 미닫이창을 따로 달아 그 구멍으로 암호를 주고받았다. 손님이 문을 두드리면 조그만 미닫이창으로 험상궂은 사내가 얼굴을 내밀고는 뭘 찾느냐고 투덜거렸다.

소문에 의하면 "루가 보내서 왔습니다"라고 말한 뒤 정확한 암호를 대면 안으로 들어갈 수 있다고 했다. 혹여 암호가 틀리면 눈앞에서 미닫이창이 닫히고 양옆에서 우락부락한 얼굴을 한 거구의 사내 둘이 나타나 어디론가 황급히 끌고 간다고 했다. 그리고 얼굴이 우락부락해질 때까지 두들겨 맞고서야 겨우 풀려난다고 했다.

물론 가끔은 밀고자로부터 암호를 알아낸 초콜릿경찰이 망치를 들고 찾아올 때도 있었다. 그런 날이면 밀거래자도 손님도 출구를 찾아 정신없이 도망치는 생지옥이 연출되었다. 그러나 다들 멀리 못 가고 잡히기 일쑤였다.

길모퉁이에서 활약하는 밀거래자 중에서도 사기꾼이 있었다. 이런 자들에게서 초콜릿을 구입해 은박지를 뜯어보면 널빤지 조각이 들어 있었다. 하지만 밀거래자는 돈을 지불하고 포장을 뜯기도 전에 이미 감쪽같이 사라져버린 뒤였다.

그러나 스머저와 헌틀리는 제값을 하는 정직한 장사꾼이었다. 조금 값이 비싸긴 해도 그만큼 착실한 상품을 구할 수 있었다.

두 소년은 가끔씩 데이브 쳉을 떠올렸다. 지금쯤 어디서 뭘 하고 있는지, 학교에는 언제 돌아올지 궁금했다. 또 어떤 날은 데이브 생각은 까맣게 잊고서 자신들은 결코 같은 운명을 맞이하지 않을 거라고 자신만만해했다.

길모퉁이나 뒷골목의 은밀한 가게에서 초콜릿을 파는 밀거래자들과 스머저, 헌틀리의 차이점은 이들은 결코 돈을 벌기 위해 초콜릿을 팔지 않는다는 것이었다. 이들에게 초콜릿이란 단순한 부업 이상의 의미를 지니고 있었다. 누구나 초콜릿을 먹을 자유와 권리가 있다는 것을 분명히 하는 게 이들의 목적이었다.

그런 면에서 스머저와 헌틀리는 로빈후드와 비슷했다. 로빈후드 역시 독재와 압제, 불의에 맞서 저항하기 위해 법을 어길 수밖에 없었던 사회적 약자였다.

"헌법에 새로운 조항을 집어넣어야 한다고 생각해. 만인의 자유와 정의와 초콜릿을 위하여."

그러나 스머저와 헌틀리는 그 누구의 눈에도 띄지 않고 비밀리에 활약하고 있는 게 아니었다. 누군가 끈질기고도 주도면밀하게 이들을 지켜보고 있었다. 바로 프랭키 크롤리였다.

"무슨 수작을 벌이고 있는 게 틀림없어."

프랭키가 머틀 퍼킨스에게 말했다. 두 사람은 오후 훈련을 끝내고 청소년선도단 휴게실에 앉아 있었다. 국민건강만화책 〈청소년선도단 토머스와 티나의 건전하고 즐거운 모험〉이 여기저기 놓여 있고 구석의 커다란 냉장고에서 자두주스를 얼마든지 마시고 싶은 만큼 꺼내 먹을 수 있었다.

"무슨 수작? 그러니까 어떤 일을 말하는 건데?"

머틀은 언제나 정곡을 찔러야 직성이 풀리는 성격이었다.

"말하자면……."

프랭키는 콧잔등을 두드리며 알 듯 모를 듯 모호하게 말했다.

"어떤 일을 꾸미고 있다는 거지?"

"놀이터에서 속닥거리는 걸 봤어. 무슨 암호 같은 걸 중얼중얼 주고받았어. 그럼 사람들이 바비 할머니 가게로 몰래 들어갔다가 한없이 흡족한 표정을 지으며 나오지. 그 안에서 틀림없이 무슨 일이 벌어지고 있는 거야. 아무래도 직접 가서 알아봐야겠어. 너도 도와줄 거지, 머틀?"

"별로 내키지 않아."

머틀은 자신의 도움을 당연하게 생각하는 프랭키의 태도가 마음에 들지 않았다. 게다가 프랭키는 청소년선도단에서 같은 지위를 차지하고 있으면서 늘 상관처럼 굴었다. 그런 점이 거슬렸다.

"사람들이 암호가 필요한 물건을 거래하고 있어. 오늘도 내가 직접 살펴봤단 말이야."

"그러니까 기웃기웃하면서 사람들 뒤나 캐고 다녔단 말이니?"

머틀은 돌려서 말하는 걸 별로 좋아하지 않았다. 프랭키의 얼굴이 발갛게 달아올랐다.

"반드시 필요한 비밀 조사활동을 벌였을 뿐이야. 그리고 암호도 알아냈단 말이야."

"아, 그래?"

"앞부분은 들었어. 먼저 '꼭 먹어야만 살 수 있는 것'을 달라고 해. 그럼 상대방이 뭐, 뭐……."

"그 다음 암호가 뭔데?"

"잘 모르겠어. 뒷부분은 못 들었거든."

"네가 몰래 엿듣는 게 너무 티가 나니까 다들 널 피하는 거야."

"꼭 그런 건 아냐. 뭐 그래도 상관없고. 하지만 뒷부분 암호도 알아낼 수 있어."

"어떻게?"

"생각해봐. 헌틀리 엄마가 의사잖아. 그것과 관계가 있을 거야."

"정말?"

"뒷부분 암호는 '의사가 지시한 걸 사러 왔어요'일 거야."

"왜?"

"왜냐고? 빤하잖아."

"하지만 스머저 아빠는 제빵사야. 차라리 '제빵사가 지시한 걸 사러 왔어요'가 낫지 않아?"

"바보 같은 소리 좀 하지 마. 요점만 말하자면 지금 당장 돈과 암호를 준비해서 바비 할머니 가게에 가봐야 한다는 거야. 이번엔 머틀, 네가 좀 다녀와야겠다."

"내가 왜? 그렇게 자신만만하면 네가 직접 가서 그 암호를 대보지 그러니?"

"할머니는 여자애를 덜 의심하지 않겠어? 물론 요즘은 남녀평등 시대지만 대부분의 어른들은 아직도 여자애가 더 착하고 정직하다고 생각해. 물론 내 경험으로 미뤄볼 때 꼭 그렇지는 않지만."

"내 경험으로 미뤄보면 확실하더라!"

머틀이 버럭 화를 냈다.

"그러니까 네가 할 거지?"

머틀은 싫다는 소리가 목까지 나올 뻔했다. 하지만 밀거래자를 성공적으로 적발한다면 칭찬도 받고 진급도 하게 될 것이다. 만약 혼자서 위험을 감수하고 용감한 일에 나선다면 프랭키보다 더 높은 계급으로 올라갈 수 있다. 그리 된다면 프랭키에게 명령을 내릴 수도 있고 한구석에 하루 종일 차렷 자세로 세워놓을 수도 있다. 경례를 시킬 수도 있고 '머틀님'이라는 존칭을 쓰게 만들 수도 있다.

"좋아. 이번 한 번만 도와주지. 이건 국민건강당을 위한 일이고 동시에 우리 청소년선도단의 명예가 걸린 일이니까."

"멋지다, 머틀! 넌 정말 최고의 전우야."

"우릴 우습게 봤다간 큰 코 다친다는 걸 녀석들한테 똑똑히 보여주자. 스머저 같은 녀석한테 누가 진정 최고인지 보여주자구."

그러나 그 순간 스머저는 프랭키 크롤리 따위는 안중에도 없었다. 바비 할머니의 창고에 설탕과 코코아가 얼마나 남았는가만 걱정하고 있었다. 재료를 벌써 반이나 써버렸다.

"이대로는 얼마 못 버티겠다."

스머저가 말했다.

"최대한 아껴서 써야겠어. 한 사람당 일주일에 초콜릿 하나만 살 수 있게 해야겠어."

헌틀리가 말했다.

"그런 제한을 둬도 얼마 못 갈 거야. 불과 몇 주? 기껏해야 한 달? 그때면 모두 끝이야. 이제 겨우 시작인데."

"그런데 있잖아. 만약에……."

헌틀리가 신중하게 입을 뗐다.

"만약에 뭐 말이냐?"

바비 할머니가 물었다. 할머니는 초콜릿 냄새를 덮기 위해 토스터에 구울 빵을 가지러 막 창고로 들어선 참이었다.

"만약에 재료 공급처를 찾아낼 수만 있다면 말이죠."

"어디서 말이냐?"

"글쎄요. 설탕하고 코코아는 어디서 나죠?"

"남아메리카, 카리브 해 근처. 어디든 더운 곳이지."

"클리브 선생님 반에 리로이 어때?"

헌틀리가 말했다.

"걔네 아빠가 과일 수입상이잖아. 바나나랑 오렌지, 레몬, 라임 같은 과일을 다른 나라에서 수입한대. 누가 알아? 물어보면 무슨 수가 생길지."

"그래. 물어본다고 손해 볼 일은 없을 거야."

스머저는 벌써 나가려고 외투를 집어 들고 있었다.

"어디 가려고?"

"당장 물어봐야지."

리로이는 공원 운동장에서 농구 연습을 하고 있었다. 스머저는 곧장 요점을 말했다.

"설탕이라고? 코코아? 스머저, 당장 그만둬. 그건 불법이잖아."

"하지만 너희 아빠 창고에 혹시 있지 않을까? 쓰다 남은 거라도 말이야. 금지령이 떨어지기 전에 사뒀다가 남은 거. 그런데 경찰이 못 보고 지나쳐버렸다면 가능한 일이지 않을까? 만에 하나, 그럴 수도 있잖아."

리로이는 골대를 향해 공을 쏘았다. 그러나 빗나가고 말았다.

"으음. 만에 하나, 그럴 수도 있겠지."

리로이는 선뜻 자기 입장을 분명히 하지 못하고 망설였다.

"리로이, 너 혹시 아빠 몰래 감춰둔 거라도 있는 거 아냐?"

스머저는 조금 더 핵심을 건드리고 있었다.

"흠, 어쩌면."

리로이가 다시 농구공을 던지며 대답했다.

"만에 하나, 그럴 수도 있겠지."

"재료만 있으면 뭐 하냐? 재료를 완제품으로 만드는 방법을 모른다면 아무 소용 없지. 안 그래, 리로이?"

"흠, 어쩌면, 만에 하나, 그럴 수도 있겠지."

"하지만 네가 그 재료를 공급해주면 우린 재료값을 톡톡히 치러줄

뿐만 아니라 완제품까지 받아서 먹을 수 있게 해줄게."

"흠, 어쩌면, 만에 하나, 그럴 수도 있겠지. 하지만 스머저, 분명히 해둘 게 있어. 내가 재료를 구해줄 수 있다 쳐도, 아니, 지금 내가 정말로 구해줄 수 있다고 말하는 건 아니야. 이게 보통 끔찍하고 무시무시한 일이냐? 내 말 알아듣지? 만약 네가 잡히기라도 하면 난 널 모르는 거다. 누가 재료를 어디서 구했냐고 물어봐도 절대 나를 아는 척해선 안 돼. 평생 감옥에 갇히게 되더라도 말이야. 알겠냐?"

"알았어, 리로이. 난 널 몰라. 알았던 적도 없고 앞으로도 영영 모를 거야."

"확실해?"

"확실히, 맹세코 널 몰라. 그러니까, 우리 약속한 거다?"

리로이는 다시 골대를 겨냥하며 스머저의 제안을 생각해보았다.

"생각해볼게."

농구공이 머리 위로 솟구치더니 골대를 깨끗이 통과했다.

"좋아, 스머저. 생각 끝났어. 약속할게. 하지만 넌 나를 모르는 거야. 알겠지?"

"네 이름이 뭐더라?"

스머저가 씩 웃으며 물었다.

드디어 공급 통로가 뚫렸다.

# 13장
## 전직 초콜릿맨
● ● ●

토요일 아침, 바비 할머니 가게 건너편에서 두 소년이 자전거를
수리하는 척하며 가게를 주도면밀하게 관찰하고 있었다.

자전거는 안장과 손잡이가 밑으로 가게 뒤집힌 채로 앞바퀴가 빠
져 있었다. 프랭키는 안쪽 튜브에 땜질용 조각을 붙이고 있었는데,
30분 사이에 벌써 네 번째 조각을 붙이고 있었다.

"계속 같은 바퀴만 고치는 척했다간 금방 탄로 날 거야."

머틀이 초조함을 숨기지 못하고 말했다.

"우선 정찰부터 하는 게 비밀 작전의 기본 수칙이야. 가장 먼저 지
형지세부터 파악해야지."

"지형지세는 벌써 파악했어. 우리 둘 다 이 동네에 산 지 오래됐으
니까. 그런데 뭘 얼마나 더 오래 기다려야……."

"쉿! 저길 봐."

프랭키가 속삭였다.

바비 할머니의 가게 앞에 밴이 한 대 멈춰 섰다. 조수석에 리로이 프랭크가 보였다. 밴을 운전하는 사람은 리로이의 형 마이클이었다. 먹는 걸 엄청 좋아하는지 체구가 보통이 아니었다. 여차하면 다른 사람의 먹을 것까지 뺏어먹을 사람처럼 보였다.

리로이가 커다란 여행 가방을 꺼내더니 바비 할머니 가게로 들어 갔다. 다시 나왔을 때에는 여행 가방이 훨씬 가벼워 보였다. 어쩌면 텅 비어 있는 것도 같았다. 리로이가 조수석에 탈 때 뭔가 은빛이 반짝했다. 은박지에 햇빛이 반사될 때 볼 수 있는 빛이었다. 리로이가 형에게 뭔가를 건네더니 밴이 쏜살같이 출발했다. 이 모든 과정이 일어나는 데 채 1분도 걸리지 않았다.

"머틀, 너도 봤냐? 리로이 녀석, 뭘 하고 있었던 거지?"

"모르겠어. 하지만 이거 하난 분명히 알아. 난 숙제를 다 못 끝냈 는데 하루 종일 자전거 바퀴를 때우는 척만 하고 있다는 거!"

"잠깐. 저길 봐. 또 다른 애들이 오고 있어. 우리 반 에밀리야. 멜 라니도."

두 여학생은 바비 할머니의 가게 앞에서 잠시 머뭇거렸다. 곧 에 밀리가 멜라니에게 고개를 끄덕이며 잠시 기다리라는 신호를 보내 고는 혼자서 가게 안으로 들어갔다.

"저기서 뭘 하는 거지? 내가 가서 엿들을까?"

프랭키가 말했다.

"안 돼. 네가 가면 실수만 할 거야."

에밀리는 가게 안으로 들어서자마자 곧장 계산대로 다가가 상냥한 미소를 지으며 말했다.

"뭘 좀 사러 왔는데요, 바비 할머니."

"그래. 뭘 줄까?"

"그러니까, 음, 먹어야 살 수 있는 거요."

"먹어야 살 수 있는 거라면, 뭐 생각해둔 거라도 있니?"

에밀리는 주위를 둘러보았다. 가게 안에 다른 사람은 없었다.

"그러니까 제가 생각한 건, 입에 착착 붙는 거요."

바비 할머니는 계산대 밑으로 손을 뻗어 쟁반 하나를 꺼냈다. 은박지로 포장된 납작한 판 모양의 물건이 가득 들어 있었다. 어떤 것은 빛을 받아 반짝이고 어떤 것은 광택이 덜했다.

"반짝이는 면이 안쪽으로 간 걸 주랴, 바깥쪽으로 간 걸 주랴?"

"안쪽으로 간 걸 주세요."

에밀리는 과일과 견과가 든 것을 골랐다.

"고맙습니다."

"고맙긴."

에밀리가 가게를 나가자 할머니는 서둘러 초콜릿 쟁반을 계산대 밑에 숨겼다.

다음에 들어온 두 남자 손님은 분위기가 달랐다. 둘 다 키가 크고 체격이 좋았는데, 인상이 험악한 데다 양쪽 팔에 문신이 있었다.

바비 할머니는 두 청년이 가게 안을 돌아다니며 물건을 들었다 놨다 하는 모양을 지켜보다가 더 이상 참지 못하고 말했다.

"살 거 아니면 아무 물건이나 만지작거리지 말아요!"

흉악범처럼 생긴 두 청년 중 살집이 덜한 쪽이 들춰보던 자동차 잡지를 내려놓고 얼굴에 불쾌한 미소를 띠었다. 그러고는 계산대 쪽으로 다가가며 말했다.

"사실은 말입니다, 할머니. 나랑 내 친구 대런이 할머니한테 뭘 좀 팔려고 왔습니다. 그렇지, 대런?"

"응, 토니. 맞아."

뚱뚱한 쪽이 말했다.

바비 할머니는 누구라도 가게 안으로 들어와주기만을 바랐다. 이 두 청년과 함께 있으려니 마음이 놓이지 않았다.

"나한테 뭘 판다고? 댁들이? 보통 우리 가게에 물건을 팔러 오는 사람들은 양복을 입고 넥타이를 매고 온다오. 지저분한 티셔츠 바람에 팔뚝에 커다란 뱀 문신을 하고 오지는 않아요. 아무리 봐도 댁들은 판매원으로는 안 보여."

"할머니, 그렇지 않아요. 우린 아주 상업적인 판매원이에요. 지극히 상업적이랍니다. 그렇지, 대런?"

토니가 짓궂은 얼굴로 말했다.

"완전히 상업적이지."

대런도 맞장구를 쳤다.

"우리가 파는 건 안전, 즉 마음의 평화지요. 우리는 안전을 팔아요. 이 친구 대런이 매주 비용을 걷고 있죠."

바비 할머니의 가슴이 마구 뛰었다. 두 청년이 전혀 마음에 들지 않았다. 한 사람은 너무 느끼하고 약아빠졌고 또 한 사람은 돼지가 봐도 기분 나쁠 정도로 작은 돼지 눈을 하고 있었다. 이자들은 대체 어디까지 알고 있을까? 아니, 어떻게 알았을까? 아마 조심성 없는 손님이 우연히 말을 흘렸을 것이다. 누군가 주머니에 물건을 넣고 가게 밖으로 나오는 걸 목격했을지도 모른다. 아니면 아무것도 아는 게 없는데 우연히 들른 것일 수도 있다.

"댁들이 뭘 원하는지 난 통 모르겠어. 알고 싶지도 않고. 그러니, 뭘 살 게 아니라면 둘 다 어서 나가요. 이러는 거 불법이니까."

토니가 계산대에 비스듬히 몸을 기대더니 할머니의 안경 낀 얼굴에 제 얼굴을 바짝 들이댔다.

"불법이라고요? 혹시 초콜릿 불법거래를 말씀하시는 건가?"

순간 바비 할머니는 온몸이 얼어붙는 것만 같았다. 그때 구원의 종소리와 함께 가게 문이 열리더니 초콜릿경찰이 들어섰다. 대런은 경찰을 보자마자 곧장 문 쪽으로 움직이기 시작했다. 토니는 조금 더 늦게 손님이 들어온 것을 알아챘다.

"무슨 일입니까?"

경찰이 물었다.

"여기 할머니가 눈에 티끌이 들어간 것 같다기에 제가 좀 살펴보고 있었죠. 아시다시피 오늘 하루치 선행을 하고 있었어요. 뭐, 이미 짐작하셨겠지만."

토니는 경찰에게 대충 둘러대고 바비 할머니에게 말했다.

"조만간 또 봅시다, 할머니."

"어림없는 소리."

할머니는 작은 소리로 대꾸했다.

"와삭와삭 사과 드세요, 시민 여러분."

토니는 인사를 건네고 대런의 뒤를 따라 가게를 나갔다.

"사과 씨가 콱 목에 걸려버려라."

바비 할머니는 그렇게 중얼거리고는 목소리를 바꿔 초콜릿경찰에게 말했다.

"어서 오세요. 맛 좋은 국민건강과자 드릴까요? 아니면 자두주스 한 병 드릴까요?"

"국민건강일보 주세요."

신문 값을 치른 경찰은 할머니에게 와삭와삭 사과를 드시라는 인사를 건넸고, 할머니는 즙이 많은 오렌지를 먹으라는 인사로 답했다. 경찰은 바나나까지 권한 다음 가게 밖으로 나갔다.

바비 할머니는 경찰이 아무 일 없이 나가줘서 고마웠지만 아까는 가게 안으로 들어와줘서 고마웠다. 경찰이 오지 않았더라면 혼자서 토니와 대런을 상대할 수 없었을 것이다. 할머니는 스머저와 헌틀리에겐 불량배가 찾아왔다는 이야기를 하지 않기로 마음먹었다. 안 그래도 초콜릿 만드는 일로 고민이 많은 아이들이다. 또 안다고 해도 그 애들이 딱히 해줄 수 있는 일은 없을 것이다.


머틀의 인내심이 한계에 이르렀다.

"이젠 제발 누가 또 들어가기 전에 가게에 가보자. 오후 내내 여기서 있기만 했잖아."

"알았어. 아무도 없으니까 네가 들어가봐. 암호는 잊지 않았겠지? 의사가 지시한 걸 사러 왔다고 해."

"알았으니까 넌 그동안 내 자전거 바퀴나 원상복귀 해놔."

머틀은 행진을 하듯이 도로를 건너 바비 할머니의 가게 문을 열었다. 프랭키는 타이어 지레를 집어 들고 바퀴를 제자리에 맞춰 달기 시작했다.

종이 울렸다. 바비 할머니는 신문을 보며 십자말풀이를 하다가 눈을 들어 출입구를 보았다. 가게 안으로 들어온 여자애는 언젠가 본 적이 있었지만 단골손님은 아니었다. 기껏해야 한 달에 한 번 찾아오는 손님, 그것도 문구나 연필깎이가 급히 필요한데 달리 구할 곳이 없어서 어쩔 수 없이 찾아오는 학생이었다.

그것 말고 또 생각나는 게 있었다. 제복을 입고 있지 않아도 제복의 냄새를 풍기는 아이, 털어도 먼지 한 올 안 나올 것처럼 깔끔하고 사무적으로 보이는 아이였다. 전체적인 인상이 꼼꼼하고 깐깐해서 풀을 잔뜩 먹여 빳빳하게 다려놓은 제복을 떠올리게 하는, 청소년선도단에 가입하는 게 썩 어울릴 만한 아이였다.

"어서 오렴."

"안녕하세요."

"뭐가 필요해서 왔을까? 국민건강만화책? 아니면 맛 좋은 건강과자? 홍당무 맛이 나는 막대사탕 줄까?"

"사실은 사고 싶은 게 하나 있어요. 그러니까, 그게 뭐냐면, 꼭 먹어야만 살 수 있는 거예요."

머틀은 고개를 끄덕끄덕, 눈을 찡긋찡긋했다.

"꼭 먹어야만 살 수 있는 거라고?"

바비 할머니는 일부러 한 번 더 반복했다. 이 아이를 오해했던 건가? 보기와는 달리 이 아이도 스머저의 친구인가 보다.

"그래, 뭐 생각해둔 거라도 있니?"

잠시 침묵이 이어졌다. 바비 할머니는 계산대 밑으로 손을 뻗으려다가 상대방의 침묵에 놀라 동작을 멈추었다.

"뭘 줄까?"

할머니는 다시 한 번 물어보았다.

"그러니까, 그게, 의사가 지시한 거요. 제 말 알아들으셨죠?"

머틀은 다시 한 번 고개를 끄덕끄덕, 눈을 찡긋찡긋했다.

이건 아니다. 전혀 아니다! 아무리 고개를 끄덕이고 눈을 찡긋해봤자 소용없다.

바비 할머니는 머틀을 향해 최고로 화사한 미소를 지어 보였다. 인자하고 다정한 할머니의 미소였다.

"그래, 네가 아주 특별한 걸 찾고 있구나?"

머틀은 한껏 고조되어가는 흥분을 감추지 못하고 고개를 끄덕였다. 조금만 있으면 이 할머니 범죄자를 현행범으로 체포할 수 있게 된다. 어쩌면 훈장을 받을지도 모른다. 청소년선도단에서 진급을 할 수도 있다. 계급이 올라가면 프랭키에게 완전군장 상태로 8킬로미터 행군을 시킬 테다. 아니, 군장을 두 배로 지게 할 테다. 거기다 보

너스로 여행 가방도 들게 해야지. 이 머틀님이 어떤 사람인지 똑똑
히 보여주고 말 테다.

"특별한 손님을 위해 계산대 밑에 아주 조금만 감춰두었단다. 자,
여기. 이걸 먹으면 잠시 살 만해질 거다."

바비 할머니가 말했다.

머틀은 고개를 끄덕끄덕, 눈을 찡긋찡긋하며 기다렸다.

그러나 계산대 위에 놓인 것은 기대했던 게 아니었다. 큼직한 바
나나 한 개가 계산대 위에서 머틀을 향해 씩 웃고 있었다.

"특별한 손님을 위해 최상급 바나나를 아주 조금만 숨겨놓았단
다."

바비 할머니의 말에, 머틀은 멀뚱멀뚱한 얼굴로 바나나를 바라보
았다. 그러나 아무리 봐도 바나나는 사라져주지 않았다. 이제 와서
바나나를 먹지 않겠다고 할 수도 없었다. 결국 머틀은 서둘러 바나
나 값을 치르고 가게 밖으로 나왔다. 문을 닫자마자 안쪽에서 웃음
소리가 들려오는 것만 같았다.

머틀이 도로를 건너자 프랭키가 스패너를 내려놓고 속닥거렸다.

"뭘 좀 알아냈어? 내 말이 맞지, 그렇지? 몰래 제조한 초콜릿이나
사탕을 팔고 있었지, 그렇지?"

머틀은 등 뒤에서 큼직한 바나나를 꺼내 프랭키의 코앞에 대고 휘
둘렀다. 곧장 프랭키의 콧구멍에 찔러 넣을 기세였다.

"아니, 네 생각은 완전히 틀렸어. 이 바나나를 팔고 있더라. 너나
실컷 먹으시지."

머틀은 바나나를 프랭키의 셔츠 주머니에 찔러 넣었다.

"몰래 제조한 초콜릿이라고? 흥! 이번엔 네 상상력이 너무 지나쳤어. 아님 두뇌가 콩알만 한 탓이든가."

"하지만 머틀, 분명히 내 생각이 맞을 거야."

"분명히, 완전히 틀렸어. 그것뿐인 줄 알아? 이제 너랑은 어떤 일도 함께 하고 싶지 않아. 난 집에 가서 숙제나 할 거야. 잘 가!"

"하지만, 머틀!"

머틀은 자전거에 올라타더니 뒤도 돌아보지 않고 가버렸다. 프랭키는 주머니에서 바나나를 꺼내 잔뜩 찌푸린 얼굴로 그걸 내려다보았다. 무슨 일이 벌어지고 있다는 건 틀림없는 사실이다. 여전히 확신할 수 있다. 아무래도 암호가 틀린 모양이다. 그러니 암호만 알아내면 그만이다.

그때 누군가 말을 걸어왔다.

"한 푼 줍쇼. 어린 학생, 한 푼만 주세요. 굶주린 자, 집 없는 자를 위해 한 푼만 적선하세요."

빈 가게 앞에 웬 꾀죄죄한 차림의 사내가 앉아 있었다.

"한 푼만 주세요. 가난한 배우를 도와주세요. 잔돈도 좋아요."

남자는 두꺼운 판지 위에 앉아 좀이 슨 낡은 담요를 둘러쓰고 있었다. 이제 막 잠에서 깨어난 모양이었다. 옆에는 빈 맥주깡통이 굴러다녔다. 프랭키는 자기도 모르게 얼굴을 찌푸렸다.

"유감이지만 한 푼도 적선하고 싶지 않아요. 국민건강당이 집권한 이 시대에 집 없는 사람이 어디 있다고 그래요? 집이 얼마나 많은

데요. 사람들의 동정심을 유발해서 구걸로 먹고 살려는 행위는 불필요한 자기태만이에요. 국민건강당이 제공하는 노숙자숙박소에 가세요. 열심히 일해서 먹고사는 자립적인 시민이 되어 새 삶을 시작하시라고요. 그전에 몸부터 좀 씻으시고요."

"난 노숙자숙박소가 싫어."

남자가 말했다.

"거긴 닭장 같아. 일자리를 잃은 것도 내 탓인 줄 알아? 나도 한때는 잘나가는 부자였어. 텔레비전 광고에 출연했으니까. 너도 벤슨 초콜릿 광고에 나왔던 초콜릿맨 기억하지? 그게 바로 나란다. 그것 말고도 성공작이 꽤 많았지. 뭐, 다 한창 때 이야기지만."

"초콜릿을 광고해서 먹고살았다니, 부끄럽지도 않아요? 그런 끔찍한 상품 광고 때문에 얼마나 많은 아이들의 삶이 황폐해지고 파괴되었는지 아시냐고요."

프랭키는 동정심이 전혀 느껴지지 않는다는 듯이 쏘아붙였다.

"초콜릿은 끔찍한 상품이 아니야. 훌륭한 상품이었지! 적어도 옛날엔 말이다. 모두 그렇게 생각했고 덕분에 나도 잘살았어. 하지만 초콜릿 금지령이 떨어지면서 난 블랙리스트에 올라갔단다. 더 이상 일자리를 구할 수 없게 된 거지. 아아! 잔혹한 운명의 돌팔매가 내 영혼을 무자비하게 꿰뚫어버렸도다!"

남자는 마치 연극을 하는 사람처럼 말했다.

"하나도 안 불쌍해요. 순진한 아이들을 꼬드겨 충치나 생기게 하고 비만과 여드름까지 유발시켰으니, 이 모든 게 아저씨가 자초한 일이죠."

"말도 안 돼. 난 그저 운이 나빴을 뿐이야. 나머지는 정치적 선전 선동에 불과해. 그러니까 어서 잔돈이나 몇 푼 주고 가지 않겠니?"

"아뇨. 싫어요. 정 배가 고프시다면 여기 영양이 풍부한 바나나를 드릴게요. 이걸 먹으면 금방 힘이 날걸요. 안녕히 계세요."

프랭키는 남자의 털모자 속에 바나나를 넣어주었다. 털모자는 지나가는 행인들이 적선 삼아 동전을 던져 넣고 가라고 일부러 땅바닥에 내려놓은 것이었다. 프랭키는 오늘도 굵직한 선행을 하나 했다는 뿌듯함을 느끼며 자전거를 움직였다.

남자는 모욕감으로 푸들푸들 떨면서 바나나를 노려보았다.

지금 내 눈앞에 있는 게 진짜 바나나인가? 한때 초콜릿맨으로 활약했던 내가, BBC 방송에서 톱스타들과 어깨를 나란히 했던 내가, 지금 이런 싸구려 바나나를 받았단 말인가! 아아! 추방자의 눈물 젖은 빵이로구나!

하지만 정말로 배가 고팠다. 굶주린 자는 맛 좋은 바나나를 결코 외면할 수 없는 법이다. 결국 남자는 바나나를 먹었다.

# 14장
# 소굴을 만들다

● ● ●

"할머니 가게에 드나드는 초콜릿경찰은 매일 토스트 타는 냄새가 풍기는 것에 대해 어떻게 생각할까요?"

헌틀리가 물었다.

"치매라고 생각하겠지 뭐."

할머니가 설명했다.

"늙어서 좋은 점 중 하나란다. 사람들은 치매에 걸린 늙은이는 무슨 일이든 제대로 해낼 수 없다고 생각하거든."

일요일 아침이었다. 한동안은 온 세상이 편안했다. 적어도 바비 할머니의 창고 안은 평화로웠다. 쟁반 위에서 초콜릿이 식어가고 있었고, 할머니의 토스터에서는 식빵이 그럴싸하게 타고 있었으며, 선반에는 리로이 덕분에 새로 구한 코코아와 설탕이 쌓여 있었다.

그렇지만……

스머저의 머릿속만은 가려운 데를 긁지 못한 것처럼 시원찮고 개운치 않은 뭔가가 있었다. 자꾸만 나쁜 생각이 떠올랐다.

"뭐가 또 걱정인데?"

헌틀리가 물었다. 스머저는 헌틀리의 가장 친한 친구이자 끝까지 함께 갈 수 있는 동지였다. 그래도 가끔씩은 멀미가 날 만큼 지겨워질 때가 있었다. 스머저가 현실에 만족하지 못하고 언제나 조금씩 더 바라기 때문에 생기는 일이었다.

"잘 봐. 여기 부족한 게 뭐가 있냐? 초콜릿을 꼬박꼬박 만들지, 돈도 꾸준히 들어오지, 바비 할머니도 초콜릿을 사러 오는 사람들도 행복해 보이지. 지금 행복하지 않은 사람은 바로……."

"그래, 나다. 난 행복하지 않아, 헌틀리. 지금보다 더 잘할 수 있을 것 같은데 그게 안 되니까 아쉬워서 그래."

바비 할머니가 냄비와 팬을 씻다가 고개를 들었다.

"더 잘할 수 있을 것 같다고? 어떻게 말이냐?"

"금주령에 관한 책에서 읽었는데, 옛날에 밀주를 만들어 팔았던 사람들은 사람들이 맘 편히 드나들 수 있는 장소도 제공했대요. 일종의 클럽 같은 곳인데, 사람들이 모여 근심 걱정 없이 편히 즐길 수 있는 그런 장소였대요. 오늘날로 치면 국민건강당이니 시험이니 숙제니 하는 걱정거리를 몽땅 잊을 수 있는 곳이겠죠. 그런 곳을 '소굴'이라고 불렀대요. 우리도 그런 소굴이 있으면 얼마나 좋겠어요? 초콜릿을 맘껏 골라 먹을 수 있는 곳, 이왕이면 아이스크림이나 밀크셰이크 같은 것도 맘껏 즐길 수 있는 소굴요!"

헌틀리와 바비 할머니는 서로의 얼굴을 보았다.

"하지만 스머저, 그러려면 지하실이 필요하단다. 그런 은밀한 공간은 항상 지하에 있어야 하는 법이거든. 급히 도망쳐야 할 경우에 대비해 뒤쪽에 비밀 출구도 있어야 하고."

할머니가 말했다.

"저도 알아요."

스머저가 살짝 풀이 죽은 모습으로 고개를 끄덕였다.

"그래. 비밀 공작실도 나이트클럽도 언제나 지하에 있지. 하지만 안타깝게도 우리 집엔 지하실이 없단다. 혹시……."

순간 할머니가 뭔가를 떠올린 듯 환하게 웃었다.

"이리들 와보렴. 뒷마당에 보여줄 게 있다."

할머니가 무엇을 보여주고 싶어 하는지 곧 드러났다. 뒷마당에는 무너져가는 조그만 헛간 외에 별다른 게 없었다. 세로무늬 널빤지로 된 헛간은 여기저기 좀이 슬고 썩어서 누렇게 변색되어 있었다.

"저기야!"

바비 할머니는 마치 국보라도 발견한 사람처럼 감격에 겨운 얼굴로 헛간을 바라보았다.

"정확히 어딜 말씀하시는 거예요? 썩어가는 낡은 헛간 말고는 아무것도 안 보여요."

스머저가 말했다.

"그래, 맞다, 스머저. 그러니 더할 나위 없지. 누가 봐도 낡은 헛간으로 보이잖니."

할머니는 두 소년을 헛간 쪽으로 이끌었다.

"소리를 들어봐도 여전히 헛간일 뿐이지?"

할머니는 손등으로 헛간을 두드려보며 말했다.

"냄새까지도 완벽한 헛간이란다."

다 함께 헛간 안으로 들어갔다. 정말로 헛간다운 퀴퀴한 냄새가 풍겼다. 안에는 진흙이 말라붙은 화분과 썩어가는 선반, 아무 짝에도 쓸모가 없어 보이는 망치, 아무것도 조일 힘이 없어 보이는 볼트, 딱딱하게 굳어버린 풀 등이 잔뜩 쌓여 있었다.

"얘들아, 이 세상에 계단을 갖춘 헛간이 몇 개나 되겠니?"

계단이라고?

"손전등 좀 줘보겠니?"

스머저가 할머니에게 손전등을 건네자 곧 밝은 빛이 헛간 뒤쪽을 비추었다. 그곳에 정말로 계단이 있었다. 곧장 아래로 향하는 가파르고 단순한 모양의 계단이었다. 과연 이 계단의 정체가 뭘까?

"날 따라오렴. 목 부러지지 않게 조심하고!"

두 소년은 할머니를 따라 손잡이를 붙들고 가파른 나무계단을 내려갔다. 맨 아래에 문이 하나 있었다. 할머니가 문을 열자 삐걱거리는 소리가 아주 크게 들렸다.

"이런, 기름칠을 좀 해야겠구나."

할머니가 어둠 속으로 들어가더니 손전등으로 벽을 비추었다.

"여기 어디에 스위치가 있을 텐데…… 찾았다!"

할머니가 손전등으로 스위치를 가리켰다.

"누가 가서 스위치 좀 켜보렴."

헌틀리는 행여나 감전이 될까 봐 걱정되어 아주 조심스럽게 스위치를 눌렀다.

두 개의 형광등이 불안하게 깜박거렸다. 불이 켜질지 꺼질지 알수 없을 정도로 심하게 깜박였다. 그러더니 하나가 먼저 켜지고 뒤이어 나머지 하나도 켜졌다.

"와!"

불이 들어오자 콘크리트 바닥에 일부분은 나무가 깔린 널찍한 공간이 모습을 드러냈다. 방 안 가득 이런저런 쓰레기와 잡동사니가 널려 있었다. 한쪽 구석에는 무너져버린 이층침대가 있었는데 마치 위쪽 침대가 아래쪽 침대 위에 떨어져 잠을 자고 있는 것 같았다.

"여기가 어디예요?"

"방공호란다. 2차 세계대전 당시 쓰던 곳이야. 동네 사람 절반이 들어오고도 자리가 남았지. 공습 경보가 울리면 다들 폭격을 피해 여기 내려와 있곤 했어."

두 소년은 방 안을 둘러보았다. 족히 50년은 넘어 보이는 잡동사니와 누렇게 바랜 신문들이 쌓여 있었다. '평화 선언!' 이라는 머리기사가 보였다. '마침내 종전을 맞이하다' 라는 제목도 보였다. '승리!' 라는 단 하나의 단어만 씌어 있는 신문도 있었다.

"자, 어떠냐? 이 정도면 소굴이 될 만하겠니?"

"훌륭해요. 하지만 보통 청소로는 어림도 없겠는걸요? 솔직히 말씀드리면 방공호라기보다 폭격을 맞은 곳으로 보여요."

스머저가 말했다.

"하지만 이 세상에 고치지 못할 물건은 없어요. DIY가 있잖아요. 식탁이랑 의자도 좀 들이고요."

스머저가 이번에는 좀 더 열의를 띠고 말했다.

"어디서 구하지?"

"폐품 버리는 데를 뒤지면 돼. 벽에 페인트를 칠하고 저쪽 구석엔 바를 설치하고 밀크셰이크랑 초콜릿아이스크림을 만드는 거야."

"음악도 좀 틀고 말이지?"

할머니가 말했다.

"그럼요. 춤추는 무대도 만들 수 있겠어요."

스머저가 대답했다.

"애들아, 이리 좀 와볼래?"

할머니가 어둠 속에 가려 잘 보이지 않았던 조그만 골방 문으로 이끌었다.

"여기가 가장 중요한 곳이란다."

문을 열자 터널이 나왔다. 터널 끝은 컴컴한 어둠이었다.

"또 다른 출구야. 비상탈출구지. 행여 낯선 사람이 앞문으로 들어와도 여긴 모를 거야. 혹시 문제가 생기면 너희는 곧장 이 뒷문으로 나가거라."

"이 터널은 어디까지 이어져 있나요?"

"족히 100미터는 될 거다. 아주 좁은 통로야. 원래 방공호엔 입구가 두 개 있었어. 하나는 우리가 뒷마당에서 들어온 쪽이고 또 하나는 거리 근처 골목길에서 들어올 수 있었지. 지금은 사람들이 행여 떨어질까 봐 맨홀 뚜껑으로 덮어놓았단다. 맨홀뚜껑을 위로 밀어올리고 옆으로 살짝 밀친 다음 밖으로 나가면 될 거다. 아, 그리고 또 한 가지 보여줄 게 있다."

할머니가 또 다른 문을 뒤로 밀치자 커다란 식료품 저장실이 드러났다. 몇 주치 식량을 너끈히 보관할 수 있을 정도로 넓었다. 지금은 식량 대신 선반마다 거미줄과 곰팡이가 잔뜩 피어 있었다. 문도 전혀 문처럼 보이지 않고 그저 벽의 일부분 같았다. 내막을 모르는 사람은 눈앞에 보고도 거기 문이 있는지 몰라볼 듯했다.

"저장실이란다. 문 뒤쪽에 총탄을 막기 위해 납을 입혀놓았어. 납 하면 뭐 떠오르는 게 없니? 납은 방사선을 막아준단다. 그게 무슨 뜻인지 알겠니?"

"초콜릿 탐지기는 납을 뚫지 못해요! 그러니까 우리 소굴을 찾아내지 못할 거예요!"

헌틀리가 소리쳤다.

"그래. 이곳에 초콜릿을 500킬로그램이나 쌓아둬도 탐지기가 찾아내지 못할 거야. 자, 이만하면 어떠냐?"

"우리도 소굴이라는 걸 만들어봐요! 끝내주게 멋진 소굴을 만들어보자구요! 할머니 생각은요?"

"그래, 까짓것 한번 해보자! 지금 당장 시작하자꾸나!"

할머니는 구석에 세워둔 빗자루를 집어 들더니 작은 소용돌이를 일으키며 방공호 안을 쓸기 시작했다. 먼지구름이 오소소 일어났다가 다시 바닥으로 떨어졌다. 할머니는 빗자루 머리가 몽땅 빠질 때까지 빗질을 계속했다.

헌틀리와 스머저는 콜록콜록 기침을 하며 먼지를 뱉어내다가 하얗게 먼지가 내려앉은 서로의 머리카락을 보고 웃음을 터뜨렸다.

"우리만의 소굴이 생기는 거야, 헌틀리! 영화 속 주인공처럼 진짜 밀거래자가 되는 거라구!"

스머저는 기분 좋게 머리카락을 털어냈다.

낡은 방공호를 소굴로 변신시키는 일은 시간이 많이 걸렸다. 페인트를 칠하고 실내장식을 하고 청소를 하고 가구를 찾아 설치하는 일은 생각보다 훨씬 힘들고 복잡했다. 쓰레기 버리는 곳과 폐품 하치장을 몰래 급습해야 했고 써도 좋을 만한 물건을 찾아내면 일일이 직접 운반해야 했다. 작은 물건이야 몰래 빼내 오기 쉬웠지만 의자나 탁자, 널빤지처럼 큼직한 것들은 어둠을 틈타 몰래 날라야 했다. 가끔 스머저가 한밤중에 낡은 유모차를 끌고 가는 모습을 친구들이 목격하곤 했는데, 정작 유모차 안에는 아기가 없었다.

폐품 하치장에서 구하지 못한 품목은 어쩔 수 없이 돈을 주고 구입해야 했다. 물론 비용은 초콜릿을 팔아 마련한 돈으로 충당했다. 위험이 따르는 일이었지만 발각될 위험은 많지 않아 보였다. 몇 주가 지나자 점점 자신감이 붙었다. 한두 차례 위험을 넘겨가면서 꽤나 담대해진 것이다.

매주 일요일 아침이면 다 함께 바비 할머니의 가게에 모여 방공호 개조 작업을 하거나 다음주에 팔 초콜릿을 만들었다.

바비 할머니는 평소처럼 초콜릿 냄새를 덮기 위해 토스트를 태웠다. 일요일자 신문을 사러 온 손님들도 평소처럼 "바비 할머니, 오늘도 토스트 태우셨어요?" 하고 인사를 건넸다. 그러면 할머니는 체념했다는 표정을 지으며 대답했다. "아유, 속상해 죽겠어. 요즘 들어 부쩍 태워먹네. 내가 원래 실수투성이에 솜씨 없기로 유명하다우."

손님들은 신문을 받아들고 가게를 나서며 생각했다. 가엾은 바비 할머니. 슬슬 치매가 오나 보네.

스머저와 헌틀리는 초콜릿을 지나치게 많이 팔지 않도록 늘 조심했다. 동네에 초콜릿이 넘쳐나기를 바라지 않았고 또 소굴에 비축해 둘 초콜릿도 필요하기 때문이었다. 소굴은 주말에만 열기로 결정했다. 주중에는 숙제도 해야 했고 다른 할 일도 있었으며 무엇보다 부모님의 의심을 살 게 뻔했다.

새로 시작한 일에 영향을 받지 않겠노라고 처음부터 단단히 마음먹었지만, 두 소년 모두 초콜릿 밀거래자라는 역할 탓에 미묘한 변화를 보이기 시작했다. 이제 헌틀리와 스머저를 알아보는 사람들이 많아졌다.

스머저는 야구 모자를 삐뚜름히 눌러쓰고 비가 오는데도 흠집이 있는 낡은 선글라스를 끼었다.

"그늘이 없으면 견딜 수가 없어. 햇빛이 너무 눈부시잖아."

스머저는 멋져 보이고 싶은 마음에 가로등에 살짝 몸을 기댄 채 말했다.

헌틀리는 겉모습은 여전했지만 자기도 모르게 가게 유리문을 거울삼아 머리모양을 확인하며 이렇게 생각하는 순간이 많아졌다. 음, 멋쟁이 밀거래자가 나오셨군!

권력은 부패하는 법이고 절대권력은 절대적으로 부패하는 법이다. 허영이 권력과 정확히 같은 부류에 속하는 것은 아니므로 늘 나쁘다고만 볼 수는 없지만(허영이 없다면 세수도 안 하고 다닐 테니까) 개인의 성격과 판단력, 합리적인 사고를 망가뜨리는 경우가 많다. 허영을 품은 사람은 자기 능력을 과대평가하고 자기 본모습을 있는 그대로 믿으려 들지 않을 수도 있다.

그러나 스머저의 말처럼 약간의 멋조차 부릴 수 없다면 무엇 때문에 이렇게 위험천만한 모험에 나선단 말인가? 무슨 영화를 보겠다고 이렇게 불안하고 위험하고 불확실한 삶을 살아간단 말인가?

영화배우나 가수라면 거들먹거리고 으스댈 수 있어도 밀거래자라면 최대한 겸손해야 했다. 밀거래자는 군중 틈에서 눈에 띄면 안 된다. 가장 평범하고 특징 없어 보이는 게 최선이다.

스머저도 다 알고 있었다. 그러나 일부러 그런 생각을 못 했거나 깜빡 잊은 척했다.

단 한 사람만은 달랐다. 학교 안의 단 한 사람만은 이 미묘한 변화를 눈치 채고 있었다. 그는 세세한 변화를 관찰하고 기록했다. 그리고 새로 알아낸 사실들을 관련 당국에 전달했다.

바로 프랭키 크롤리였다.

# 15장
# 선장개업

● ● ● ●

바비 할머니는 공간을 둘러보았다. 한때 방공호였다고는 도저히 믿을 수 없을 정도로 달라진 모습이었다. 이제 모든 조각이 제자리를 잡은 것 같았다. 드디어 퍼즐이 완성되었다.

스머저가 페인트 붓을 내려놓고 뻐근한 허리를 두드렸다.

"어때?"

헌틀리도 걸레질을 하다가 잠깐 숨을 돌렸다. 그는 바와 댄스용 무대, 스머저의 침실에서 빌려온 오디오 등을 둘러보았다.

"진짜 영업하는 가게 같다."

헌틀리가 씩 웃으며 말했다.

"그럼 이제 개업 준비가 다 된 거냐?"

바비 할머니가 물었다.

"이번주 토요일 어때요?"

헌틀리가 제안했다.

"난 괜찮아. 파티광만 초대하자."

스머저가 말했다.

"나도 파티광이냐?"

바비 할머니가 물었다.

"할머니야말로 원조 파티광이죠."

스머저가 웃으며 대답했다.

"블레이즈 씨는 어때? 그분이 초콜릿 제조법을 알려주지 않았다면 여기까지 오지 못했을 거야."

헌틀리가 말했다.

"좋아. 내가 블레이즈 씨한테 초대장을 보낼게. 혹시 누가 캐물으면 방과 후 공부모임이라고 둘러대자. 우등생에 모범생, 책벌레들이나 한다는 공부모임 말이야. 믿음직한 사람들 중에서 바를 담당해줄 사람도 뽑자. 우리 힘만으론 벅차잖아."

스머저가 말했다.

세 사람은 소굴의 직원을 고용하기로 하고 본격적인 작업에 착수했다. 에밀리와 멜라니는 100퍼센트 믿을 수 있는 친구들이었다. 물론 재료를 공급해주는 리로이 역시 원한다면 일을 믿고 맡길 수 있었다. 또 몇 사람 더 있었다. 해들리 선생님 반의 뚱보 아서를 수석 바텐더로 뽑아 초콜릿셰이크를 맡겼다. 또 보안 담당으로 티치 멀홀랜드를 뽑았다. 키는 작지만 손가락 두 개만으로 연필을 부러뜨릴 수 있는 친구였다. 태권도에 검도, 유도 등 못 하는 게 없고 욱하면 무시무시하게 돌변하지만 평소에는 엄격한 자제력으로 침착함을 유지하는 친구였다.

몇 주 간의 노력 끝에 드디어 신장개업식을 무사히 치를 수 있을 만큼 준비가 갖춰졌다. 스머저는 엄마에게 그날 저녁 헌틀리의 집에 놀러 간다고 말해두었고 헌틀리도 엄마에게 스머저의 집에 놀러 간다고 말해두었다. 위험한 핑계였고 또 옳지 않다는 것도 잘 알고 있었지만, 필사적으로 하고 싶은 일이 생기면 조금쯤은 규칙을 어길 수 있는 게 사람인지라 어쩔 수 없이 거짓말을 하고 말았다.

스머저와 헌틀리는 믿을 수 있는 친구들과 고객들에게 '방과 후 공부모임'에 참석해달라는 초대장을 돌렸다. 물론 카드를 따로 쓰지는 않았다. 초대장은 조용한 속삭임이었고 대답은 고개를 끄덕이거나 가로젓는 것으로 돌아왔다. 물론 고개를 끄덕이는 사람이 많았고 가로젓는 사람은 거의 없었다. 부주의함은 커다란 대가를 치르는 법이므로 반드시 경계와 신중함이 필요하다는 말도 덧붙였다. 바비 할머니는 초콜릿을 사러 오는 손님들에게 주의를 주었다. "조심하고 또 조심해요. 초콜릿경찰이 돌아다니고 있어요. 그자들이 바로 당신을 지켜보고 있다고요."

그러나 소굴의 개업식을 망쳐놓을 수 있는, 아니 확실히 망쳐놓고야 말 단 한 가지 사실이 있었다. 개업식 당일인 토요일 저녁 7시 10분, 프랭키는 초콜릿경찰본부에서 금속성의 눈빛을 지닌 초콜릿경감에게 주례보고를 하고 있었다.

"분명히 무슨 일을 꾸미고 있어요. 틀림없어요!"

프랭키는 나지막하지만 확신에 찬 목소리로 주장했다.

"넌 언제나 사소한 소식만 물어오는구나?"

경감은 차를 마시며 프랭키를 느긋하게 바라보았다.

"최근 들어 엄청나게 많은 단서를 드렸는데 왜 그자들을 잡지 않으시는 거죠?"

"지금까지 네가 물어온 정보로는 대어를 낚을 수 없었다. 기껏해야 잡어들뿐이었지. 그동안 네가 준 정보를 추적하느라 수많은 인력을 쏟아 부었는데 넌 아직까지 그럴듯한 수확물을 물어오지 못했다. 그러니 한 번만 더 늑대가 나타났다고 소리쳤다간 진짜 늑대에게 물려갈 줄 알아라."

프랭키는 경감의 책상 위에 올려두었던 청소년선도단 모자를 집어 들고 부루퉁한 얼굴로 문 쪽으로 향했다.

"알겠어요. 조금의 의심거리도 없는 확실한 정보를 가져오겠어요. 다음엔 절대로 실수하지 않을 거예요."


두통을 자주 겪어본 사람이라면 지금 이 순간이야말로 두통을 확실히 느낄 수 있는 기회임을 단박에 알 수 있을 것이다. 헌틀리가 밖으로 새어나갈지도 모르니 제발 소리를 줄여달라고 몇 번이나 당부했지만 음악은 여전히 큰 소리로 울려대고 있었다. 다행히 옛 방공호의 벽은 어떤 소리도 든든하게 가둬둘 만큼 두껍고 튼튼했다.

뚱보 아서가 바 뒤에서 보기만 해도 군침이 도는 초콜릿셰이크를 만들었다. 초콜릿셰이크 외에 초콜릿칵테일도 주문을 받았다. 바비 할머니는 우유와 밀거래 초콜릿으로 할머니표 아이스크림을 만들었다. 또 캐러멜과 연한 사탕, 딱딱한 사탕 등도 만들었고 달콤새콤한 레모네이드와 생강맥주, 케이크도 만들어 내왔다.

뭐 하나 부족한 게 없었다. '방과 후 공부모임'은 마지막 종이 울릴 때까지 떠들썩하게 이어졌고 다들 즐거운 시간을 보냈다.

가장 늦게 도착한 손님들 중에 블레이즈 씨가 끼어 있었다. 하지만 예전에 봤던 그 모습이 아니었다. 밀짚모자를 쓰고 윗옷 주머니에 초콜릿이 삐져나와 있는 괴짜 헌책방 주인이 아니었다. 멋진 회색 정장에 넥타이, 다이아몬드 넥타이핀까지 갖추었고 구두는 번쩍번쩍 빛이 났으며 오른손에 독수리 머리 모양의 은제 손잡이가 달린 검은색 마호가니 지팡이를 짚고 있었다.

블레이즈 씨는 헌틀리와 스머저를 보자 오래전 헤어진 벗을 대하듯 반갑게 인사를 나누고는 곧장 바비 할머니와 할머니표 아이스크림을 향해 걸어갔다. 할머니도 아이스크림도 썩 마음에 들었는지 굉장한 호감을 표시했다.

그때 계단 맨 위의 문을 두드리는 소리가 들렸다.

보안 담당 티치가 문을 열어주러 올라갔다. 우선 문을 아주 조금만 열고 어둠 쪽을 슬그머니 엿보았다.

"누구세요?"

두 사람이 서 있었다. 한 명은 머리카락을 말끔히 뒤로 빗어 넘겼고, 또 한 명은 몸집이 더 뚱뚱하고 팔뚝 위에 도마뱀 문신이 있었다.

"무슨 일이시죠, 신사님들?"

티치가 묻자, '신사님들'이 상어처럼 날카로운 이를 드러내며 씩 웃었다.

"우리도 들어가고 싶구나. 보험 이야기를 좀 해볼까 해서."

토니가 말했다.

"누구 초대로 오셨나요?"

티치가 재차 물었다. 태권도와 검도에 능한 티치였지만 혼자 두 청년을 상대하기는 벅찼다.

대런이 문신을 한 큼지막한 주먹을 들어 올렸다.

"이 주먹 안 보여? 이게 내 초대장이다. 이 주먹만 들어 보이면 어디든지 무사통과라구. 네 두목하고 이야기 좀 나누러 왔다. 합리적인 가격의 보험을 팔아보려고 말이야."

그러고는 티치를 옆으로 밀치며 계단을 내려갔다.

스머저는 불량배 두 명이 들어오는 걸 보고 일이 잘못 돌아가고 있음을 깨달았다. 바비 할머니도 곧 그들을 알아보았다.

방 안이 순식간에 조용해졌다.

"스머저, 미안하게 됐다."

티치가 말했다.

"괜찮아. 우리가 알아서 할게. 다들 괜찮아요, 여러분. 계속 즐겁게 노세요."

스머저는 음악을 맡고 있는 멜라니에게 말했다.

"음악 다시 틀어줄래? 신나는 걸로 부탁해."

사람들은 아무 일도 없었다는 듯 다시 신나게 파티를 즐겼다. 하지만 헌틀리와 스머저는 두 불량배를 구석 자리로 데리고 갔다.

토니는 테이블에 앉아 평가를 하듯이 주위를 둘러보았다.

"멋진데?"

"그냥 평범한 클럽이에요."

스머저는 겸손하게 어깨를 으쓱해 보였다.

"방금 들었어? 그냥 클럽이래."

토니가 대런을 향해 말했다.

"정말?"

대런이 놀리듯이 과장해서 놀라는 척했다. 그러더니 가죽 재킷 아래서 뭔가를 꺼내들었다.

"우린 클럽(곤봉이라는 뜻:옮긴이) 같은 건 없고 대신 멋진 야구방망이가 있지."

토니가 야구방망이를 바라보며 말했다.

"이래서 보험이 필요한 법이야. 언제 어떤 사고가 날지 누가 알아? 불이 날 수도 있고 도둑이 들 수도 있고 또…….."

토니의 말을 신호로 삼아 대런이 야구방망이로 테이블 위의 유리컵을 야구공처럼 쳐냈다. 컵은 바닥에 떨어져 산산조각이 났다.

"이렇게 생각지도 않은 손해가 발생할 수도 있단 말이지."

"이런 추잡한 거렁뱅이들 같으니라구!"

대런이 위를 올려다보았다. 바비 할머니가 벌겋게 달아오른 얼굴로 대런을 노려보고 있었다.

"자자, 당장 시급한 문제부터 해결해야죠. 안 그렇습니까?"

토니가 말했다.

"개인적인 욕설은 나중에 합시다. 일단 여기서 계속 영업을 하시려면 약간의 비용을 지불하셔야 합니다. 오늘 같은 일이 다시는 벌어지지 않도록 저희가 할머니를 잘 지켜드릴게요. 그러니까 할머니가 저희한테 지불하실 금액은……."

순간 토니가 입을 다물었다. 누군가 테이블 옆으로 다가왔기 때문이다. 밝은 회색 정장 차림의 노신사였다.

"한 푼도 받지 않겠다는 말이겠지?"

블레이즈 씨가 말했다.

두 불량배는 깜짝 놀라 블레이즈 씨가 꼭 움켜쥐고 있는 독수리 머리 모양의 은제 손잡이를 단 번지르르한 마호가니 지팡이를 흘끗 바라보았다. 블레이즈 씨가 마음만 먹으면 지팡이에서 길고 번쩍번쩍 빛이 나는 검을 뽑아들 것만 같았다.

대런은 꼴깍 소리가 나도록 마른침을 삼켰다. 목젖이 오르내리는 동안 목 위에 새겨진 인어 모양의 문신도 함께 부풀어 올랐다 줄어들었다.

"한 푼도 받지 않겠다는 말이냐고 물었다."

블레이즈 씨가 다시 한 번 재촉했다.

"그리고 당장 여기서 나가 이곳을 전혀 본 적이 없는 사람처럼 굴겠다는 말이지? 그렇지?"

토니가 당장 공격을 감행하려는 코브라처럼 심술궂은 얼굴로 블레이즈 씨를 노려보았다.

블레이즈 씨가 빙그레 웃더니 헌틀리와 스머저를 향해 말했다.

"얘들아, 이 할아버지가 불쑥 끼어들어 정말 미안하구나. 하지만 난 이 두 녀석을 잘 알아. 우리 헌책방에도 찾아와 '보험'을 팔려고 했거든. 물론 지금은 크게 후회하고 있을 거다."

토니가 검 같은 지팡이를 움켜쥐려고 손을 뻗었지만 한발 늦었다. 블레이즈 씨가 먼저 토니의 손을 매섭게 내려친 것이다. 토니는 새된 비명을 지르며 몸부림을 쳤다.

"이, 이봐요, 블레이즈 씨."

"아니, 너희가 먼저 날 봐야겠다."

블레이즈 씨는 지팡이 끝으로 야구방망이를 가리켰다.

"저 물건 좀 치워주시겠습니까, 바비 부인? 오늘밤은 더 이상 야구방망이 휘두르는 기술을 보고 싶지 않군요."

바비 할머니가 방망이를 치웠다. 그 모습을 보자 대런이 의자 위에서 몸을 비틀었다. 꼭 좋아하는 장난감을 선생님에게 뺏겨버린 꼬마 같았다.

"내 말 잘 들어라. 너희는 삼류 이상도 이하도 아니다. 삼류 범죄자에 삼류 불량배지. 더 쩨쩨하게 굴었다간 더 이상 설 자리가 없어질 거다. 여긴 내가 있으니 너희의 보호 따윈 필요하지 않아. 그러니 당장 나가서 다신 찾아오지 마라. 행여 초콜릿경찰에게 귀띔할 생각일랑 버리는 게 좋을 거다. 그렇다면 누군가 너희 이야기도 귀띔해 줄 테니까. 알아듣겠나?"

토니가 부루퉁한 얼굴로 자리에서 일어났다. 머리 위로 모락모락

연기가 나고 있었지만 적어도 그 자리에서 폭발할 것 같지는 않았다. 그는 위협적인 손가락질로 블레이즈 씨를 가리켰다.

"두고 봅시다, 블레이즈 씨. 내가 반드시……."

그러나 토니는 더 이상 아무 말 없이 위협적인 분위기만을 내뿜을 뿐이었다.

블레이즈 씨가 희미하게 웃어 보였다.

"그래, 두고 볼 테면 두고 봐라. 하지만 오늘은 아니야. 계단을 올라가면 문이 나올 거다. 들어온 곳으로 다시 나가면 되는 거야."

두 불량배는 잠깐 머뭇거리다가 결국 돌아섰다.

"쳇, 꼬마들만 득실거리고 별것도 없군."

그들은 최대한 으스대며 계단을 올라갔다.

"자, 다들 긴장을 풀려무나. 파티는 끝났어. 아니, 분위기를 바꿔서 새로운 파티를 시작해보자."

바비 할머니가 말했다.

멜라니가 오디오의 소리를 키우자 금세 활기를 띠기 시작했고 바 주변으로 훨씬 많은 사람들이 몰려들었다.

블레이즈 씨가 자리에 앉았다.

"블레이즈 씨. 어떻게 된 거예요? 버릇없게 들릴 수도 있겠지만 저희 생각엔……."

헌틀리가 말했다.

"한물간 헌책방 노인네가 어떻게 그럴 수 있느냔 말이지? 그것도 나사가 한두 개 풀어진 할아버지가?"

블레이즈 씨가 씩 웃으며 말했다.

"아니, 그런 말은 아니에요."

헌틀리의 얼굴이 빨갛게 달아올랐다.

"하하. 당연히 아니겠지. 너희같이 예의 바른 아이들이 그럴 리 있겠니? 하지만 생각이야 자유니까, 영 틀린 말은 아니란다. 난 우선 한물간 헌책방 노인네가 맞아. 뭐, 가끔씩은……."

이때 바비 할머니가 다가와 빈자리에 앉았다. 할머니가 빙그레 웃으며 말했다.

"저 야구방망이는 내가 가져야겠다. 침대 밑에 두고 자면 아주 요긴하게 쓸 것 같구나."

"얘들아. 여긴 정말 굉장한 곳이구나. 아주 인상적이야."

블레이즈 씨가 고개까지 끄덕이며 인정해주었다.

"고맙습니다. 하지만 블레이즈 씨가 주신 초콜릿 제조법이 없었다면 불가능했을 거예요."

스머저가 말했다.

"그렇게 말해주니 고맙구나. 하지만 지금부터 내 말 잘 들어라. 노인네가 충고랍시고 잔소리를 늘어놓으며 너희를 따분하게 만들고 싶진 않다만 아무래도 이곳의 보안을 강화해야 할 것 같다. 보안을 좀 더 발전시켜 망보는 사람을 두면 좋겠다. 불량배들이 다시는 찾아오지 못하도록 말이야. 그것 말고도 조심해야 할 게 한두 가지가 아니란다. 그래야 지금 너희가 벌어들이고 있는 돈을 지킬 수 있어. 원래 커다란 돈다발을 들고 있는 사람일수록 남들의 관심을 빨리 끄는 법이거든."

헌틀리는 블레이즈 씨의 말을 깊이 새기며 진지하게 고개를 끄덕였다. 하지만 스머저의 관심은 벌써 다른 곳으로 미끄러져가고 있었다. 블레이즈 씨의 말 가운데 반은 들었지만 나머지 반은 다른 생각을 하느라 놓쳐버렸다. 스머저는 클럽 안을 둘러보고 있었다. 나, 스머저 무어, 소굴의 주인 중 한 사람이자 밀거래자, 결코 무시할 수 없는 지위와 능력의 소유자, 재주 많은 남자, 스머저가 여기 있노라.

하지만 자랑하지 못할 바에야 지위가 무슨 소용이란 말인가? 쓰지 못할 바에야 돈이 무슨 소용이란 말인가?

바비 할머니는 다시 바 쪽으로 돌아가 분주하게 손을 놀렸다. 잠시 후 쟁반 하나를 들고 자리로 돌아왔다. 쟁반 위에는 차갑게 식힌 유리잔에 담긴 초콜릿칵테일과 큼직한 초콜릿케이크 조각이 놓여 있었다.

블레이즈 씨는 그동안 아무도 음식을 내오지 않아 은근히 서운했던 마음이 눈 녹듯이 사라지는 것을 느꼈다.

"드세요."

바비 할머니가 블레이즈 씨 앞에 쟁반을 내려놓았다.

"세상에! 진수성찬이군요! 다 먹을 수나 있을지 모르겠네요."

하지만 블레이즈 씨는 다 먹었다.

# 16장
# 망보기

●●●

 

 

다음날 아침 헌틀리와 스머저는 돌아오는 주에 팔 초콜릿을 만들기 위해 다시 바비 할머니의 가게를 찾았다. 이러한 일정은 아예 공식이 되었다. 리로이가 주중에 재료 공급을 확실히 책임져주었기 때문에 매주 일요일 가게에 가면 이미 재료가 준비되어 있었다.

한때 분주하게 거리를 돌아다녔던 초콜릿 탐지차는 다른 지역으로 이동했다. 당국은 이 지역이 깨끗이 청소된 것으로 믿고 초콜릿 안전지대로 선포했다. 그러나 언제나 발각될 위험이 숨어 있었기 때문에 바비 할머니는 초콜릿을 방공호 안의 납문 뒤에 보관했다.

매주 일요일 두 소년이 초콜릿을 만드는 동안, 바비 할머니는 〈일요국민건강〉 신문을 팔았다. 그리고 정오가 지나면 곧바로 가게 문을 닫고 소굴의 책임자로 돌아가 일주일간의 수입을 계산하고 재료 공급자에게 얼마를 줘야 하는지, 임시 비용을 얼마나 비축해두어야

●●●

하는지, 수익을 얼마씩 나눠야 하는지 등을 따져보았다.

초콜릿 밀거래로 들어오는 수익은 상당했다. 스머저도 헌틀리도 바비 할머니도 원가에 비해 지나치게 비싼 가격을 부르지는 않았다. 다만 밀거래의 특성상 어쩔 수 없이 돈이 벌리고 부자가 되었다. 어떻게 보면 돈이 돈을 벌어들이는 형국이었다.

곧 스머저의 돈이 제발 써달라고 들썩거리기 시작했다. 스머저도 덩달아 온몸이 들쑤셨다. 들쑤심을 완화시키려면 오래전부터 바라고 바라던 멋진 무언가를 구입해 시원하게 긁어주는 수밖에 없었다.

바비 할머니도 같은 증세에 시달리고 있었다. 그래서 할머니는 밀거래로 번 돈을 들고 시내로 향했다. 가장 먼저 미장원에 들러 염색을 하고 파마를 했으며 다음으로는 이탈리아 스타일의 부인복을 찾아 옷가게를 돌아다녔다.

같은 날 오후 스머저는 산악자전거 판매점에 들러 밝은 노란색의 최상급 산악자전거를 골랐다. 유압식 서스펜션과 티타늄 소재의 프레임, 충격흡수장치가 장착된 것이었다. 뒤쪽 흙받기에는 '스머저 1호'라는 형광색 글씨가 찍혀 있었다. 또 반사경이 달린 광각 선글라스와 사이클용 장갑, 헬멧도 구입했다. 새로 구입한 자전거를 타고 달리는 스머저의 모습은 복권에 당첨된 소년처럼 득의양양했다.

수익금을 합리적인 방식으로 은행에 보관 중인 헌틀리는 일요일 아침에 다음주 판매할 초콜릿을 만들러 할머니의 창고에 들어섰다가 먼저 스머저의 노란색 산악자전거를 보고 화들짝 놀라고, 하이힐을 신고 진한 푸른색 실크원피스를 입고 파티라도 다녀온 사람처럼 구미고 있는 바비 할머니를 보고는 까무러치게 놀랐다.

헌틀리는 거의 낙담에 가까운 표정으로 두 사람을 바라보았다.

"스머저, 네 자전거 정말 멋지구나. 그걸 타면 아무리 가파른 산이라도 거뜬히 넘어갈 수 있겠어. 이 할머니 향수는 어떠냐?"

바비 할머니가 말했다.

"엄청 고급스러운 향기가 나요."

스머저가 한껏 치켜세웠다.

"그럼, 이게 얼마짜린데. 당연히 그래야지."

바비 할머니가 말했다.

"대체 뭣들 하시는 거예요?"

헌틀리는 눈앞의 광경을 믿을 수 없다는 듯 한숨을 토했다.

스머저가 살짝 수줍어하며 헌틀리를 보았다.

"야아, 헌틀리. 너도 내 자전거 봤냐?"

"내 새 옷도 봤니? 머리도 새로 했단다."

바비 할머니는 행여 헌틀리가 못 알아봤을까 봐 머리까지 매만지며 덧붙였다.

"물론 네 자전거 봤어. 나 말고 다른 사람들도 다 보겠지. 그럼 다들 관심을 가지고 물어보겠구나? 아니, 스머저는 무슨 돈으로 저렇게 최고급에 최신식 산악자전거를 샀을까?"

"하지만……."

"차라리 티셔츠에 '난 초콜릿 밀거래자요. 그러니 잡아다 감옥에 가두시오'라고 쓰지 그러냐?"

스머저는 잠시 머뭇거리며 저항해보았다.

"알았어. 자전거를 타고 비포장도로를 달리면 돼. 진흙을 묻히면 다들 눈치 못 챌 거 아냐. 농담 아니야."

헌틀리는 이제 바비 할머니를 향해 말했다.

"할머니 새 옷하고 새 머리모양 말인데요. 정말 멋지고 좋아 보여요. 하지만 솔직히 할머니라면 분별 있게 돈을 쓰실 줄 알았어요."

바비 할머니도 스머저만큼이나 부끄러워했다. 아니, 어쩌면 더 부끄러울 것이다. 당장 쥐구멍을 찾아 들어가고 싶은 사람 같았다.

"몇 벌 안 샀단다. 기분이 조금 나아질까 해서 산 거야. 평생 자선 가게에서 중고 옷만 사 입어서 뭔가 변화를 주고 싶었어. 다른 사람은 한 번도 못 입어본, 목사님 부인도 못 입어본 그런 옷을 입고 싶었을 뿐이란다."

이제 거꾸로 헌틀리의 마음이 불편해졌다. 괜히 할머니를 나무란 건 아닌지 죄책감까지 들었다. 알고 보면 할머니는 그동안 힘겹게 살아왔고 할아버지가 돌아가신 지금은 외롭기까지 할 것이다.

"그럼 올라가서 다시 초라한 옛날 옷으로 갈아입고 오마. 그리고 가게로 돌아가 너희가 초콜릿을 만드는 동안 향이나 피우고 있어야겠다. 늙은이가 주책을 떨어 정말 미안하구나."

헌틀리도 스머저도 무슨 말을 어떻게 해야 할지 도무지 알 수 없었다. 그저 창고를 나가는 바비 할머니의 뒷모습만 바라보았다.

"네가 무슨 짓을 저질렀는지 알겠냐?"

스머저가 말했다.

"내가 무슨 짓을 저질렀다고? 난 아무 짓도 안 했어. 무슨 일을 저지른 건 너하고 할머니야."

"너 때문에 할머니 기분이 상했잖아."

"내 잘못이 아냐."

"네 잘못이야."

"그럴 생각은 없었어."

"그럴 생각이 있었는지 없었는지가 중요한 게 아냐."

"말도 안 돼. 블레이즈 씨 말 기억 안 나? 갑자기 돈을 쓰고 돌아다니면 당연히 의심을 받게 되어 있다구."

"넌 쓸데없이 걱정이 많아. 네 눈엔 곳곳이 문제투성이로 보이지? 어서 초콜릿이나 만들자."

그러나 스머저의 말도 옳지는 않았다. 헌틀리의 걱정이 지나치게 많은 게 아니라, 스머저의 걱정이 지나치게 적은 것이었다. 프랭키 크롤리와 초콜릿경감이 주고받은 대화를 들었다면 스머저 역시 자기 실수를 깨달았을 것이다.


"새 자전거예요. 샛노란 색요. 게다가 디자이너 브랜드의 비싼 옷도 샀어요. 머리도 새로 했고요. 그게 다가 아니에요. 그 가게에 드나드는 사람이 점점 늘어나고 있어요."

프랭키가 말했다.

경감은 책상 너머에 있는 프랭키를 바라보았다. 프랭키는 자신이 쓸모 있다는 것을 증명해 보이기 위해 꾸준히 노력하고 있었다.

"손님이 늘어나고 있다고? 흠, 우리 대원들은 그런 보고를 한 적이 없는데? 계속 해봐."

프랭키는 한껏 우쭐해졌다.

"사람들이 잠깐 들어갔다 나오는 게 아녜요. 엄청나게 오래 머물러 있다 나와요. 틀림없이 무슨 일을 벌이고 있어요."

"예를 들면?"

"정확히는 모르겠지만 금주령 시대의 무허가 술집 같은 역할을 하는 게 아닐까요? 뒤편 으슥한 곳에서 몰래 초콜릿을 팔고 있을지도 모르죠."

경감은 잠시 아무 대꾸도 하지 않았다. 침묵이 먼지처럼 켜켜이 내려앉고 있었다.

드디어 경감이 입을 열었다.

"좋다, 청소년선도단. 네 의심이 정확한지는 직접 가서 살펴보겠다. 이번주에. 그때 다시 와서 정확한 위치를 알려줘라."

프랭키는 경감의 말에서 인정과 격려의 신호를 읽었다. 절로 환한 미소가 떠올랐다.

"저, 경감님. 제 형 말인데요. 잊지 않으셨겠지만……."

프랭키가 조심스럽게 말을 꺼냈다.

"그만 가도 좋다, 청소년선도단."

경감이 먼저 말허리를 잘랐다. 프랭키는 말을 더 하고 싶었지만 면담이 끝난 게 분명해 보였으므로 어쩔 수 없이 밖으로 나왔다.

프랭키는 이번에는 반드시 바비 할머니의 가게에 대한 자신의 의심이 들어맞기를 갈망했다. 계산대에서 초콜릿이 발견되고 초콜릿 밀거래자들이 현행범으로 체포된다면 그야말로 크게 한 건 올리는 거다. 그게 하필 스머저와 헌틀리라는 생각을 하면 한편으로 불쌍하다는 생각이 들었다. 하지만 또 한편으로는 아무렇지도 않았다. 그 애들과는 같은 반이고 초등학교 시절에는 친구이기도 했다. 하지만 국민건강당이 집권하기 전, 아주 오래전의 일이다. 스머저나 헌틀리가 지나치게 거드름을 피우며 불량해지고 있는 점을 생각하면 오히려 잘된 일일 수도 있다. 무엇보다 그 애들이 벌이고 있는 일은 엄연히 불법이다. 그런 행동은 절대 해서는 안 되는 것이다.


"이게 대체 뭐야?"

이번주 초콜릿은 썩 잘 만들어졌고 설거지와 뒷정리도 거의 끝났다. 헌틀리와 스머저는 일이 마음에 쏙 들게 잘되어 기분이 좋았다. 바비 할머니도 평소의 활기찬 모습으로 돌아와 있었다.

"새로 산 쫄바지는 계속 입고 있어도 되지?"

옷을 갈아입고 돌아온 할머니가 토스터에 두 번째 빵을 집어넣으며 솔직히 털어놓았다.

"초콜릿 밀거래자라는 표시는 전혀 안 내면서 따뜻한 새 옷이니까 입고 있으마."

할머니는 휘파람을 불면서 가게로 돌아갔다.

헌틀리는 냄비를 치우다가 전에는 본 적이 없는 새 물건을 발견했다. 최신형 휴대전화 두 대가 충전기에 꽂혀 있었다. 헌틀리는 스머저가 생각보다 훨씬 심한 사치를 한다고 의심하고 당장 캐물었다.

"스머저, 이게 대체 뭐야? 휴대전화가 두 대라니, 어떻게 된 거야? 양쪽 귀에 한 대씩 쓰려고 그래?"

"그렇지 않네, 친구."

스머저가 거드름을 피우며 대꾸했다.

"아주 좋은 생각이 있거든. 블레이즈 씨 이야기를 듣다가 생각해 낸 거야. 솔직히 내가 최신형 산악자전거만 생각하고 있었던 건 아니란다. 소굴 앞에 망을 보는 사람을 세워두는 게 좋겠다고 블레이즈 씨가 말했잖아."

"그래서?"

"그래서 휴대전화를 두 대 샀지. 하나는 우리가 쓰고 하나는 망을 보는 사람이 쓰는 거야. 또 이 전화기를 건네줄 사람도 생각해냈지. 완벽한 보초가 있어. 이 일을 하기 위해 태어났다고 해도 과언이 아니지. 그 누구도 의심하지 못할 테니까."

"그게 누군데?"

"이리 와봐."

두 소년은 뒷문으로 나갔다. 뒷골목을 따라 조금 걸은 뒤 모퉁이를 돌아 도로로 나갔다.

바비 할머니의 집에서 몇 집을 지나면 지금은 문을 닫은 '길버트 수제 초콜릿' 가게가 나온다. 초콜릿 탐지차의 첫 번째 희생자가 된 가게였다. 현재 가게는 텅 비어 있고 창문은 불법 광고전단으로 뒤덮여 있었다. '전단을 붙이는 사람은 고발하겠음'이라는 협박 경고

문이 무색할 정도였다. 누군가 그 아래 '전단을 붙이는 사람은 무죄'라고 휘갈겨놓았다.

국민건강당조차 경고문을 무시하고 창문에 선전 포스터를 붙여놓았다. '부주의한 식습관이 생명을 위협합니다. 국가는 여러분을 필요로 합니다. 양배추를 드세요.'

빈 초콜릿가게 문 앞에 전직 배우가 앉아 있었다. 삶이 얼마나 예측불허인지, 마른하늘에 날벼락을 맞듯 상상조차 못 한 불행을 정통으로 맞은 사람은 어떤 모습을 하고 있는지를 적나라하게 보여주는 살아 있는 표본 같았다.

그의 이름은 찰스 모팻. 한때는 벤슨 초콜릿 광고에 등장하는 낯익은 목소리의 주인공이자 수백만 명이 알아보는 스타였다.

초콜릿맨, 초콜릿맨,

언제 어디서나 즐겨 먹어요.

초콜릿맨, 초콜릿맨,

오늘도 내 손엔 초콜릿!

그러나 모두 옛이야기가 되어버렸다. 지금 그의 입에서 흘러나오는 노래는 따로 있었다. "굶주린 노숙자입니다. 한 푼만 줍쇼."

순찰 중인 초콜릿경찰이 나타났다. 가죽으로 된 권총집 속에 넣어둔 전기충격기가 실수로 시끄럽게 울릴까 봐 안전장치를 단단히 붙들고 있었다.

경찰이 걸음을 멈추고 멸시의 표정으로 노숙자를 내려다보았다.

"한 푼만 주세요, 대원님."

찰스 모팻이 애원했다.

"놀고 있는 배우를 좀 도와주십쇼. 기획사에서도 더 이상 연락이 없고 배역도 말라버린 가엾은 배우랍니다."

"배역이 말라버렸든 말든 내 알 바 아니지, 시민."

경찰이 비웃으며 말했다. 그러고는 발걸음을 재촉해 모퉁이를 돌아 사라졌다.

찰스 모팻은 먹을 게 남아 있는지 보려고 비닐봉지를 뒤졌다. 바나나를 주고 갔던 청소년선도단원이 생각났다. 그 애가 다시 찾아와 바나나를 주고 간다면 얼마나 좋을까? 어쩌면 지나치게 큰 소원일지도 모른다. 차라리 나무에 바나나가 열리기를 바라는 게 낫지.

다시 위를 올려다보았을 때 또 다른 두 소년이 앞에 와 있었다. 가끔씩 들러 반짝이는 면이 안을 향한 것과 밖을 향한 것을 조금씩 주고 가는 아이들이었다. 이 애들은 초콜릿 금지령이 내려지기 전 그가 텔레비전 광고에 출연했던 걸 기억하고 있었고 그의 과거를 대단히 위대한 일로 생각해주었다.

그런데 이 애들의 이름이 뭐였더라? 한뎃잠을 자면 기억력도 망가지는 모양이었다. 둘 중 하나는 헌틀리인데 나머지 한 명은 이름이 뭐더라?

"안녕하세요, 모팻 씨? 저, 스머저예요. 기억하시죠? 부탁드릴 일이 있어서 이렇게 찾아왔어요."

그래, 맞다. 스머저.

"부탁이라고? 합리적인 선을 지킬 수만 있다면 뭐든 들어주마. 자비의 품질까지는 강제할 수 없겠지만 지난번에 너희가 준 것은 신들의 음료처럼 맛이 좋았단다."

오늘도 조금은 얻어먹을 수 있지 않을까 하는 생각이 들었다.

그때 찰스 모팻의 눈에 스머저가 들고 있는 최신식 휴대전화가 들어왔다.

"실은 저희가 길모퉁이에 조그만 소굴을 열었어요."

스머저가 설명을 시작했다.

"소굴? 그게 뭐더라? 예전엔 알고 있었던 것 같은데 갑자기 생각이 안 나는구나."

"조그만 클럽이에요. 금주령 시대에 맘 편히 떠들며 술을 마셨던 곳 말예요. 물론 저희 소굴에서는 술 대신 초콜릿을 먹죠."

"아, 그렇구나."

"그런데 보안 문제 때문에 망을 봐줄 사람이 필요해요. 아저씨는 늘 여기 계시니까 아무도 의심하지 않을 거예요. 그래서 혹시……."

"무슨 말인지 알아들었다. 더 이상 말 안 해도 돼. 그러니까 미리 낌새를 채는 그런 역할을 맡아달란 말이지? 이제 소품만 갖추면 되겠구나."

찰스 모팻은 그러면서 뭔가를 확신하고 있다는 듯 손가락으로 콧잔등을 톡톡 두드렸다.

"솔직히 역할을 맡게 되어 기쁘구나. 한동안 쉬었잖니. 아니, 좀 오래 쉬었지. 피곤하지도 않은데 쉬는 건 그리 달가운 일이 아니야. 사실 〈휴일에 나타난 저승사자〉라는 영화에서 망보는 역할을 맡은 적이 있단다. 너희도 아는지 모르겠다만……."

헌틀리와 스머저는 멍한 얼굴로 서로를 바라보았다.

"뭔가 수상쩍은 게 보이면 곧바로 경고를 보내주세요. 불량배나 초콜릿경찰을 목격하면요."

"알겠다. 그런데 어떻게 하면……."

"여기 휴대전화가 있어요. 선불요금제로 미리 10파운드를 냈어요. 그 정도면 충분할 거예요. 충전도 가득 됐어요. 하지만 만약을 대비해서 아저씨도 충전기를 갖고 있는 게 좋을 것 같아요. 혹시 충전할 곳은 있으세요?"

"찾아봐야지. 어디선가 전기콘센트를 찾을 수 있을 거야. 우리 배우들이 잘 쓰는 방법이 있거든."

"잘됐네요. 여기 전화기랑 충전기요. 저희 번호는 미리 입력해두었어요. 이번주 토요일에 소굴이 문을 열어요. 아저씨한테 가장 먼저 전화를 걸어 알릴게요."

"알았다, 얘들아. 다 잘될 거다."

"여기 또 드릴 게 있어요."

스머저가 주머니에서 은빛으로 빛나는 것을 꺼냈다. 이번에는 반짝이는 면이 바깥을 향하고 있었다.

찰스 모팻은 과일과 견과가 든 초콜릿을 허겁지겁 받아들고 여러 겹으로 껴입은 스웨터 사이에 감췄다. 적어도 서너 벌은 껴입은 것처럼 보였다.

"고맙다, 얘들아. 믿어도 좋을 거다. 아, 그리고 한 가지 더 물어볼

게 있는데 말이다. 예전에는 매니저가 대신 해결해준 문젠데, 혹시 이번 일에 출연료가 있을까?"

"초콜릿을 꼬박꼬박 드리는 건 어때요?"

스머저가 제안했다.

"그것 참 마음에 드는구나."

전직 배우가 말했다.

"그럼 저희는 이만 가볼게요. 아, 꼭 말씀드리고 싶은 게 있는데, 아저씨 텔레비전에 나올 때요, 정말 멋졌어요."

그 말을 남기고 두 소년은 가버렸다.

"내가? 내가 멋졌던가?"

찰스 모팻은 혼잣말을 중얼거리다가 낙서나 포스터에 가려지지 않은 작은 유리창에 제 모습을 비춰보았다.

"흠, 썩 나쁘진 않군."

어쩌면 다시 좋아질 수도 있다. 전화기가 생겼는데, 몇 통화 한다고 해서 크게 문제가 되지는 않을 것이다. 업계 사람들에게 아직도 건재하니 얼마든지 일을 맡겨도 좋다는 사실을 알려줘야지.

그는 휴대전화의 버튼을 눌렀다. 단축번호 설정도 해두었다. 용건만 간단히 말해야지. 우선 옛 매니저에게 전화를 걸자. 간결하고도 다정하게. 딱 한 통화만 할 거다. 그 정도면 충분하다.

# 17장
## 경찰의 급습
● ● ●

바비 할머니는 토요일 저녁 모임을 위해 특별한 것을 구웠다. 커다란 통나무 모양의 초콜릿 케이크였다. 사실 크기가 엄청나서 초콜릿기둥이라고 부르는 편이 더 적절했다.

할머니는 초콜릿기둥케이크를 소굴로 가져와 자랑스럽게 바 옆의 작은 테이블에 내려놓았다.

"잠깐 식혔다가 나중에 자르자. 모두 나눠 먹을 수 있을 만큼 넉넉한 양이란다."

"와, 맛있겠다. 전문가인 우리 아빠 솜씨보다 나은 것 같아요."

스머저가 경탄의 표정으로 케이크를 바라보았다.

"몇 시에 열까요?"

뚱보 아서를 도와 설탕을 탄 신선한 레모네이드를 만들던 헌틀리가 바에서 나오며 물었다.

"평소처럼 하자. 5분 후면 되겠네. 난 망보는 아저씨한테 전화를 걸게."

스머저는 휴대전화를 꺼내 저장해둔 단축번호를 눌러 찰스 모팻에게 연락을 취했다.

초콜릿맨은 빈 가게 문 앞에서 꾸벅꾸벅 졸고 있었다. 이른 저녁 시간이야말로 잠깐 졸기에 더할 나위 없이 좋은 때였다. 본격적인 추위가 온몸을 들쑤시며 단잠을 깨우기 전 잠깐 눈을 붙일 수 있는 시간대였다.

"아! 전화가 울린다. 내 전화야."

찰스 모팻은 잠에서 깨어나며 얼른 버튼을 눌러 전화를 받았다.

"여보세요."

그는 나지막한 소리로 읊조렸다.

"찰스 모팻 씨 댁입니다. 저는 집사 젠크스입니다. 모팻 씨는 지금 거품목욕을 하고 계시는 중이라 전화를 받을 수 없습니다. 연락처를 남겨주시면 편한 시간에 다시 전화를 드리겠습니다."

"엥? 어떻게 된 거지? 저, 스머저예요. 초콜릿맨 아저씨 아녜요?"

상대방이 깜짝 놀란 목소리로 물었다.

"아, 스머저 너였구나. 혹시나 해서 말이다. 아니, 신경 쓸 것 없다. 그래, 무슨 일이냐?"

"곧 있으면 소굴 문을 열 거예요. 지금부터 잘 감시해주세요."

"걱정 마라, 스머저. 한껏 힘을 내서 눈동자를 굴려보마. 뭐든 수상한 게 나타나면 곧바로 전화를 걸지."

"고마워요. 이따 집에 가는 길에 초콜릿통나무케이크를 한 조각 갖다드릴게요."

"거참 굉장한데?"

찰스 모팻은 판지 위에서 몸을 뒤로 기대었다. 초콜릿통나무케이크라. 맛있겠군. 거의 셰익스피어 급이었다.

눈꺼풀이 점점 무거워지고 있었다. 오늘 하루도 참 길었다. 기나긴 하루 내내 "한 푼 줍쇼. 노숙자를 도와주세요. 따뜻한 마음을 나눠주세요" 하고 외쳤다. 하지만 따뜻한 마음이 없는 사람이 많았다. 마음은 있는데 돈이 없는 사람도 많았다. 지난밤에도 잠을 많이 못 잤다. 추위가 뼛속까지 갉아먹는 것 같았다. 눈꺼풀이 점점 무거워졌다. 초콜릿통나무케이크를 떠올리니 더욱더 무거워졌다. 휘핑크림과 초콜릿이 켜켜이 쌓인 초콜릿통나무케이크. 눈꺼풀이 점점 무거워지더니 마침내 두 눈이 완전히 감겼다.

사람들이 지나가는 것도 몰랐다. 가장 말쑥한 옷을 차려 입은 아이들이 가까운 소굴을 찾아가는 모습을 보지 못했다. 암호만 제대로 대면 환대를 받을 수 있는 곳으로, 초콜릿을 주는 곳으로, 어떤 질문도 던지지 않는 맘 편한 곳으로 향해 가는 모습을 전혀 보지 못했다.

소굴 안은 금세 북적거리고 소란스러워졌다. 에밀리가 스머저를 끌고 댄스용 무대로 갔다. 평소 스머저는 '벽에 살짝 기댄 채 멋지게 앞만 바라보는' 편이었지 나서서 춤을 추지는 않았다. 하지만 실제로 해보니 춤도 상당히 재미있었다.

스머저는 헌틀리와 눈이 마주치자 엄지손가락을 추켜세웠다. 헌틀리도 스머저를 향해 웃어 보였다.

다음 곡이 시작되자 누군가 헌틀리를 무대로 이끌었다. 에밀리의 친구 멜라니였다. 멜라니는 학급의 맨 앞에 앉아 수업에만 열중하는 아이였다. 어쩌면 음악 탓일지도 모른다. 초콜릿 탓일지도 모른다. 헌틀리가 소굴의 3분의 1을 책임지고 있는 밀거래자이기 때문일지도 모른다. 어쨌든 오늘 밤은 춤을 추는 날이었다.


"드르렁! 푸슈우우!"

노숙자는 가만히 코를 골고 있었다. 오토바이가 멀리서 힘겹게 언덕을 넘어가는 소리 같았다. 처음에는 발소리도, 누군가의 목소리도, 밴의 문이 쾅 닫히는 소리도, 포장도로에 부딪히는 묵직한 군홧발 소리도, 경감의 날카로운 목소리도 듣지 못했다.

"좋다. 가게 뒤쪽에서 수색을 시작한다. 뭐든 발견하는 즉시 안으로 들어간다. 하지만 명령이 떨어질 때까지 기다려라. 놈들을 몽땅, 그것도 현행범으로 잡아야 한다."

찰스 모팻은 꿈을 꾸고 있었다. 꿈에 초콜릿경찰대 제복을 입은 사내들과 차가운 회색 눈빛을 한 남자를 보았다. 어떻게 된 일인지 수억 년도 더 된 전생에 바나나를 주고 갔던 그 청소년선도단 소년도 무리에 섞여 있었다.

불쑥 눈을 뜨자 정말로 눈앞에 그들이 있었다. 제복을 입은 초콜릿경찰 여섯 명이 앞을 지나가고 있었다. 스머저의 소굴을 습격하려는 참이었다.

*어디 있지?*

찰스 모팻은 휴대전화를 찾아 주머니를 뒤졌다. 초콜릿경찰대는 아직 그를 알아보지 못했다. 경찰의 눈에 찰스 모팻은 아무것도 아닌 사람, 대사 한 줄 없는 엑스트라에 불과했다. 어쩌면 한 무더기의 누더기에 불과할지도 모른다.

"잠깐. 지원부대를 기다려라."

경감이 지시했다.

찰스 모팻은 단축번호를 누르고 전화기를 귀에 갖다 댔다.

"선불한 요금을 모두 사용했습니다."

부자연스러운 전자음성이 들려왔다.

"선불요금카드를 구입하세요. 신용카드로 구입을 원하시면 카드 번호를 입력하세요."

찰스 모팻은 전화기를 꺼버렸다. 벌써 선불요금을 다 써버렸던 가? 10파운드어치나 된다고 했는데.

순간 당혹감과 부끄러움으로 얼굴이 뜨겁게 달아올랐다. 요금을 다 써버리다니. 옛 친구들에게 전화를 걸고 기획사들에 전화를 걸고 캐스팅 담당자에게 전화를 걸어 일자리를 알아보았다. 그 결과 지금 은 스머저에게 초콜릿경찰대가 떴다는 경고를 하지 못하고 있다.

*동전! 공중전화를 쓰자!*

찰스 모팻은 서둘러 구걸용 모자를 뒤졌다. 동전이 몇 파운드 나 왔다. 동전을 긁어모은 그는 급히 일어섰다.

"저게 누구야? '한푼줍쇼' 아냐?"

"다들 비켜서. 벼룩주머니가 오신다."

찰스는 대원들의 조롱을 무시하고 앞으로 달려갔다. 길모퉁이에 오래된 공중전화기가 있었다. 운이 좋다면, 분명히…….

그러나 행운은 다른 길로 비껴가버렸다. 공중전화는 파손된 지 오래였다. 수화기가 얌전히 놓여 있었지만 전화기에 생명을 전해주는 선은 두 동강이 나 있었다.

이제 어떻게 하면 좋단 말인가?

찰스는 뒤를 돌아보았다. 어느새 지원부대 차량이 도착했다. 대원들은 신속하고 은밀하게 길모퉁이를 향해 나아갈 것이다. 그리고 골목길을 따라 포진한 뒤 출입문을 넘어 바비 할머니 가게의 뒷마당으로 진입할 것이다.

그때 구원의 손길이 눈에 들어왔다. 구원자는 길 건너에 있는 주유소였다. 따스한 금빛과 은빛이 일렁이는 오아시스였다. 앞마당에 작지만 또렷한 간판이 보였다.

'휴대전화 선불요금제 카드. 모든 기종 구비. 판매 중.'

찰스는 동전을 넣은 모자를 단단히 말아 쥐고 도로를 건넜다. 자동차 경적이 울렸다.

"비상! 비상! 죄송합니다!"

그는 줄이 늘어서 있는 주유소 계산대로 뛰어갔다.

"휴대전화카드가 필요해요! 지금 당장! 빨리요!"

그는 계산대 위에 동전을 모두 쏟아 부었다.

"못 믿겠으면 세어봐요."

점원은 정말로 동전을 세었다. 하나하나 일일이 세었다. 피가 마르는 몇 초가 지나갔다.

*빨리, 빨리, 빨리!*

노숙자는 장화 신은 발을 동동 굴렀다.

*어서, 어서, 어서!*

화장실이 급해 죽겠는데 누가 안에 들어가 잠이 들어버렸거나 장편소설을 쓰고 있는 것처럼 급박하고 절박했다.

*얼른, 얼른, 얼른!*

"돈이 맞지 않아요."

점원이 말했다.

*뭐라고?*

"12펜스나 더 줬어요."

"괜찮아요! 잔돈은 가져요! 당장 전화카드를 달라고요!"

그는 전화카드를 낚아채 비닐 포장을 뜯으며 달렸다. 휴대전화를 움켜쥐고 카드 맨 위에 적힌 번호를 눌렀다.

*자, 이제 빨리 스머저에게 전화를 걸자. 번호를 선택해. 키를 눌러. 됐다. 벨이 울린다. 스머저, 어서 전화를 받아.*

*스머저, 제발 전화를 받으란 말이다!*

"여보세요."

스머저였다. 오오, 하느님 감사합니다. 촛불을 밝히고 기도라도 올리고 싶은 심정이었다. 전화기 너머로 시끌벅적한 댄스음악 소리가 들렸다.

"스머저! 나야! 찰스 모팻! 그들이 오고 있어! 바로 코앞에 와 있어. 초콜릿경찰대야! 급습이야. 어서 피해!"

"고마워요!"

그 말을 마지막으로 전화가 꺼졌다.


스머저는 영원처럼 느껴질 만큼 오래도록 손에 쥔 전화기만 바라보며 그대로 서 있었다. 전화기에서 갑자기 이빨이 돋아나 꽉 물어버리기라도 할 것 같았다.

이윽고 스머저는 오디오 쪽으로 달려가 앰프의 플러그를 뽑았다. 그 순간 춤을 추던 사람들이 일제히 동작을 멈추었다. 순식간에 어항 밖으로 내몰린 물고기들 같았다.

"급습이에요! 앞으로 몇 분 안 남았어요. 당황할 시간도 없어요. 바비 할머니, 어서 비상탈출구로 안내해주세요. 헌틀리, '방과 후 공부모임'을 시작해. 직원들은 모두 헌틀리를 도와주세요. 어서요!"

두 번 말할 필요가 없었다. 발각과 동시에 어떤 결과를 맞을지 다들 잘 알고 있었다. 심문을 당하고 재교육수용소로 끌려가 혐오치료법을 받게 될 것이다. 가엾은 데이브 쳉처럼 머나먼 곳으로 끌려갈 것이다. 끝까지 추격을 당하다가 손에 초콜릿을 든 현행범으로 붙잡혀 밀거래자로 낙인찍힐 것이다.

바비 할머니가 가짜 벽을 뒤로 밀치고 터널로 향하는 출입구를 열어주었다.

"이쪽이에요. 조용히 그리고 빨리 나갑시다. 갈 때 다들 초콜릿통나무케이크를 한 조각씩 가져가요. 모두 없애야 하니까. 터널 끝에 도착하면 계단을 올라간 다음 쇠로 된 맨홀뚜껑을 살짝 들어 올려요. 거기로 나가면 길모퉁이 옆 골목길이 나올 거예요. 마지막으로 나간 사람이 맨홀뚜껑을 제자리에 덮고 가요. 아무 말도 말고 서두릅시다. 다음주에 또 만나요. 우린 다음주에도 문을 엽니다."

할머니는 혼잣말로 살짝 덧붙였다.

"다행히 운이 좋다면 말이우."

손님들은 할머니의 지시대로 각자 초콜릿통나무케이크를 한 조각씩 집어 들고 종이냅킨으로 싼 다음 소굴을 떠났다.

할머니 뒤쪽에서도 대단한 활동이 이루어지고 있었다. 놀랄 정도로 매끄럽고 신속하며 침착했다.

바를 깨끗이 치운 다음 책상으로 변신시켰다. 메뉴판은 복잡해 보이는 수학 공식이 들어찬 칠판으로 변신했다. 테이블도 모두 깨끗이 치우고 유리컵은 감췄다. 바 뒤쪽에 놔두었던 상자에서 책을 꺼내 각자 나눠 가졌다. 연필과 공책을 나눠 갖고 지도와 메모장, 계산기와 펜도 늘어놓았다. 댄스음악은 오케스트라가 연주하는 클래식으로 바뀌었다. 흔히 어른들이 공부에 도움이 된다고 생각하는 그런 음악이었다.

헌틀리가 공부모임 분위기를 조성하는 동안 스머저와 바비 할머니는 재빨리 초콜릿을 납문 뒤에 감추었다.

"자, 빨리. 각자 위치로!"

헌틀리가 외쳤다.

마지막 손님까지 모두 빠져나갔다. 바비 할머니는 비상출입문을 닫고 다시 널빤지를 덮어 벽으로 위장했다. 마지막으로 들킬 소지가 있는 흔적이 있나 주위를 둘러보았지만 아무것도 없었다.

앞문을 거칠게 두드리는 소리가 들렸다. 초콜릿경찰대가 헛간으로 들어와 계단을 발견한 모양이었다.

"문 열어! 당장 문을 열어! 경찰이다!"

스머저와 일행은 각자 공책과 책, 펜과 계산기 등을 가지고 책상 앞에 앉았다. 모두가 모범생의 전형적인 소지품이었다.

"됐어요, 바비 할머니. 들어오라고 하세요."

바비 할머니가 조용히 문 쪽으로 걸어갔다. 밖에서 들려오는 소리로 짐작하건대 누군가 망치로 문을 부수고 들어올 준비를 하는 것 같았다. 망치이거나 군홧발이거나 둘 중 하나였다.

바비 할머니가 빗장을 풀고 문을 열었다. 경찰대원 하나가 또다시 문을 차려고 발길질을 준비하다가 문이 벌컥 열리자 방 안으로 쏠려 들어와 벽에 부딪히고 말았다. 뒤쪽에는 여섯 명의 경찰이 서 있었다. 초콜릿 탐지기를 맨 대원도 있었고 전기충격기를 든 대원도 있었다. 뒤에는 금속성의 눈빛을 내쏘는 경감이 서 있었다. 그 옆에는 약간 긴장한 듯 보이는 프랭키 크롤리도 보였다.

"안녕하세요? 저를 찾아오셨나요? 지금은 가게 문을 닫았는데 어쩌나? 내일 다시 오시겠어요? 아침 일곱 시 반부터 여는데."

바비 할머니가 말했다.

"비켜!"

경감이 소리쳤다.

바비 할머니는 얼른 경감에게 길을 내주었다.

경감은 걸음을 멈추고 주위를 둘러보았다. 혹여 놀라운 걸 목격하더라도 절대 표시를 내지 않을 사람이었다.

예닐곱 명의 아이들이 교과서처럼 보이는 책을 펴놓고 책상 앞에 앉아 있었다. 다들 공부에 방해를 받고 싶지 않다는 듯, 생각의 꼬리를 잘려 처음으로 돌아가고 싶지 않다는 듯, 이마를 찌푸린 채 심각한 표정을 짓고 있었다.

"뭘 하고 있는 거지?"

경감이 물었다.

"방과 후 공부모임이랍니다."

바비 할머니가 대답했다.

"방과 후 공부모임?"

경감이 그대로 되풀이했다. 목소리만으로는 '개판'이라는 단어를 발음하는 것처럼 못마땅한 기색이 역력했다.

"예. 말 그대로 모여서 공부하는 거예요. 방과 후에 따로 공부를 더 하고 싶은 학생들이 모이는 거지요."

바비 할머니가 고개를 끄덕이며 말했다.

"그게 사실인가?"

"그럼요. 저는 옆에서 아이들을 거들고 있지요. 집에서 하면 집중이 안 되잖아요. 텔레비전에 컴퓨터에 인터넷에 비디오게임기에, 아휴, 안 되죠. 하지만 여긴 조용하고 고요해서 집중이 아주 잘되거든요. 당신들이 쳐들어오기 전까지는 조용했답니다."

"탐지기를 작동시켜!"

경감이 명령했다.

대원들이 방 안을 돌아다녔다. 헌틀리는 수학 공식을 보다가 티치가 지리책을 거꾸로 펼쳐놓고 있는 걸 보았다. 헌틀리가 팔꿈치로 찌르자 티치는 얼른 책을 바로잡았다.

스머저는 문 그림자 뒤에 숨어 있는 프랭키 크롤리를 알아보았다.

"어이, 프랭키. 안녕! 거기서 뭐 하냐?"

"우연히 지나가던 길이었어. 청소년선도단원 자격으로 목격자가 되어달라는 부탁을 받았거든."

프랭키는 왠지 풀이 죽어 대답했다.

"난 또 너도 공부하러 온 줄 알았잖아."

"그런데 스머저, 넌 언제부터 이렇게 공부에 관심이 많았냐? 네가 숙제에 관심을 보일 때는 숙제가 거의 없을 때뿐인 걸로 알고 있는데 말이야."

"성적 좀 올려보려고."

한 대원이 스머저의 책 위에 초콜릿 탐지기를 대고 움직여봤지만 희미한 소리도 들리지 않았다.

"그런데 저 탐지기는 지금 뭘 찾고 있는 거냐, 프랭키?"

스머저가 순진한 표정을 지으며 물었다.

"모르는 척하지 마!"

프랭키는 이렇게 쏘아붙이고 등을 돌렸다.

대원들이 탐지기를 들고 구석구석 살폈지만, 어디에서도 초콜릿 부스러기는 발견되지 않았다. 아니, 사실은 있었다. 바비 할머니가 테이블 밑에서 작은 조각을 하나 발견했다. 할머니는 연필을 떨어뜨린 척하면서 몸을 숙여 초콜릿 조각을 주웠다. 그러고는 등을 돌려 재빨리 초콜릿 조각을 입속에 넣은 다음 꿀꺽 삼켰다.

경감이 대원에게 물었다.

"어떤가?"

"아무것도 없습니다. 부스러기 하나도, 조각 하나도 없습니다."

"흠."

뭔가 이상했다. 경감은 알고 있었다. 느낄 수 있었다. 그는 프랑스어의 불규칙동사를 공부하고 있는 에밀리와 멜라니를 바라보았다. 뭔가가 잘못되었다. 수상쩍었다. 어울리지 않는 무언가가 있었다.

"거기, 너희 둘!"

경감이 가리켰다.

"거기 여학생 둘. 왜 그렇게 차려입었지? 너희는 공부를 할 때마다 항상 그렇게 멋을 부리나?"

"예쁘게 보이려는 게 뭐 잘못인가요?"

에밀리가 기분 나쁘다는 듯 대꾸했다.

하지만 불규칙동사를 공부하기 위해 그렇게 예쁘게 보일 필요까지는 없지 않나? 경감은 생각했다.

그러나 그 어떤 것도 증명할 도리가 없었다. 그나저나 오늘의 작전을 계획한 자가 누구더라? 오늘 이 급습작전을 이끌어낸 정보는 누구 입에서 나온 거더라? 사람들 앞에서 자신과 부하들 망신을 시킨 녀석이 누구더라? 대체 그 미련한 놈은 어디 있는 거지? 아, 저기 있군. 눈을 안 마주치기 위해 안간힘을 쓰고 있는 녀석. 하지만 그런 허접한 방법으로는 내 눈을 피할 수 없다. 나의 매서운 눈은 네가 어디에 서 있어도 정확히 낚아챌 수 있으니까.

경감은 프랭키를 데리고 뒷마당으로 나갔다.

"그래, 청소년선도단. 이게 어떻게 된 일이지?"

경감이 물었다.

"그, 그게, 모르겠어요. 이해가 안 돼요. 저는 맹세코⋯⋯."

"맹세라고? 정말 맹세할 수 있나? 나야말로 그렇게 할 수 있지."


풀이 죽은 초콜릿경찰대는 방과 후 공부모임 장소를 떠나 거리에 세워둔 순찰차 쪽으로 걸어갔다. 겉으로는 어깨가 축 처져 있지만 속에서는 부글부글 끓고 있는 프랭키가 멀찍이서 뒤를 따라갔다. 그는 턱이 가슴에 닿도록 고개를 푹 숙인 채 터벅터벅 걸었다.

틀림없이 내 생각이 옳았다. 스머저 일당은 분명히 무슨 일을 꾸미고 있었다. 다만 증명할 길이 없을 뿐.

철컥 소리와 함께 순찰차 문이 열리자 대원들이 일제히 올라탔다. 그때 프랭키의 눈에 띈 게 있었다. 절실히 필요로 했던 증거물이었다. 종이냅킨에 싸인 증거물이 인도 위에 떨어져 있었다.

"경감님! 이걸 보세요!"

프랭키가 소리치자 경감이 돌아보았다.

"또 뭔가? 난 피곤하다. 청소년선도단 너도, 계속되는 너의 허위 정보도 지겹단⋯⋯."

"보세요. 초콜릿케이크예요!"

프랭키는 조심스럽게 케이크를 집어 들었다.

"아까 그곳을 떠나면서 누군가 떨어뜨린 게 틀림없어요. 밖으로 나가는 또 다른 문이 있는 게 분명해요. 누군가 미리 귀띔을 해준 바람에 다들 미리 빠져나간 거예요. 지금 다시 돌아가보세요. 그건 미처 생각 못 했을 거예요. 방과 후 공부모임은 완전히 가짜예요. 그냥 앞에서 그런 척하는⋯⋯."

경감은 프랭키의 말에 동조하려는 기미를 보이다가 이내 자세를 바꾸었다.

"내 생각은 다르다."

"하지만 녀석들을 현행범으로 잡아야 해요."

"아니."

"지금쯤 안전하다고 마음 놓고 있을 거예요. 다들 앉아서 우릴 비웃고 있을 거라고요."

경감은 고개를 가로저었다.

"시간은 많다, 청소년선도단. 우선은 지켜보자. 그럼 다른 놈들까지 엮어서 붙잡을 수 있다. 시간을 들이면 누가 고객이고 누가 공급처인지 모두 알아낼 수 있을 거다. 일단 지켜보며 때를 기다리겠다. 상황이 모두 파악되면 한꺼번에 무너뜨릴 수 있지."

경감은 초콜릿케이크를 들고 있는 프랭키의 양손을 제 손으로 감싸고 꼭 움켜쥐었다. 프랭키의 손안에서 케이크가 뭉개지면서 손가락 사이로 덩어리가 빠져나왔다.

"그래야 이렇게 으깰 수 있다. 케이크 한 조각만큼이나 쉬운 일이지."

경감은 몸을 돌리며 작별인사를 건넸다.

"와삭와삭 사과 먹어라, 청소년선도단."

경감의 목소리는 짐짓 쾌활하게 들리기까지 했다.

프랭키는 끈적이는 초콜릿 케이크 덩어리를 바라보다가 경감의 뒤를 노려보았다.

"경감님도 즙 많은 오렌지 드세요!"

프랭키는 손에 묻은 케이크를 닦아내고 근처 쓰레기통에 집어던졌다. 이따금씩 자신이 제대로 인정받고 있지 못하다는 기분을 느꼈다. 아니, 사실은 조금도 인정받지 못하고 있었다.


한편 소굴 안의 스머저는 한껏 부풀어 있었다.

"그 얼굴들 봤어요, 할머니?"

스머저의 목소리는 의기양양했다.

"다들 얼굴이 초록색으로 질려버렸어요! 여기에 아무것도 없다는 걸 믿을 수 없었겠죠. 자축의 뜻으로 다 함께 초콜릿셰이크 한 잔씩 어때요?"

"좋은 생각이구나!"

바비 할머니는 초콜릿을 감춰둔 납문 뒤 저장실에서 우유와 코코아, 믹서기를 들고 나왔다.

그러나 헌틀리는 축하연에 끼고 싶은 마음이 없었다. 가까스로 위기를 벗어났다고 해서 스머저처럼 도취감을 느낄 수가 없었다. 오히려 손톱을 마구 물어뜯고 싶어질 만큼 불안해졌다.

"전 안 마실래요."

헌틀리는 밀크셰이크를 만들고 있는 바비 할머니에게 말했다.

"먼저 집에 갈게요. 이번 급습은 사전 경고나 마찬가지예요. 그동안 너무 들떠서 무모한 일을 많이 저지른 것 같아요. 모두 그러진 않았겠지만 적어도 몇 명은 그랬어요."

마지막 말은 스머저 쪽을 바라보며 덧붙였다.

"헌틀리, 아직 가지 마. 파티 분위기를 망칠 셈이니?"

멜라니가 붙잡았다.

"미안해. 하지만 가봐야겠어. 안 그러면……."

헌틀리는 솔직히 말하려다 말고 이렇게 말했다.

"엄마가 걱정하실 거야."

하지만 막상 이렇게 둘러대고 나니 유치한 어린애 같았다. 이런 상황에서 튀어나온 말이 고작 그거라니. 어쨌든 헌틀리는 밀거래자 일원이고 그만큼 거칠고 강인한 모습을 보여줘야 하는 것이다. 하지만 실제로는 걱정만 늘어가고 있었다. 위험은 하룻밤 경험으로 충분했다. 어서 빨리 집으로 돌아가고 싶었다.

"조금만 더 있다 가."

멜라니가 자꾸 말렸다.

"가고 싶다면 가라고 그래."

스머저였다. 스머저와 헌틀리는 사이가 틀어진 적이 거의 없는 단짝친구지만, 오늘 밤 스머저는 헌틀리의 지나친 조바심에 짜증이 났다. 반면 헌틀리는 스머저의 무모함이 자꾸만 커져가는 것 같아 짜증이 났다.

"다들 월요일에 보자. 안녕."

헌틀리는 인사를 하고 밖으로 나왔다. 등 뒤에서 철문이 철커덩하고 닫혔다. 스머저가 안쪽에서 빗장을 질렀다.

바비 할머니가 차갑게 식힌 길쭉한 잔에 초콜릿셰이크를 따랐다.

"자, 다들 건배하자."

스머저가 유리잔을 들어 올리며 말했다.

"우린 최상의 초콜릿과 최고의 소굴을 갖춘 최강의 초콜릿 밀거래자들이야. 우린 세계 최고야! 바비 할머니, 이 세상을 향해 다 함께 건배해요."

다 함께 웃으며 초콜릿셰이크를 입으로 가져갔다.

"우리를 위하여! 미래를 위하여!"

바비 할머니가 외쳤다.

다들 할머니의 말을 따라 하며 초콜릿셰이크를 마셨다.

그러나 앞날이 어떻게 될지는 누구도 알지 못했다.

# 18장
# 초콜릿이여, 영원하라
● ● ●

소굴에 다녀온 뒤 블레이즈 씨는 바비 할머니와 헌틀리, 스머저를 서점의 어느 모임에 초대했다. '고서연구회'라는 이름이 붙은 모임이었다. 헌틀리와 스머저는 내키지 않았지만 바비 할머니가 하도 고집을 피워서 마지못해 따라갔다. 고서 연구라니, 이름만 들어도 지루하고 따분하고 하품이 나올 것 같았다.

그러나 막상 참석해보니 예상과는 전혀 달랐다. 누렇게 바랜 양가죽 책에 탐닉하는 나이 지긋한 괴짜들이나 모이는 줄 알았는데 다양한 연령대의 다양한 사람들이 모여 있었다. 이들은 단 한 가지 목표 아래 뭉쳐 있었다. 바로 국민건강당의 권력을 무너뜨리고 초콜릿을 보통 가게로, 배고픈 자들의 입속으로 되돌려놓자는 것이었다.

블레이즈 씨가 앞에 나서서 몹시 선동적인 연설을 감행했다. '먹고 싶은 것을 스스로 고를 수 있는 개인의 자유와 정의, 권리를 되찾자' 는 내용이었다. 블레이즈 씨는 연설 끝에 밀거래 초콜릿을 내왔다. 보안은 탄탄하게 유지되었고 모인 사람들도 알 만한 얼굴에 믿을 만한 사람들이었다.

"단지 한 줌밖에 안 되는 우리 반역자들이 거대한 국민건강당의 힘에 맞서 과연 무엇을 할 수 있겠습니까?"

블레이즈 씨는 노련한 어조로 연설을 이어나갔다. 예전에 헌틀리에게도 던졌던 질문이었다. 그래, 정말 우리는 무엇을 할 수 있을까?

"상상 이상으로 많습니다. 전국 곳곳에 우리와 같은 소규모 집단이 연대를 거듭하며 혁명을 준비하고 있습니다. 그러나 변화는 결코 저절로 이루어지지 않습니다. 투쟁과 노고와 희생이 따를 것입니다. 우리 모두 분연히 떨쳐 일어나 이 압제를 종식시킬 그날까지 단결 투쟁합시다!"

순간 모두가 초콜릿을 흔들며 작은 소리로 화답했다.

"옳소! 옳소!"

"이제 행동에 나섭시다. 믿을 수 있는 사람을, 우리의 대의명분에 동조하는 사람을 모읍시다. 또 기금을 모아 기부합시다. 그러나 조심, 또 조심해야 합니다. 여러분은 혼자가 아니라는 사실을 잊지 마십시오. 혁명의 날이 다가왔음을 널리 선포할 날이 곧 찾아올 것입니다!"

또다시 숨을 죽인 환호성이 터져 나왔다. 흥분한 나머지 고함을 지르다가 초콜릿경찰에게 들키고 싶은 사람은 아무도 없었다.

초콜릿이 다 떨어지자 사람들은 하나둘씩 거리를 두고 흩어졌다.

즐거운 저녁이었다고 헌틀리는 생각했다. 모든 게 흡족했고 좋았다. 그러나 말로 하는 혁명은 누구나 할 수 있다. 그래서 그날 저녁을 진지하게 받아들이고 싶지는 않았다. 아마 대부분의 사람들은 공짜 초콜릿을 얻어먹을 수 있어서 모임에 참석했을 것이다. 한편 스머저는 혁명보다는 앞으로 들어올 수익 배당금을 어디에 쓸 것인가에 더 마음을 쓰고 있었다. 이번에는 되도록 빨리 쓰고 싶었다.

그러나 얼마 지나지 않아 두 소년의 머릿속에서 블레이즈 씨의 혁명 이야기나 소규모 반역자들에 대한 생각을 싹 몰아내준 사건이 발생했다. 데이브 쳉이 돌아온 것이다.

잊은 지 오래된 머나먼 기억인 줄 알았는데, 데이브가 다시 돌아올 기약 없이 먼 곳으로 떠나버린 줄로만 알았는데 말이다.

어느 날 아침, 수학시험을 치르고 있었다. 조금 일찍 답안지를 메운 스머저는 남은 시간 동안 종이 위에 낙서를 하며 앉아 있었다. 마지막으로 답을 한 번씩 검토해봐야 했지만 귀찮았다. 처음에는 하트 비슷한 모호한 그림으로 시작했지만 시험 종료시간이 다가올수록 낙서가 점점 화려하게 변해갔다. 하트 주위에 장미와 찔레꽃을 그려넣었고 큐피드의 화살이 하트를 관통하게 그렸다. 마지막으로 '초콜릿이여 영원하라' 라는 문구를 정성들여 이탤릭체로 쓰고 있는데, 로스 선생님의 목소리가 들렸다.

"끝! 시간 다 됐다. 모두 시험지를 앞으로 넘겨라."

스머저는 앞자리의 에밀리에게 수학시험지를 건넸다. 그러나 에밀리는 학교 운동장을 바라보느라 한눈을 팔고 있었다. 어른들 몇 명이 소년 한 명을 데리고 운동장을 가로질러 오고 있었다.

"선생님, 밖에 누가 있어요. 데이브 쳉 같아요."

에밀리의 말에 아이들이 일제히 창가로 몰려들었다.

"다들 자리에 앉아. 소란 피우지 말고. 다들 자리로 돌아가."

로스 선생님이 남은 수학시험지를 걷고 있는데 누군가 문을 두드렸다.

"들어오세요."

스머저는 고개를 들어 문 쪽을 바라보았다. 교장선생님이었다. 그 뒤로 또 한 사람이 들어왔다. 금속성의 회색 눈빛을 내쏘는 초콜릿 경감이었다. 그 옆에는 또 다른 작은 사람이 통 뭐가 뭔지 모르겠다는 어리둥절한 얼굴로 주위를 살피고 있었다.

데이브 쳉이었다.

스머저는 흘낏 헌틀리 쪽을 돌아보았다. 헌틀리도 데이브를 뚫어져라 쳐다보고 있었다. 헌틀리의 눈에 텅 빈 공포감이 가득 차올랐다. 틀림없는 데이브 쳉이었지만 데이브 쳉이 아니었다. 대체 어떻게 된 일일까? 데이브에게 무슨 짓을 한 걸까?

데이브는 양팔을 축 늘어뜨린 채 몹시 당혹스럽고 혼란스러운 얼굴로 힘없이 서 있었다. 데이브는 원래 생기발랄하고 재미있는 장난꾸러기였다. 늘 질문과 대답을 입에 달고 사는, 입을 다물 줄 모르는 친구였다. 그러나 눈앞의 데이브는 그렇지 않았다.

"이거 수업을 방해한 건 아닌지 모르겠군요. 여기 경감님께서 길

잃은 어린 양을 우리 안에 되돌려놓으시려고 찾아오셨습니다. 지금 쯤이면 데이브 군도 지난날 초콜릿에 관해 저질렀던 실수를 충분히 뉘우치고 있을 겁니다."

교장선생님이 말했다.

데이브는 친구들을 알아보지 못했다. 반 아이들 모두 데이브를 물 끄러미 쳐다보았다. 겉모습은 틀림없는 데이브였지만, 빈껍데기일 뿐 그 안에는 누구도 들어 있지 않았다. 누군가 원래의 데이브를 완벽히 제거해버리고 그 안에 뭔가를 채워 넣는 것을 깜박 잊어버린 것만 같았다.

로스 선생님이 데이브에게 다가갔다.

"안녕, 데이브. 어서 오너라."

"안녕하세요."

데이브가 공허한 목소리로 대답했다.

"로스 선생님이야."

"예, 선생님."

"원래 네 자리 기억하니?"

"자리요? 아뇨."

로스 선생님이 데이브를 자리로 안내했다.

"여기란다."

데이브가 가만히 자리에 앉자, 스머저와 헌틀리가 말을 걸었다.

"데이브, 안녕."

"여어, 데이브, 왔구나."

그러나 데이브는 몹시 당혹스러워했다.

"예? 우리가 친구 사이였나요?"

"데이브, 우리야. 스머저하고 헌틀리. 우리 모르겠어?"

"미안해요. 기억이 안 나요. 이제 공부를 하는 게 좋겠어요. 공부는 좋은 거예요. 난 알아요. 건강과자도 좋아요. 여러분도 건강과자를 드세요. 하지만 다른 건 나빠요. 아주 나빠요."

스머저의 눈에서 왈칵 눈물이 쏟아졌다. 그자들은 데이브 쳉의 뇌를 깨끗이 씻어내버렸다. 영혼을 파괴하고 이성을 앗아가버렸다. 학급 아이들 모두 같은 생각을 하고 있을 것이다. 프랭키 크롤리와 머틀 퍼킨스만 빼고. 가엾은 데이브. 너무도 가련한 신세가 되고 말았다. 데이브가 한 일이라곤 초콜릿을 좋아한 것뿐이다. 그렇다면 자기 역시 얼마든지 저렇게 될 수 있다고 스머저는 생각했다.

경감도 아이들의 생각을 읽은 것 같았다.

"여러분의 친구를 봐라. 국민건강당의 규칙을 우습게 본 자는 어떻게 되는지 똑똑히 보란 말이다. 암시장에서 초콜릿 같은 절대금지 품목을 구입한 자는 어떻게 되는지 잘 살펴봐라. 그리고 오늘 본 것을 잊지 마라. 머릿속에 단단히 넣어두고 올바른 길에서 몇 발짝이라도 벗어나고 싶은 유혹이 생기거든 반드시 이겨내길 바란다."

교장선생님이 먼저 교실 밖으로 나가려는데 초콜릿경감은 할 말이 남았는지 움직이지 않았다. 경감은 무언가를 보고 있었다. 바닥에 떨어진 작은 종잇조각이었다.

경감이 쪽지를 집어 들었다.

그건 스머저의 낙서였다. 문이 열리면서 책상 밑으로 떨어진 모양이었다. 스머저도 미처 모르고 있었다.

스머저의 입이 바싹 말라갔다. 쪽지는 스머저의 발치에서 그리 멀지 않은 곳에 떨어져 있었다. 물론 쪽지만 보고는 스머저의 낙서라는 걸 알 수 없을 것이다. 스머저의 이름 머리글자를 써놓지도 않았고 가끔 하는 대로 '스머저의 것. 손대면 죽음!' 이라는 말도 써놓지 않았다.

경감이 쪽지를 뒤집어 보았다. 하트에 화살이 관통해 있고 그 밑에 '초콜릿이여 영원하라' 라는 글귀가 씌어 있었다.

"누구 짓이지?"

교실 안이 찬물이라도 끼얹은 듯 조용해졌다. 벽에 걸린 시계와 난방기만이 눈치 없이 기계음을 울리고 있었다.

"누구 짓이냐고 물었다."

몇 초가 흘러갔다. 아무 소리도 들리지 않았다. 누구도 나서지 않았다.

째깍째깍 째깍째깍⋯⋯.

다들 스머저의 낙서라는 걸 알고 있었다. 전에도 스머저의 그림과 낙서를 본 적이 있었다. 누가 봐도 스머저만의 스타일이 묻어 있는 낙서였다. 헌틀리도 알고 로스 선생님도 알고 에밀리도 멜라니도, 학급 친구들 모두가 알고 있었다.

그러나 아무 소리도 들리지 않았다. 공모의 침묵이었다.

오직 한 사람⋯⋯.

머틀 퍼킨스가 손을 들었다.

"경감님. 누구 짓인지 알 것 같습니다."

경감이 금속성의 회색 눈동자로 머틀을 돌아보았다.

"그건 바로……."

그러나 머틀이 말을 끝내기 전에 다른 일이 벌어지면서 스머저를 위기에서 구해냈다. 고마우면서도 소름끼치는 일이었다. 손 하나가 천천히 공중으로 솟구쳤다. 이어서 높낮이가 전혀 없는 공허한 로봇 같은 목소리가 들려왔다.

"저, 선생님. 그건 아마 저인 것 같습니다."

데이브 쳉이 자리에서 일어나 자신의 죄를 고백했다.

"아마 저인 것 같습니다. 저는 나쁜 짓을 너무 많이 저질렀습니다. 틀림없이 제가 한 짓입니다. 고백하겠습니다. 어떤 벌이든 달게 받겠습니다. 원하신다면 진술서에 서명도 하겠습니다. 뭐든 하겠습니다. 무슨 일이든 하겠습니다. 그러니 제발, 제발, 그곳으로는 다시 보내지 말아주세요."

데이브의 짓이 아니라는 걸 모르는 사람은 없었다. 데이브 자신을 빼고 다 알고 있었다. 심지어 냉정한 눈빛의 경감조차 아주 조금은 마음이 흔들렸는지 당혹스럽고 불편한 인상을 내비쳤다.

"아니, 네가 한 짓이 아니다. 이번 일은 아니다."

경감은 쪽지를 찢어 휴지통에 버렸다.

"누구든 이런 불경한 낙서를 한 자는 사소한 실수가 어떤 결과를 낳을 수 있는지 곰곰이 생각해보길 바란다. 그럼, 다들 건강한 하루를 보내길. 와삭와삭 사과!"

경감과 교장선생님이 떠나자 교실 가득 으슬으슬한 공포의 한기가 감돌았다.

헌틀리는 스머저의 시선을 붙들고 싶었다.

"우리가 하고 있는 일이 얼마나 위험한지 이제 알겠지? 왜 그렇게 조심해야 하는지 이제 깨달았지?"

헌틀리는 이렇게 말하고 싶었다.

그러나 스머저는 헌틀리와 눈을 마주치지 않았다. 벌써 다른 낙서를 하느라 바빴기 때문이다.

# 19장
# 치명적인 도청

● ● ●

　바비 할머니는 계산대 뒤에 앉아 〈국민건강일보〉의 쉬운 십자말풀이를 하고 있었다.

　쉬운 십자말풀이는 너무 쉽고 불가사의 십자말풀이는 너무 어려운 게 문제였다. 할머니가 원하는 십자말풀이는 옛이야기 속 금발머리 소녀 골디락이 한 번 먹고 반했다는 아기 곰의 죽 수준이었다. 너무 짜지도 않고 너무 싱겁지도 않은 딱 그 맛.

　짤랑!

　할머니가 고개를 들었다. 배달부가 뒷걸음질을 치며 가게 안으로 들어오고 있었다. 양팔 가득 물건 상자를 들고 있었기 때문에 등으로 문을 밀어 열고 들어왔다. '여러분을 위한 맛, 여러분을 위한 건강, 여러분이 바라던 바로 그것, 국민건강식품' 이라는 상표가 큼지막하게 박힌 상자였다.

그야말로 최악의 광고문구라는 생각이 들었다. 큼직한 글씨로 내용물이 좋다, 건강에 좋다, 맛도 좋다, 언제나 여러분이 바라던 그 맛이다 하고 외쳐댈수록 실상은 그렇지 않을 가능성이 높다.

배달부가 가게 안을 둘러보며 상자를 어디에 내려놓으면 좋을지 눈으로 물었다. 하지만 할머니는 어디에 놓으라는 말도 하지 않고 반갑게 맞이하는 기색도 보이지 않았다.

"안녕하세요. 배달 왔습니다."

배달부가 먼저 인사를 건넸다.

"또 왔수? 오늘은 뭐요?"

"국민건강쿠키하고 국민의맛머핀입니다."

"알았수. 톱밥 맛이라는 뜻이구먼. 한번 먹어봤지. 삼키는 데 일주일이 걸렸다우."

"그리고 바라고 바라던 그 맛 녹차왕창비스킷도 있어요."

배달부는 상자를 내려놓을 장소를 찾느라 주위를 둘러보았다.

"아니, 예전 녹차왕창비스킷은 무슨 문제라도 있었수?"

바비 할머니가 물었다.

"너무 왕창 넣은 게 문제였죠. 그런데 이 상자들은 어디에 내려놓을까요? 허리 아파 죽겠어요."

"아니, 국민건강에 좋은 것들을 들고 다니는 사람이 허리가 아프면 되나?"

"먹어야 좋은 거지 배달 다닌다고 좋아지나요? 그나저나 이 상자들 좀 어떻게 해주세요."

"저기 내려놓구려."

바비 할머니는 계산대에서 덜 복잡한 곳을 가리켰다. 배달부는 상자를 내려놓고 허리를 두드렸다.

"이걸 다 어떻게 팔라는 건지, 원. 산부인과보다 우리 가게에 배달이 더 많이 오는 거 같아. 우리 집에 오는 배달 상자만큼 아기들이 태어나면 한 침대에 여섯 명씩은 눕혀놔야 할걸?"

"정부에서 할당한 양이니까 어쩔 수 없어요. 여기 서명이나 해주세요."

배달부가 바지 뒷주머니에서 전표를 꺼내 내밀었다.

"그전에 유통기한이 지나서 반품시킬 게 있수."

"예, 그러시겠죠. 전표 써드릴게요."

배달부가 한숨을 쉬었다.

"잠깐만 기다리슈."

할머니가 창고로 가려는데 배달부가 코를 킁킁거리며 물었다.

"가게에서 토스트 태운 냄새하고 향냄새가 나네요. 그러고 보니 여긴 항상 토스트 태운 냄새하고 향냄새가 나요."

"그래요? 토스트를 바짝 굽고 명상을 하는 것도 범죄랍디까?"

"아뇨. 그럴 리 있나요."

배달부가 한발 물러서며 말했다.

"당연히 그럴 리 없지. 잠깐만 기다리슈. 금방 오리다."

할머니가 창고 쪽으로 가자마자 배달부는 곧바로 행동에 돌입했다. 신기하게도 아프던 허리가 씻은 듯이 나은 모양이었다. 느릿느릿 힘없이 움직이던 사람이 갑자기 잽싸고 민첩해졌다.

남자는 단 한 번의 매끄러운 동작으로 훌쩍 계산대를 뛰어넘었다. 그러고는 주머니에서 작은 도청장치를 꺼냈다. 기껏해야 동전 한 닢 크기를 넘지 않는 초소형 무선마이크였다. 아랫면의 종이를 떼어내자 접착 면이 드러났다. 남자는 선반을 살펴보더니 도청장치를 감쪽같이 감추면서 음질은 최적의 상태를 유지할 수 있는 위치를 찾아 마이크를 붙였다.

계산대를 뛰어넘어 제자리로 간 남자가 다시 허리를 두드리기 시작할 때 바비 할머니가 돌아왔다.

"잘근잘근 시리얼바 몽땅이우. 이건 도저히 못 팔겠어. 잘근잘근이라는 이름부터가 틀려먹었어. 차라리 '당신의 위장에 큼직한 돌덩어리를 넣어드립니다' 라고 붙이는 게 어떻겠수? 아니면 '즉시 복통 호소' 라고 붙이든지."

배달부는 심각하고 진지한 표정을 지으려고 애썼다.

"저는 일개 배달부에 불과합니다. 하지만 국민건강당의 맛 좋고 건강에도 좋은 우수 상품을 그런 식으로 매도하는 건 옳지 않다고 봅니다."

배달부가 돌연 말투를 바꾸었다.

그 목소리는 종소리처럼 맑게 감시차량에도 전해졌다. 도청장치를 조절하는 대원이 경감에게 헤드폰을 벗어주었다. 경감은 헤드폰을 귀에 대보더니 만족스럽게 고개를 끄덕였다.

감시차량은 바비 할머니 가게에서 겨우 한 블록 떨어진 곳에 서 있었다. 밖에서 보면 흠집과 먼지가 군데군데 보이는 별 특징 없는 밴으로 보였다. 뒷문에 쌓인 먼지와 때 위에 누군가 '세차 좀 해라'라고 낙서를 해놓았고 다른 문에도 낙서가 쓰여 있었다.

"계속 듣도록. 모든 대화를 감시해. 그 물건을 팔 때 사용하는 암호를 포착하거든 즉각 보고해."

경감의 지시에 대원이 고개를 끄덕였다. 경감은 차량 뒷문 사이에 장착된 감시용 렌즈로 밖을 엿보았다. 거리에 아무도 보이지 않자, 그는 슬그머니 차에서 내려 대기 중인 자신의 차로 돌아갔다.

이제 시간문제다. 적절한 때가 오면 모두 한 손에 낚아챌 수 있다. 오래 걸리지는 않을 것이다.

낮 동안에는 흥미를 끌 만한 내용이 전혀 들려오지 않았다. 그러나 늦은 오후가 되어 학교가 파하자 아이들의 목소리가 들려오기 시작했다. 가장 먼저 가게 문이 열리는 소리, 종이 울리는 소리가 들렸다. 곧 바비 할머니의 인자한 목소리가 들렸다.

"어서 오려무나. 뭘 줄까? 국민건강만화책 줄까? 맛있는 국민건강과자 줄까?"

그러자 아이의 목소리가 들려왔다.

"바비 할머니, '꼭 먹어야만 살 수 있는 것'을 사러 왔어요."

감시차량에서 도청 중인 대원은 따옴표까지 귀로 들은 듯 생생하게 암호를 포착했다. 마치 녹음테이프가 일부러 천천히 돌아가며 한 단어 한 단어를 눌러 박듯이 발음하는 것 같았다. 이어서 바비 할머니의 목소리가 들려왔다.

"아, 꼭 먹어야만 살 수 있는 것? '생각해둔 거'라도 있니?"

이번에도 마찬가지였다. 따옴표가 하나하나 귓속으로 들어왔다.

"음. 그러니까, '입에 착착 붙는 거'요."

잠깐 망설임이 왔다. 대원은 얼굴을 찌푸렸다. 다 끝났다고 생각했는데 암호가 남아 있었다. 그때였다.

"입에 착착 붙는 거 말이지? 그래, 잠깐 기다려봐라."

대원은 한껏 집중해서 엿들었다. 목소리를 통해 장면을 연상했다. 바비 할머니는 지금 어딘가로 손을 뻗고 있겠지? 부스럭거리는 이 소리는 뭐지? 혹시 은박지? 또다시 바비 할머니의 음성이 들렸다.

"어떤 걸 좋아하니? 보통 맛? 과일과 견과 맛?"

대원은 의자 깊숙이 등을 기댔다. 비좁은 차량 안쪽에 마시고 버린 종이컵이 여기저기 널려 있었다. 하지만 이런 것쯤은 아무렇지도 않았다. 경감에게 이 사실을 보고하면 엄청 기뻐할 것이다. 어쩌면 진급을 할지도 모른다.

대원은 차갑게 식은 커피를 한 모금 들이마시고 건강과자를 향해 손을 뻗었다. 녹음기는 계속해서 돌아가고 있었다.

*당신이 무슨 말을 하고 있든지 모두 기록될 것이다. 기록되고 말 것이다. 그리고 확고한 증거가 되어줄 것이다.*

*알지 못하는 사이에도 계속.*


경감은 책상 뒤에 앉아 처음으로 온화한 얼굴을 하고 프랭키를 찬찬히 뜯어보고 있었다. 프랭키는 이렇게 기분 좋은 경감의 얼굴을 본 적이 없었다. 행복해 보이기까지 해서 혹시 누가 죽은 것은 아닐까 궁금해질 정도였다.

"네가 나서줄 일이 있다, 청소년선도단."

경감이 말했다.

"일요? 와!"

프랭키는 정말로 신난 사람처럼 보이고 싶었지만 내심 긴장감으로 가슴이 뻐근해졌다.

"제가 나설 일이라면 당연히 해야죠. 무슨 일인가요?"

"물건을 하나 사 와야겠다. 그 유명한 바비 할머니 가게에서 계산대 밑에 놓고 파는 작은 물건을 하나 사 오너라."

프랭키는 마른침을 꿀꺽 삼켰다.

"아, 그거요. 당연히 사 와야죠. 그런데, 한 가지 걸리는 게 있어요. 제가, 아니 저희가 벌써 사러 간 적이 있거든요. 머틀하고 저하고요. 청소년선도단의 머틀 말예요. 그 친구가 가게에 들어가 물어봤는데 결국 커다란 바나나만 사고 말았어요. 암호를 제대로 못 댔거든요."

경감의 눈이 번들거렸다.

"암호는 알고 있으니 걱정 마라, 청소년선도단."

"예? 어떻게 알아내셨어요?"

프랭키가 급히 관심을 보였다.

"작은 딱정벌레가 알려줬다고 해두지. 녹음테이프를 들려주마. 암호를 알게 될 거다. 네가 가게에 들어가 있는 순간에도 우린 모든 대화를 듣고 있을 거야. 아주 가까운 곳에서. 암호를 대면 계산대 위에 초콜릿이 올라올 거다. 그 순간 우리가 진입한다. 그럼 모두 현행범으로 붙잡을 수 있지."

프랭키는 다시 한 번 마른침을 삼켰다.

"알겠습니다. 하지만 아주 잠깐 동안이라도 저 혼자 가게에 내버려두시진 않겠죠? 당연히 절 의심할 거예요. 밀고자로 몰아 절 거칠게 다룰지도 몰라요."

"걱정 마라, 청소년선도단. 무슨 일이 생기기 전에 우리가 먼저 도착할 거다. 그자들이 널 토막 내는 건 우리도 원치 않아. 그럼 너무 어질러지잖아."

프랭키는 경감의 농담에 애써 웃음을 지었다. 물론 진짜 농담이라고 믿고 싶었다.

"언제 가요? 지금 가면 되나요?"

"때가 되면 알려주마. 하루나 이틀 정도 걸릴 거다. 인력이 준비되는 대로 출동한다. 지금 당장은 몹시 바쁘단다. 곳곳에서 소규모 범법자들이 설치고 있거든. 그깟 잡초 더미야 어떻게 다뤄야 하는지 아주 잘 알고 있지. 다른 걱정은 마라. 우린 어딜 가야 널 만날 수 있는지 잘 알고 있으니까. 사실 거의 모든 사람들이 어디에 있는지 다 알고 있지."


지난주에 불의의 습격을 당했는데도 소굴은 토요일에 다시 장사를 시작했다. 대신 엄선한 소수의 단골만을 초대했다. 낯선 이들을 함부로 받았다가 따라올지도 모르는 위험이 두려웠기 때문이다.

손님들은 바비 할머니의 뒷마당으로 돌아가는 길을 안내받아 하나둘씩 소규모로 도착했다. 다들 그늘에 몸을 숨겨가며 은밀히 헛간으로 들어갔다. 그러고는 문을 두드린 뒤 암호를 말했다. 암호는 수시로 바뀌었다. 바뀐 암호를 제대로 대야 입장이 허가되었다.

처음보다 줄어들긴 했지만 헌틀리도 그사이 자신감을 회복했다. 한동안 헌틀리는 묵직한 손 하나가 어깨를 꽉 움켜쥐며 "잡았다!"라고 외치는 환상에 시달렸다. 그러나 하루하루가 지나가도 자유와 평화는 여전했다. 바비 할머니와 스머저가 돌아오는 주말에 다시 소굴 문을 열자고 제안했을 때에는 이미 딱히 반대할 이유가 없었다.

그러나 소굴을 꾸려가는 일은 생각처럼 쉽지 않았다. 타인을 즐겁게 해주려면 엄청난 노력이 필요했다. 손님들이 모두 돌아간 뒤에도 남아 뒷정리와 청소를 해야 했다. 그리고 다음날 교회 종이 울리면 또다시 다음주에 판매할 초콜릿을 만들러 나가야 했다.

밀거래자의 삶은 진정 고되었다. 새로 구입한 최신형 산악자전거를 타고 돌아다니거나 미용실에서 밝은 색깔로 머리를 염색하는 생활이 전부가 아니었다.

일요일 아침, 헌틀리는 잠에서 깨어나 길게 하품을 했다. 세수하고 옷을 갈아입고 '국민건강 바삭바삭 콘플레이크'를 아침으로 먹었다. 포장 상자에는 온갖 영양소가 가득 들어 있다고 씌어 있었다. 하지만 내용물보다 차라리 상자 맛이 더 나을 것 같았다.

헌틀리의 엄마가 잠옷 바람으로 부엌에 들어왔다. 엄마는 요리책을 보고 있었다.

"벌써 나가니?"

"오늘 스머저랑 자전거 타러 간다고 말씀드렸잖아요. 괜찮죠?"

헌틀리는 엄마에게 거짓말을 하는 게 싫었다. 모든 사실을 털어놓고 싶은 마음이 굴뚝같았다. 엄마 역시 국민건강당을 몹시 싫어하고 부당한 법을 옹호할 마음도 없다는 것을 잘 알고 있었다. 하지만 엄마는 아들이 밀거래에 가담하는 것 역시 좋아하지 않을 것이다. 그건 너무 위험한 일이니까. 그러니 말하지 않는 편이 낫다. 사소한 선의의 거짓말을 조금씩 둘러대며 모른 척하는 게 좋다.

어쨌든 자전거를 타는 건 사실이다. 고작 바비 할머니의 가게까지 타고 가는 것뿐이지만. 또 가는 길에 스머저도 만날 것이다. 스머저 역시 자전거를 타고 올 것이다. 그러니 새빨간 거짓말이라고는 볼 수 없다.

"알았어. 하지만 너무 늦진 마. 아놀드 형이 점심 먹으러 온다고 했잖니."

헌틀리는 멍한 얼굴로 엄마를 쳐다보았다. 그래서 엄마 손에 요리책이 들려 있는 거구나. 그런데 아놀드 형이라니, 그게 누구지?

"사촌형 아놀드 말이야."

아, 그 아놀드 형. 헌틀리는 이제야 기억해냈다. 수백 킬로미터 떨어진 머나먼 곳에 살아 오래도록 만나지 못한 사촌이었다.

"아놀드 형이 뭘 좋아한대요?"

"기억이 안 나네. 나도 마지막으로 본 게 15년 전이니까. 반바지

차림으로 막 뛰어다니며 군인놀이를 했었는데.”

“여긴 왜 오는데요?”

“그것도 잘 몰라. 그냥 점심이나 먹으러 들르겠다지 뭐니. 점심시간에 오겠지. 그러니까 너도 열두 시까지는 돌아와. 알았지?”

“예. 다녀올게요.”

헌틀리는 창고에서 자전거를 꺼내 바비 할머니의 가게로 향했다.


“어디 가, 오빠?”

스머저가 산악자전거를 끌고 집 밖으로 나가는데 카일리가 인도 위에서 혼자 사방치기를 하고 있었다.

“어디 좀 가.”

스머저는 헬멧을 쓰고 보안경을 내리며 대꾸했다.

“거기가 어딘데?”

“그냥 저기.”

스머저는 카일리가 꼬치꼬치 캐묻는 게 성가셨다.

“거기서 뭐 해?”

“아무것도 안 해. 그냥 가는 거야.”

“아무것도 안 할 거면 왜 가는데?”

“그냥 바람 쐬러.”

“그냥 거기까지 갔다가 돌아온단 말이야?”

“그런 셈이지.”

“그럼 나도 같이 가.”

"안 돼. 넌 너무 어려. 최소한 열 살이 넘어야 거기 갈 수 있어."

"누가 그래?"

"사람들이."

"어떤 사람들이?"

"거기 사는 사람들이."

"거기가 어딘데?"

"저기 높은 데."

"저기 높은 데 어디?"

스머저는 더 이상 입씨름을 할 여유가 없었다.

"오빠 다녀올게, 카일리."

스머저는 자전거를 타고 휑하니 가버렸다.

카일리는 오빠가 이번에도 초콜릿을 가져다줄지 궁금했다. 오빠
는 저기 높은 데를 다녀온 다음에는 항상 초콜릿을 주었다. 카일리
는 그게 참 재미있었다. 오빠가 간다는 저기 높은 데는 오빠가 말한
것보다 훨씬 재미있는 곳임에 틀림없었다.


바비 할머니의 가게는 일요일에도 반나절은 문을 열었다. 〈일요
국민건강〉을 비롯해 몇 종류의 신문을 팔아야 했다. 또 생활필수품
몇 가지와 컬러 잡지도 팔았다. 컬러 잡지는 값비싼 종이와 잉크를
듬뿍 써서 국민건강에 좋은 상품은 어떤 모습을 하고 있는지 또렷하
게 보여줬다.

아침나절에 몰려들었던 손님이 썰물처럼 빠져나가자 바비 할머니

도 창고로 가 일손을 거들었다. 냄비에서는 초콜릿 배합물이 녹아가고 가게에서는 반만 밖으로 삐져나온 토스트가 숯처럼 까맣게 탄 채 구름 같은 연기를 내뿜고 있었다.

바비 할머니는 손으로 터져 나오는 하품을 막았다.

"피곤해 죽을 것 같구나. 밤새도록 파티를 하고 온 느낌이야."

"진짜로 그러셨잖아요. 어젯밤 제가 집에 갈 때도 할머니는 계속 림보댄스를 추고 계셨어요."

헌틀리가 꼭 집어 이야기해주었다.

바비 할머니는 당황스런 얼굴로 열심히 반죽만 휘저었다. 배합물 준비가 끝나자 쟁반 위에 쏟아 붓고 초콜릿 모양이 굳을 때까지 놔두었다. 헌틀리는 서둘러 설거지를 시작했다. 시간이 12시 5분 전을 향해 가고 있었다.

"오늘은 저 먼저 가도 될까요? 집에 손님이 온다고 해서 일찍 가봐야 해요. 늦지 않겠다고 엄마랑 약속했거든요."

"그래, 어서 가보렴."

바비 할머니는 흔쾌히 허락했다.

"그래. 얼른 가봐, 친구. 내일 학교에서 보자."

스머저도 고개를 끄덕이며 보내주었다.

"할머니, 안녕히 계세요. 스머저도 안녕."

헌틀리는 자전거 헬멧을 챙겨 들고 뒷문으로 빠져나갔다.

잠시 후 누군가 가게 안으로 들어오는 종소리가 들렸다.

"손님이 왔나 보네."

바비 할머니가 말했다.

"설거지는 제가 마저 할게요."

스머저가 말했다.

계산대 옆에 한 소년이 연기를 피워 올리고 있는 향을 물끄러미 바라보며 서 있었다.

"향이란다. 스트레스를 덜어주지. 그래, 뭘 사러 왔니?"

소년의 얼굴은 편해 보이지 않았다. 이마에 식은땀이 맺혀 있고 어디가 불편한지 얼굴이 백지장처럼 창백했다.

"얘야, 괜찮니? 안색이 좋지 않구나."

바비 할머니는 걱정스러운 얼굴로 물었다.

"아, 아녜요. 전 괜찮아요. 그냥 저는, 그러니까, 제가 사러 온 건……."

뭐였더라? 머릿속이 하얗게 비어버렸다. 텅 빈 종잇장같이 한 마디도 떠오르지 않았다.

"뭐라고?"

뭘 달라고 해야 하더라? 경감이 뭐라고 말했더라?

프랭키의 뇌는 순식간에 텅 빈 쓰레기통으로 변해버렸다.

"그래, 뭘 사러 왔니?"

그래! 생각났다.

"혹시 '작은 것'을 살 수 있을까요? '꼭 먹어야만 살 수 있는' 작은 거요."

옳지, 그렇지. 바비 할머니는 반가웠다.

그러나 다시 보니 이 아이는 헌틀리나 스머저의 친구 같아 보이지 않았다. 솔직히 말하면 지나치게 '재수 없어' 보였다. 그러나 사람을 외모로 판단해서는 안 된다. 나머지 암호만 맞히면 된다.

"그래, 뭐 생각해둔 거라도 있니?"

"아, 꼭 먹어야만 살 수 있는 것인데, 그런데 그게, 입에 착착 붙는 거요."

그래, 암호도 맞다. 문제될 게 없다.

바비 할머니는 계산대 밑으로 손을 뻗어 초콜릿 쟁반을 꺼냈다.

"그래, 어떤 걸로 줄까? 반짝이는 면이 바깥으로 향한 거? 반짝이는 면이 안으로 향한 거? 하나 골라라. 아무 걱정 말고."

그러나 걱정거리가 있는 모양이었다. 소년은 뭔가를 바라보고 있었다. 바비 할머니도 초콜릿도 보고 있지 않았다. 할머니 등 뒤의 무언가를 바라보고 있었다. 할머니의 머리 높이에 있는 뭔가를 향하고 있었다. 할머니도 이상한 느낌이 들어 뒤를 돌아보았다. 대체 이 아이는 뭘 보고 있는 거지? 여기 뭐가 있다고? 비어 있는 선반 말고 뭐 볼 게 있다고.

아니다. 저게 뭐지? 선반 아랫면에 뭔가가 있었다. 꼭 그것처럼 생겼는데. 아냐, 그럴 리 없어. 하지만 그게 맞았다. 최첨단 기술에 대해 아는 게 거의 없는 할머니였지만 한눈에 봐도 그건 무선 마이크였다.

*세상에! 도청이야! 이곳이 도청을 당하고 있어!*

그때 스머저가 창고 문을 열며 말했다.

"다 끝났어요. 할머니, 저 이제 가요."

그러다 문득 입을 다물고 계산대 앞의 소년을 바라보았다.

"바비 할머니, 얘가 지금 여기서 뭘 하고 있는 거예요? 이 녀석은 청소년선도단……."

순간 바비 할머니가 발악을 하듯 외쳤다.

"도청장치다! 도청을 당하고 있었어! 어서 달아나라, 스머저!"

할머니는 불타오르는 증오심을 품고 프랭키 크롤리를 노려보았다. 인자한 할머니의 얼굴에서 나올 거라고는 상상조차 할 수 없는 무서운 표정이었다.

"네가 어떻게…… 어쩌자고 이런 짓을……."

"할머니, 빨리요! 어서 달아나요! 어서요!"

"너 먼저 가라! 내가 놈들을 붙잡고 있을 테니 너부터 도망쳐!"

스머저는 잠시 망설였다.

"프랭키! 이 재수 없는 자식! 나쁜 자식!"

그때 묵직한 군홧발 소리, 왁자지껄한 고함소리, 널빤지 쪼개는 소리, 유리가 산산조각 나는 소리 등이 연달아 들려왔다.

스머저는 달아나기 시작했다. 그러나 돌이키기엔 이미 너무 늦었다. 수많은 경찰이 한꺼번에 들이닥쳤다. 그보다 많은 수가 창고 문을 부수고 뒤쪽으로 들어왔다. 스머저는 경찰을 피해 이리저리 달아났지만 결국 양팔을 붙잡히고 말았다. 빠져나가려고 몸부림쳐봤지만 다리에 끔찍한 고통만이 느껴졌다. 발길질을 하다 뭔가에 부딪혔거나 전기충격기를 맞은 것 같았다. 한 번도 겪어보지 못한 소름끼치는 고통이었다.

싸움은 순식간에 시작되었고 순식간에 끝이 났다. 가게 문 앞에 경감이 서 있었다. 차가운 금속성의 회색 눈빛이 기이할 정도로 따뜻하고 흡족해 보였다.

"모두 찾아냈습니다. 계산대 위에 있었습니다. 창고 안에서는 더 많은 양이 발견되었습니다. 이제 막 새로 한 판을 만들고 있었던 것으로 보입니다. 때맞춰 적발한 것 같습니다."

분대장의 보고를 받은 경감이 고개를 끄덕였다.

"그렇군. 이 모든 게 청소년선도단 영웅 덕분이지. 그 애는 어디 있나?"

경찰이 가게 안을 둘러보았다. 그러나 프랭키는 어디에도 보이지 않았다. 그때 계산대 밑에서 두 개의 발, 두 개의 다리, 그 다음으로 하반신이 차례차례 모습을 드러냈다.

"저 여기 있어요. 혹시 숨겨둔 초콜릿이 더 있는 건 아닌지 살펴보고 있었어요."

"신통한 생각을 다 했군, 청소년선도단."

경감은 프랭키를 칭찬하더니 곧 부하들에게 명령했다.

"모두 심문실로 끌고 가. 도청장치는 완전히 철거하고 초콜릿은 전량 폐기해."

경감은 다시 분대장에게 말했다.

"함께 가지, 경사. 방과 후 공부모임 장소를 구경해보자구."

두 사람은 뒷마당을 지나 옛 방공호로 들어갔다.

지난번 급습작전 당시와는 완전히 달라져 있었다. 전날 밤 흥청망청 놀았던 흔적이 고스란히 남아 있었다. 초콜릿셰이크를 마셨던 유리잔이 바에 그대로 쌓여 있었다. 바비 할머니는 잠들기 전에 설거지를 모두 마칠 생각이었을 것이다. 그러나 너무 늦어 다음날로 미뤘을 것이다. 적어도 오늘 초콜릿을 다 만든 다음 오후까지는 설거지를 끝내려고 마음먹었을 것이다.

"방과 후 공부모임? 이제 공부의 기준이 바뀌었나 보지? 아무리 봐도 열심히 공부한 흔적은 없군."

경감은 문이란 문은 모조리 열어보고 찬장마다 뒤지며 소굴을 샅샅이 수색했다.

"한눈에 봐도 엄청난 폭음과 폭식이 벌어졌다는 걸 알 수 있군. 탐욕스러운 녀석들의 얼굴에 초콜릿이 가득 차올랐겠지."

터널로 향하는 비밀 문이 조심성 없게 벌어져 있었다. 경감은 열린 문틈을 알아보았다.

"그날 밤 다들 여기로 빠져나갔었군."

경감은 납문을 열어보았다. 문 뒤에 냉장고가 나지막이 웅웅거리며 돌아가고 있었다. 스머저와 헌틀리가 폐품 하치장에서 몰래 주워 온 냉장고였다. 경감이 손잡이를 확 잡아당기자 냉장고 안에 가득 든 초콜릿케이크와 초콜릿이 모습을 드러냈다. 냉동실에는 초콜릿 아이스크림도 들어 있었다.

"보통 바쁜 게 아니었군."

두 사람은 초콜릿 저장고를 샅샅이 살펴보았다.

"이것들을 다 어떻게 할까요?"

경사가 물었다.

경감이 희미하게 웃었다. 1년 동안 다이어트를 해온 사람이나 지을 법한 메마른 미소였다.

"갈아버려. 이곳 전체를 다 갈아버려."

경사가 증원부대를 불렀고 다 함께 입맛을 다시며 임무 수행에 착수했다.

# 20장
# 사촌형 아놀드
● ● ●

헌틀리는 자전거를 타고 햇볕 속을 달려 집으로 갔다. 엄마가 음식을 준비하는 냄새가 풍겨왔다.

"엄마, 저 왔어요!"

손을 씻으려고 싱크대로 향하던 헌틀리는 그 자리에 그대로 얼어붙었다. 부엌 한가운데에 초콜릿경찰이 서 있었다.

온갖 생각이 밀물처럼 몰려왔다. 우리 집이 습격을 당한 걸까? 엄마가 숨겨둔 꿀이 발각된 것일까? 혹시 초콜릿이 발견된 걸까?

그러나 통통하게 살이 찐 얼굴이 헌틀리를 향해 환히 웃고 있었다. 초콜릿경찰은 헌틀리의 어깨를 가볍게 두드리더니 손을 뻗으며 악수를 청했다.

"네가 헌틀리구나. 난 사촌형 아놀드다. 만나서 반갑다."

적군이 지금 집에 들어와 환하게 웃으며 헌틀리의 팔을 위아래로 흔들어대고 있었다. 엄마가 새 행주를 들고 부엌으로 돌아와서야 아놀드는 겨우 악수를 끝냈다.

"헌틀리 왔니? 아놀드 형도 만났고 점심도 준비가 거의 끝났단다. 손부터 씻고 자리에 앉아라."

다 같이 식탁에 둘러앉았지만 아놀드는 헌틀리와 엄마가 단 한 마디도 끼어들 틈을 주지 않고 쉴 새 없이 떠들어댔다. 국민건강당에 대하여, 자신의 인생에 대하여, 초콜릿경찰로서의 삶에 대하여. 이야깃거리는 무궁무진했다. 아놀드가 말을 하면서 동시에 밥도 먹고 숨도 쉰다는 게 놀라울 따름이었다.

"너도 청소년선도단에 가입했냐?"

아놀드가 물었다.

"아뇨. 아직요."

헌틀리는 언젠가는 꼭 청소년선도단에 가입하기로 결심한 사람처럼 말했다.

"꼭 가입해라. 이 세상은 매사에 열심인 청소년을 주목하는 법이야. 너도 열혈 청소년일 거라고 믿는다."

"그럼요. 엄청나게 열심이죠. 저보다 더한 열혈 청소년은 찾아보기 힘들걸요? 엄마, 저 정말로 열혈 청소년 맞죠?"

"유명하지."

엄마는 헌틀리에게 너무 막 나가지 않도록 조심하라는 눈빛을 보냈다. 아놀드는 잠깐 입을 다물고 큰 접시에서 완두콩요리를 조금 더 덜어냈다.

"아놀드, 정말 반갑구나. 이 지역엔 무슨 볼 일로 온 거니?"

엄마의 물음에 아놀드의 작은 눈이 돌연 교활한 빛을 띠었다. 왠지 밉살맞은 모범생처럼 보였는데 자신은 그 모습에 만족하는 것 같았다. 아무래도 제복을 입고 있어서 더 그렇게 보이는 모양이었다.

아놀드는 방 안을 휙 둘러보더니 목소리를 확 낮추고 속삭였다.

"지금 출동 대기 중이에요. 지원부대죠."

"그래?"

"대대적인 집중 단속이 있을 거예요. 초콜릿 밀거래 단속요."

헌틀리는 또다시 온몸이 얼어붙는 것 같았다. 입 안에 든 음식물이 재로 변해버린 듯 아무 맛도 느낄 수 없었다.

"초콜릿 밀거래? 이 동네에 말이니?"

엄마는 아놀드의 말이 집 안에 태풍을 몰고 올 수도 있다는 사실을 짐작조차 못 할 것이다.

"겉으로 보기엔 순진하게 생긴 사람들이 그런 일에 가담하는 걸 보면 이모도 깜짝 놀라실걸요? 이건 비밀인데, 오늘 오전에도 소규모 급습작전이 있었어요. 초콜릿 밀거래 현장을 습격했죠."

"어머, 그게 정말이니?"

"지금쯤 용의자 몇 명이 체포되어 유치장에 갇혀 있을 거예요."

아놀드는 꽤 흡족한 얼굴로 말했다.

헌틀리는 별 관심이 없는 사람처럼 보이려고 무진 애를 쓰며 겨우 입을 열었다.

"오늘 오전에 초콜릿 밀거래 현장을 습격했다고요?"

"내가 직접 출동한 건 아냐. 난 좀 더 있다가 임무 시작이야. 운이 좋으면 내일쯤 급습작전에 투입될지도 모르지. 상황이 어떻게 돌아가고 있는지는 아직 몰라. 초콜릿 밀거래자들은 우리가 쳐들어가는 그 순간까지도 절대로 들키지 않을 거라고 자신만만해하지. 이모, 파스타 좀 더 주세요. 소스가 정말 끝내줘요."

헌틀리는 충격에 휩싸여 온몸이 춥고 떨려왔다. 입 안에 든 음식을 제대로 삼킬 수 없었다.

"헌틀리, 괜찮니? 얼굴이 하얗게 질렸구나."

"잠깐 나갔다 올게요. 미안해요, 엄마. 미안해, 아놀드 형."

"난 괜찮아. 속이 안 좋냐? 토할 것 같아? 어서 가봐."

헌틀리는 부엌을 나와 화장실을 찾아가는 척 복도를 지났다. 곧장 현관문을 소리 나지 않게 열고 가만히 집 밖으로 빠져나갔다. 부엌에서 아놀드가 계속 떠들어대는 소리가 들려왔다.

"초콜릿경찰 생활은 정말 환상적이에요. 여행도 할 수 있고 세상 구경도 할 수 있고 음식도 좋고, 또 훈련을 받으니까 건강에도 좋죠. 말년에는 연금을 받으며 안정된 노후를 보낼 수도 있다구요. 이모도 관심이 있으면 국민건강당 의료분과에 가입하세요. 멋진 제복도 입을 수 있고 새 청진기도 받을걸요. 원한다면 청진기에 이모 이름도 새길 수 있어요."

헌틀리는 자전거에 올라타고 바비 할머니 가게를 향해 달렸다.


"하나, 둘, 셋."

카일리는 분필로 그려놓은 사방치기 칸 위에서 폴짝폴짝 뛰고 있었다. 집 바로 앞의 보도 위였다.

카일리는 스머저 오빠가 언제나 올지 궁금했다. 열 살이 되면 꼭 오빠를 따라 저기 높은 데를 찾아가 대체 뭘 하는 곳인지 반드시 알아내고야 말겠다고 다짐했다. 조금만 기다리면 오빠가 집으로 돌아와 반짝이는 면이 안으로 향한 것이나 밖으로 향한 것 중 하나를 건네줄 것이다. 어느 것이든 상관없었다.

카일리는 자동차가 가까이 다가오는 소리를 듣고 고개를 들었다. 평일에는 도로가 붐비지만 일요일에는 집 앞을 지나가는 자동차가 그리 많지 않았다. 하지만 정확히 말해 저건 보통 자동차가 아니었다. 순찰차였다.

아하! 초콜릿경찰이 가득 타고 있는 순찰차구나!

카일리는 양쪽 귀를 잡아당기고 혀를 쭉 내미는 '메롱' 자세를 준비했다. 오빠가 가르쳐준 적이 있었다. 스머저 오빠는 꽤 그럴싸한 것들을 많이 알고 있었다.

순찰차가 오르막길을 올라 점점 가까이 다가오고 있었다. 무시무시한 얼굴의 초콜릿경찰이 보였다. 다들 돌처럼 딱딱한 표정으로 보도 위에서 '메롱' 자세를 준비하고 있는 어린 여자애는 거들떠보지도 않았다.

카일리는 손을 들어 올려 양쪽 귀를 살짝 잡아당기며 혀를 반쯤 내밀었다. 순간 순찰차가 지나가며 차 안쪽이 살짝 보였다. 카일리의 낯빛이 확 변했다.

준비하고 있던 '메롱' 대신 전혀 다른 말이 튀어나왔다.

"오빠! 스머저 오빠!"

카일리는 곧장 집으로 뛰어들어갔다.

"엄마! 아빠! 스머저 오빠가! 오빠가 잡혀가요!"

사방치기 놀이는 까맣게 잊은 지 오래였다. 눈물이 차올라 집 안으로 들어가는 길이 뿌옇게 흐려 보였다. 조그만 몸이 들썩이며 흐느끼고 있었다.


헌틀리는 욕지기가 치밀어 오르는 걸 느꼈다. 무슨 일이 있었는지 단박에 알 수 있었다. 바비 할머니의 가게 창문과 출입문에 노란색과 검정색 띠가 둘러쳐져 있고 출입통제 표지판이 붙어 있었다. '관계자 외 출입 엄금'이라는 경고문도 붙어 있었다.

주위에는 아무도 없었다. 헌틀리는 창문 너머로 가게 안을 들여다보았다. 바닥에 온갖 물건들이 쏟아져 있었다. 은박지도 네모난 초콜릿도 마구 짓밟힌 채 널려 있었다.

뱃속이 마구 뒤틀려왔다. 자전거를 끌고 모퉁이를 돌아 뒷골목으로 갔다. 풀숲에 자전거를 감춘 뒤 울타리를 넘어 바비 할머니의 뒷마당으로 들어갔다. 거기에도 검은색과 노란색 띠가 둘러쳐져 있고 옛 방공호 입구에는 '관계자 외 출입 엄금' 경고문이 붙어 있었다.

헌틀리는 출입통제선을 뛰어넘어 헛간으로 들어가 소굴로 내려갔다. 문이 경첩에서 반쯤 떨어져나가 덜렁거리고 있었다.

산산이 부서져 있었다. 완벽하게 짓밟혀 있었다. 모두의 노력이,

모두의 수고가, 모두의 즐거웠던 밤이, 그 행복했던 순간들이, 잠시나마 자유와 행복을 느꼈던 그 시간들이 처절하게 도륙당한 상태였다. 가장 친한 친구가 잡혀가고 바비 할머니도 붙들려갔다. 지금쯤 두 사람은 감옥에 갇혀 있을 것이다. 그 차가운 회색 눈빛을 한 사내의 손아귀에 들어가 있을 것이다.

그때 누군가 움직이는 기척이 들렸다. 헌틀리는 여차하면 맞붙어 싸우고 안 되면 달아날 준비를 하며 주위를 살폈다.

어둠 속에서 누군가 몸을 일으켰다.

"나야."

익숙한 목소리, 찰스 모팻이었다.

"초콜릿이 조금 남아 있을까 해서 와봤어."

"남아 있어요?"

"아니. 몽땅 뭉개버렸어. 뭉개지 못한 것들은 못 먹게 하려고 화장실 청소용 표백제를 부어버렸어."

그러나 헌틀리는 초콜릿엔 관심이 없었다. 지금 중요한 건 초콜릿이 아니었다.

"어떻게 된 거죠? 무슨 일이 있었던 거예요?"

"평소처럼 가게 문 앞에 가만히 앉아 있었지. 점심은 뭘 먹나 생각하면서. 그때 웬 약삭빠르게 생긴 녀석이 지나가더라. 제복을 입고 있진 않았지만 청소년선도단 같았어. 녀석이 가게 안으로 들어가고 잠시 후에 낡은 밴 문이 벌컥 열리지 뭐야. 그 똥차 속에서 초콜릿경찰이 마구 쏟아져 나오더니 바비 할머니 가게로 뛰어들어갔어. 잠시

후 바비 할머니랑 스머저가 순찰차로 끌려가더라. 그리고 난리법석
이 시작된 거지. 대형 쇠망치를 들고 미친 듯이 날뛰면서 닥치는 대
로 때려 부수더라. 한참 그러더니 다들 차를 타고 가버렸어."

노숙자는 무슨 말을 해야 위로가 될지 몰라 그저 안타깝게 헌틀리
를 바라보기만 했다. 그러나 헌틀리는 벌써 다른 생각을 하고 있었
다. 지금 다른 사람들도 위험에 처해 있다. 아놀드 형이 분명 '대대
적인 집중 단속'이라고 말했다. 초콜릿 밀거래자로 의심되는 사람들
을 일제히 급습해 검거한다고 했다.

그럼 블레이즈 씨는?

블레이즈 씨도 의심을 받고 있을까? 블레이즈 씨의 헌책방에는
소굴이 없지만 똑같이 무거운 범죄의 증거물이 있을 것이다. 토비어
스 맬로의 〈초콜릿 제조기술〉! 블레이즈 씨는 초콜릿 제조법을 간직
하고 있다. 그건 초콜릿 자체보다 더 심각한 것일 수 있다.

아니면 정치활동을 이유로 의심을 받고 있을 수도 있다. 블레이즈
씨는 사람들을 모아 정부에 반기를 들지 않았던가. 그렇다면 초콜릿
경찰은 블레이즈 씨 역시 감시하고 있었을지도 모른다.

설령 블레이즈 씨가 위험에 빠져 있지 않다 하더라도, 지금 이 순
간 스머저와 바비 할머니를 구하려면 어떻게 해야 할지 물어볼 사람
은 블레이즈 씨밖에 없었다. 그야말로 지금 헌틀리가 유일하게 믿고
의지할 수 있는 사람이었다.

"블레이즈 씨한테 가봐야겠어요."

"누구?"

"헌책방 할아버지요. 놈들이 벌써 찾아갔을지도 몰라요."

순간 조그맣게 야옹하는 소리가 들려왔다. 바비 할머니의 고양이가 나타나 헌틀리의 다리에 몸을 휘감았다.

"걱정 마. 고양이는 내가 돌봐줄게."

찰스 모팻의 말에 헌틀리는 안도와 감사의 뜻으로 그에게 힘겹게 웃어 보이고는 서둘러 밖으로 나갔다.


스머저의 엄마 트리샤와 아빠 론은 카일리의 흥분을 가라앉히느라 정신이 없었다.

"오빠가 붙잡혀가다니 그게 무슨 뜻이니, 카일리?"

"초콜릿경찰이. 아까 순찰차에 탔어. 스머저 오빠를 잡아갔어. 바비 할머니도. 뒷자리에 탔어."

"어떻게 그래? 말이 안 되잖아. 오빠는 자전거를 타러 갔어. 바비 할머니 가게에 간 게 아니야. 오빠는……."

순간 엄마는 카일리의 손안에서 뭔가를 발견했다. 조그만 은박지 뭉치가 카일리의 손안에서 이리 비틀리고 저리 비틀려 있었다.

"이게 뭐니, 카일리?"

"반짝이는 게 안으로 간 거."

"뭐?"

"초콜릿."

"어디서 났어?"

"오빠가, 오빠가 매일 초콜릿을 갖다줬어. 거기 높은 데 갔다 오면 초콜릿을 가져왔어."

론과 트리샤는 서로를 바라보았다.

"맙소사. 대체 무슨 짓을 하고 다닌 거야?"

블레이즈 씨는 수화기를 내려놓고 거리를 내려다보았다. 곳곳에 친구들이 포진해 있어서 다행이었다. 친구들의 사전 경고 덕분에 무슨 일이든 미리 대처할 수 있었다. 단 한 발만 앞서도 놈들을 피할 수 있다.

블레이즈 씨는 당황하지 않고 민첩하고 조용히 움직였다. 아직 몇 분 시간이 있었다. 적들이 문 앞에 와 있지는 않았다. 우선 가방에 소지품을 조금 담고 입고 있는 옷 위에 큼직한 작업복을 입었다. 이제 신분과 직업을 바꿀 시간이었다.

작업복은 곳곳에 하얀 얼룩이 묻은 푸른색이었다. 오래도록 입고 오래도록 일한 사람처럼 보였다. 주머니에는 '전국유리창청소부연합회' 배지가 붙어 있었다.

그는 다시 창가로 가서 거리를 내려다보았다. 두 번째 순찰차가 도착했다. 드디어 지원부대가 도착한 모양이었다. 적들은 준비태세를 마치고 밴에서 내렸다. 경감도 그 소년도 보였다. 청소년선도단 제복을 입고 책을 찾는 척하던 그 아이였다.

결국 보여주고야 말았다. 뿌린 대로 거두는 법이라는 것을. 행동은 반드시 결과를 낳기 마련이라는 것을. 그러나 어떤 결과를 낳을지는 아무도 알 수 없는 법이다.

밀고자가 누구인지는 확실히 알 수 없었다. 어쩌면 저 청소년선도단 녀석의 짓일 수도 있고 손님을 가장한 누군가가 가게 안에 도청 장치를 설치했을 수도 있다. 모임에 참석했던 사람 중 하나가 고발을 했을지도 모른다.

블레이즈 씨는 서둘러 뒤쪽 계단으로 내려가 가게 뒷마당으로 향했다. 밴 지붕에 사다리를 올렸다. 밴 옆에 붙은 '블레이즈 중고서점-희귀고서 소장' 간판을 벗겨내고 그 자리에 '전국유리창청소부연합회'라고 쓰인 간판을 붙였다.

밴 안에 양동이와 청소용 솔, 걸레 등을 던져 넣고 헝겊 조각 하나를 차 지붕 위의 사다리 끝자락에 묶었다. 정확히 왜 그랬는지는 그도 몰랐지만 아마 진짜처럼 보이고 싶은 마음의 표시였을 것이다. 혹은 이런 세부사항이 체포와 자유, 삶과 죽음 사이를 가름한다고 믿었기 때문일지도 모른다.

블레이즈 씨는 작업복 앞주머니에서 모자를 꺼내 머리 위에 푹 눌러쓰고는 밴에 올라탔다. 헌책방 앞을 지나는데, 경감과 초콜릿경찰 대원들이 보였다. 청소년선도단 아이도 있었다. 경감의 명령을 받은 한 대원이 들고 있던 쇠지레를 문틈 사이에 밀어 넣었다. 곧 우지끈하고 나무 부러지는 소리가 들렸다. 소총을 발사한 것 같은 낭자한 소리가 시장 한복판에 울렸다.

블레이즈 씨가 지나가는 순간 청소년선도단 소년이 엔진 소리를 듣고 뒤를 돌아보았다. 두 사람의 눈이 마주쳤다. 그러나 소년은 블레이즈 씨를 알아보지 못하고 다시 몸을 돌렸다. 또다시 나무 쪼개지는 소리가 들렸다. 경찰이 서점 안으로 진입했다.

그러나 블레이즈 씨는 벌써 모퉁이를 돌고 있었다. 경찰은 그를 놓쳤다. 그는 자유다.


론 무어는 전화기를 내려놓았다. 생각보다 심각한 소식이었다.

"스머저 오빠, 점심 먹으러 와?"

카일리가 물었다.

론은 강직한 남자였다. 그러나 이 순간만은 눈물을 삼키느라 애쓰고 있었다. 어린 딸에게 뭐라고 설명해야 할까? 스머저는 점심을 먹으러 돌아오지 않을 것이다. 아니, 다음날 아침에도 돌아오지 않을 것이다. 스머저가 언제 돌아올지는 누구도 알지 못할 것이다.

"뭐래요?"

아내 트리샤가 물었다.

"초콜릿경찰본부에 붙잡혀 있대. 초콜릿 밀거래 혐의로 기소당할 거래. 아아, 나도 모르겠어."

"어떻게 하면 좋아요?"

순간 론이 버럭 화를 냈다.

"어떻게 하면 좋겠냐고? 어떻게? 당신이 어떻게 하면 좋은지 말해봐. 그럼 내가 그대로 할게. 제발 말 좀 해보라고!"

"여보."

론은 의자에 털썩 주저앉았다. 억지라는 걸 알지만 어쩔 수가 없었다. 와락 겁이 났다.

아빠가 평소 걸레질도 잘하고 고장 난 물건도 잘 고치듯 이번 일도 바로잡아주기를 기대하며 카일리가 물끄러미 아빠를 쳐다보았다. 그러나 이번 일만은 아빠도 어쩔 도리가 없었다.

"미안해, 여보. 화를 낼 일이 아닌데, 나도 모르게……."

론은 두 팔로 카일리를 안아 트리샤에게 건넸다.

"당신은 카일리랑 같이 있어. 내가 경찰본부에 다녀올게. 설마 면회는 시켜주겠지. 거절은 못 할 거야. 소식이 있으면 전화할게."

트리샤가 고개를 끄덕였다.

"우리 스머저 만나면 전해줘요. 우리는, 우리는 모두……."

트리샤는 말을 채 마치지 못하고 휴지를 뽑으려고 손을 뻗었다.

"그래, 알아. 사랑한다고 전해줄게."

론은 자동차 열쇠를 집어 들고 현관문으로 향했다. 그러다 걸음을 멈추고 돌아섰다.

"누군가 틀림없이 우리 스머저를 고발했을 거야. 물론 스머저가 옳다는 말은 아니지만 누군가 틀림없이 우리 스머저를 밀고했다구."

그러자 문득 어떤 생각이 떠올랐다.

"카일리, 오빠가 밴에 실려 갈 때 차 안에 또 누가 있었지?"

"경찰이랑 바비 할머니."

론은 트리샤를 바라보았다. 아무 말도 하지 않았지만 꽤 오랫동안 그렇게 트리샤의 시선을 붙들고 있었다. 잠시 후 론의 등 뒤로 현관문이 닫혔다. 론은 그렇게 갔다.

# 21장
# 전국유리창청소부연합회
●●●

헌틀리가 바비 할머니의 가게에서 재래시장까지의 먼 거리를 자전거로 질주하는 사이, 초콜릿경찰은 벌써 현장에 도착했다가 철수까지 마쳤다.

블레이즈 씨의 헌책방 문은 활짝 열려 있었다. 바람이 들이닥치자 복도 바닥에 떨어져 있던 책들이 우르르 몸을 뒤챘다.

곳곳에 책이 있었다. 서점 안에 있는 모든 책을 끌어내 일일이 살펴보고 버린 것처럼 보였다. 목표물을 발견할 때까지 계속 책을 뒤진 것 같았다. 책 더미 맨 위에 몇 페이지가 갈기갈기 찢긴 책이 있었다. 책표지는 찢긴 채 따로 버려져 있었다. 첫 페이지의 책 제목이 선명하게 보였다.

토비어스 맬로의 〈초콜릿 제조기술〉.

"현존하는 세계 최고의 장인이 쓴 탁월한 초콜릿 제조법 지침서.

안타깝게도 지금은 고인이 되셨단다."

블레이즈 씨의 농담이 떠오르자 헌틀리는 슬픈 얼굴로 웃었다. 불과 얼마 전의 일인데 상황이 완전히 달라져 있었다. 당시에는 모든 게 새로웠고 무엇보다 희망이 가득했다. 하지만 지금은 어떤가.

발소리가 들렸다. 문이 삐걱하고 열렸다. 뒤쪽에 누군가 있었다. 헌틀리는 달아날 준비를 하며 재빨리 몸을 돌렸다. 한 남자가 서 있었다. 아는 사람 같기도 하고 모르는 사람 같기도 했다. 인부처럼 보였다. 빛바랜 푸른색 작업복을 입고 있었다.

남자는 가게 구조를 잘 알고 있는 것 같았다. 그는 헌틀리 옆에 무릎을 꿇고 앉아 헌틀리의 손에 든 책을 가져갔다.

"여기 있었구나. 파손되긴 했지만 고치면 된다. 갖고 다니기엔 너무 위험한 물건이지만, 버려두기엔 너무도 소중한 물건이지. 이 책을 찾으러 되돌아왔다."

두 사람은 책을 사이에 두고 무릎을 꿇고 앉았다. 마치 함께 기도하는 두 명의 수도사 같았다.

"블레이즈 씨, 스머저가 잡혀갔어요."

"알고 있다. 바비 할머니도 잡혀가셨지."

"아세요? 어떻게 아셨어요?"

"지금은 설명할 시간이 없다. 헌틀리, 어서 가자. 놈들이 언제 또 다시 들이닥칠지 몰라. 일단 여기서 나가자꾸나. 네 자전거는 밴 뒤에 묶어두고 내 차로 함께 가자."

"어디로요?"

블레이즈 씨는 작업복 앞주머니에 찬 전국유리창청소부연합회 배지를 가리켰다.

"본부로 가자. 본부로. 상황이 험난해지면 모두들 본부로 모여드는 법이다."

"전국유리창청소부연합회라고요? 하지만 할아버지는……."

"그래, 그래. 난 헌책방 주인이었지. 사실 헌책방 주인이야. 이번 일이 벌어지기 전까지는 분명 헌책방 주인이었지. 하지만 활에 줄을 두 개 걸어둔다면 그만큼 화살을 두 배로 쏠 수 있겠지. 그날 저녁 고서연구회 모임 기억하니? 반역 이야기는? 한뜻을 모은 동지들에 관해서는? 우리가 드디어 조직을 결성했단다. 자, 어서 가자."

올바른 길을 걷고 있는지 알 수 없었지만 일단 헌틀리는 블레이즈 씨를 따라갔다. 누군가를 신뢰해야 한다면 지금은 블레이즈 씨를 믿어야 한다는 느낌이 들었다. 초콜릿 제조법이 담긴 책을 구하기 위해 위험을 무릅쓰고 다시 돌아올 사람이라면 결코 배신 같은 것은 하지 않을 것이다.

블레이즈 씨는 헌틀리를 도와 밴에 자전거를 싣고 몇 킬로미터 달려 막다른 거리에 이르렀다. 거리 끝에는 물결 모양 철판으로 만든 담장이 둘러쳐져 있었다. '전국유리창청소부연합회 중앙본부'라고 쓰인 간판도 보였다.

블레이즈 씨가 경적을 두 번 울렸다. 안쪽에서 문이 열렸다. 밴이 앞마당으로 들어서자 문이 다시 닫히고 빗장까지 단단히 질러졌다.

"전국유리창청소부연합회에 온 걸 환영한다, 헌틀리. 여긴 혁명의 고향이란다. 이곳에서 만날 사람들은 모두 진정한 초콜릿주의자들이야. 한 사람 한 사람이 끝까지 싸우겠노라 맹세한 반역자들이다. 너도 진작 초대하고 싶었지만 아직은 어리다고 생각했었어. 지금 보니 오해였구나."

블레이즈 씨는 차에서 내려 정체불명의 창고 쪽으로 안내했다.

"그런데 왜 하필 유리창 청소부예요?"

"생각해봐라. 온갖 다양한 장소에 자유롭게 접근할 수 있는 사람이 또 누가 있겠니? 유리창 청소부야말로 보안 점검을 가장 허술하게 받는 직업일 거야. 아무도 신경 쓰지 않거든. 초라한 청소부라고 무시하는 거지. 만약 네가 어떤 정보를 손에 넣으려 한다고 가정해보자. 누군가의 책상에서 서류를 빼내려고 해. 아니면 어떤 컴퓨터에 바이러스를 감염시키고 싶어. 어떤 직업으로 변장해야 가장 의심을 덜 받을까? 또 어느 건물이든 쉽게 드나들 수 있으려면? 그건 바로 사다리와 양동이를 들고 다니는 남자란다. 자, 어서 가서 우리 동지들과 인사를 나누자꾸나."

창고 한쪽 벽을 따라 칸막이가 설치되어 있었다. 그곳에서 대여섯 명이 컴퓨터 앞에 앉아 이메일을 보내고 해킹을 하고 정보를 빼내고 파괴적인 바이러스를 보내느라 분주했다.

"다들 여길 좀 보시오! 친구를 소개하겠소. 어린 동지라오. 나이는 어리지만 우리와 똑같은 밀거래자요. 헌틀리 헌터 군을 소개하겠소! 헌틀리, 우리 동지들이다."

사람들이 손을 흔들고 고개를 끄덕이며 헌틀리를 환영했다. 어떤 사람은 노골적인 흥미를 품고 헌틀리를 빤히 쳐다보기도 했다. 어린 녀석이 밀거래자라고? 저 나이에? 거참 대단한걸?

블레이즈 씨는 컴퓨터 앞에 앉아 있는 한 남자에게 말했다.

"칩스. 우리 어린 동지가 방금 전 가까스로 탈출에 성공했어. 조금 놀란 것 같으니 초콜릿을 좀 가져다주겠나?"

칩스가 고개를 끄덕이며 자리에서 일어나더니 잠시 후 조그만 밀거래 초콜릿을 하나 가져왔다. 헌틀리가 스머저, 바비 할머니와 함께 만들었던 초콜릿에 비하면 품질이 조금 떨어지지만 그리 나쁘지는 않았다.

헌틀리는 고마워하며 모두에게 초콜릿을 권했다. 그러나 블레이즈 씨는 헌틀리 혼자 다 먹어야 한다고 우겼다. 마지막 한 조각까지 입속으로 들어가는 것을 봐야 안심할 수 있다고 못까지 박았다. 결국 헌틀리는 혼자서 초콜릿을 다 먹었다.

마음이 조금 누그러지자 헌틀리는 처음 급습작전 소식을 들었을 때부터 궁금했지만 차마 물어보지 못한 질문을 던졌다.

"블레이즈 씨, 바비 할머니하고 스머저 말예요. 체포된 다음엔 어떻게 되는 거예요?"

블레이즈 씨는 곧바로 대답하지 않았다. 깊은 한숨을 내쉬고는 헌틀리를 똑바로 보며 입을 열었다.

"우리 스머저 동지는 몹시 험한 일을 겪게 될 거다. 우린 그저 그 애가 잘 견뎌내기만을 기도하자꾸나."

헌틀리는 마른침을 꿀꺽 삼켰다. 방금 먹은 초콜릿 탓인지 속이 뒤틀렸다.

"스머저는 씩씩하게 잘 헤쳐나갈 거야."

그러나 블레이즈 씨의 목소리에도 자신감보다는 간절함이 더 크게 배어 있었다. 그는 분위기를 조금 바꾸어보려는 듯 목소리를 높였다.

"우리 동지들을 소개하마. 각자 맡은 임무가 무엇인지도 알려주마. 초콜릿을 진정으로 사랑하고 국민건강당을 밥맛으로 여기는 사람들은 너와 나뿐이 아니란다. 우린 다 함께 힘을 모아 맞서 싸울 각오를 하고 있다. 모든 걸 끝장낼 생각이란다. 적절한 때가 오면, 그때는 네 도움이 필요할 거야."

"뭐든 할게요. 말씀만 하세요."

"자, 이쪽으로 와보겠니? 여긴 바로……."

"블레이즈 씨."

헌틀리가 불쑥 말을 잘랐다.

"무슨 일이냐?"

"누군가 우릴 고발했겠죠? 그래서 할머니 가게를 도청한 거겠죠? 밀고자는 아주 가까운 사람, 우리가 아는 사람이겠죠?"

블레이즈 씨가 고개를 끄덕였다.

"아마 그럴 거다."

"꼭 밝혀내고 말 거예요. 스머저랑 바비 할머니를 배신한 사람이 누군지 꼭 알아낼 거예요. 그러면……."

블레이즈 씨가 근엄한 얼굴로 헌틀리를 바라보았다.

"그러면?"

질문이 낯설었다. 헌틀리는 거기까지는 깊이 생각해보지 않았다. 밀고자를 찾아낸다면, 그 다음엔 뭘 어떻게 할 것인가?

"모르겠어요."

아니, 어쩌면 알지도 모른다. 뭘 어떻게 해야 할지 정확히 알고 있을지도 모른다. 다만 인정하고 싶지 않을 뿐.

"헌틀리, 잘 들어라. 흔히들 복수는 달콤한 것이라고 하지. 하지만 절대 그렇지 않단다. 처음에는 달콤하겠지. 하지만 결국엔 그렇지 않아. 초콜릿은 달콤하지만 복수는 산성(酸性)이란다. 산에 닿으면 누구나 잡아먹히고 만다. 영혼을 부식시키니까. 명심해라."

"노력해볼게요, 블레이즈 씨."

그러나 그러겠다는 약속은 하지 않았다.

# 22장
## 재교육 수용소

● ● ●

경찰본부 건물은 춥고 음산했다. 어쩌면 국민건강당의 힘과 권위를 상징하기 위해 일부러 그렇게 지었을지도 모른다.

순찰차가 접근하자 육중한 정문이 열리고 차가 통과하자마자 곧바로 닫혔다. 마치 먹잇감을 집어삼키는 거대한 바다괴물 같았다.

스머저와 바비 할머니는 순찰차에서 내려 함께 끌려가다가 도중에 헤어져 각자 대기실로 이송되었다.

"난 밀폐된 공간에 알레르기가 있어요."

바비 할머니는 여죄수를 수용하는 14동으로 이송되는 도중 경찰대원을 향해 애원해보았다.

"죄를 저지르기 전에 밀폐된 공간에 갇힐 위험도 따져봤어야죠."

대원은 조금도 흔들리지 않고 차갑게 대꾸했다.

바비 할머니는 감방 안을 흘끔거리며 말했다.

"안에 누가 있는데요?"

"그럼 독방인 줄 알았수? 지금 특급호텔에 놀러 온 줄 아슈?"

"흥, 특급호텔 아닌 건 직원 수준만 봐도 알겠네."

대원이 감방 문을 쾅 소리가 나게 닫고 가버리자, 바비 할머니는 방 안을 천천히 뜯어보았다. 좁은 이층침대가 놓여 있었는데 침대 아래 칸에 수녀가 묵주를 들고 기도를 하고 있었다.

바비 할머니는 두 눈을 비볐다. 혹시 환상을 보고 있는 건가? 아무래도 충격이 컸던 모양이다. 그러나 다시 눈을 떠봐도 그 자리에 수녀가 앉아 있었다.

"안녕하세요?"

바비 할머니가 먼저 인사를 건넸다. 수녀는 약간 미안해하는 듯한 미소를 지었지만 말은 하지 않았다.

"침묵의 서약이라도 하셨어요?"

바비 할머니의 물음에 수녀가 고개를 끄덕였다. 겉모습은 꽤 젊어 보였다. 스무 살도 안 되는 것 같았다.

"초콜릿 금지법을 어겼어요?"

할머니가 묻자, 수녀는 다시 슬픈 얼굴로 고개를 끄덕였다.

"괜찮아요. 이 세상에 죄 없는 사람이 어디 있겠어요?"

수녀는 한 번 더 고개를 끄덕이더니 다시 묵주기도를 시작했다.

감방 안에는 의자도 하나 있고 작은 탁자도 하나 있었다. 바비 할머니는 의자에 앉아 벽 높은 곳에 뚫린 조그만 창문으로 들어오는 한 줄기 햇빛 아래 먼지가 부옇게 떠다니는 모습을 쳐다보았다.

저들이 질문을 던져도 대답을 하지 않을 방법이 필요하다. 대답을 못 하는 그럴싸한 이유가 있어야 한다. 아예 대답을 기대하지 못하게 만드는 방법.

뭐가 있을까?

할머니는 잠시 앉아 생각했다. 수녀의 손안에서 미끄러지는 묵주 소리 말고는 어떤 소리도 들려오지 않았다.

순간 좋은 생각이 떠올랐다. 나는 늙을 대로 늙은 할머니다. 가끔 정신줄을 놓은 노인들이 있지 않나. 이 나이에 제정신이 아니라면 다들 그러려니 할 것이다.

바비 할머니는 치매에 걸린 것처럼 굴기로 마음먹었다.


한편 스머저는 심문실로 끌려갔다. 감시용 카메라가 돌아가는 가운데 잠시 혼자 남겨졌다. 닫힌 공간에 홀로 놔두면 그만큼 마음을 졸이고 불안해하며 최악의 경우를 상상하게 만들 수 있다는 게 경찰의 생각이었다.

스머저는 최대한 침착하고 낙관적인 마음을 유지하려고 노력했다. 희망을 잃지 않게 최선을 다했다. 그러나 주변 분위기상 쉽지는 않았다.

한두 시간이 흐른 뒤 경감이 대원 한 명을 데리고 심문실로 들어왔다. 경감이 들고 온 초록색 서류철 위에 S. 무어라는 이름이 뚜렷이 씌어 있었다.

경감은 면담용 탁자의 맞은편에 자리를 잡았다. 의자는 바닥에 고정되어 있어서 움직이지 않았다. 경감은 서류철을 펼치더니 종이 한 장을 꺼내들었다.

"무어 군. 아주 유명한 밀거래자로군."

경감의 목소리에 비꼬는 기운이 가득했다.

"어디 살펴볼까? 본명은 스티븐. 다들 스머저라 부른다지?"

"친구들만 그렇게 불러요."

스머저가 역습을 감행했다.

"오호, 그래? 친구들이라면 정확히 누굴 말하는 거지? 네 친구들이 누군지 궁금하구나."

스머저는 골똘히 생각하는 척했다.

"특별한 이름은 생각이 안 나네요. 딱히 특별한 친구가 있는 건 아니거든요."

경감은 스머저를 바라보았다.

"잊어버렸다면 기억할 시간을 주도록 하지. 우린 시간이 아주 많으니까. 이 세상 시간은 모두 우리 것이거든. 원한다면 맘껏 사용해라. 질문에 대답할 때까지 넌 여기서 한 발짝도 나가지 못할 거야. 그러니 처음부터 다시 시작해볼까? 다시 한 번 묻겠다, 무어 군. 네 친구들의 이름이 뭐지?"

헌틀리가 집에 돌아왔을 때 집 안은 텅 빈 것처럼 고요했다. 아놀드 형은 돌아간 것 같았다. 그런데 엄마는 어디에 간 걸까?

"헌틀리!"

엄마는 집에 있었다. 깊숙한 팔걸이의자에 몸을 묻고 이어폰으로 좋아하는 클래식 음악을 듣고 있었다. 엄마는 헌틀리도 함께 클래식 음악을 좋아해주기를 기대했다. 그러나 헌틀리는 아무리 노력해도 오페라가 좋아지지 않았다.

"지금까지 어디 있다 온 거야? 넌 밖이 그렇게 좋니? 솔직히 말해 봐. 아놀드 형이 아무리 벽돌처럼 무딘 사람이라 해도 설마 눈치를 못 챘을 것 같아?"

"죄송해요, 엄마. 급한 일이 있었어요. 나중에 말씀드릴게요. 아놀드 형에겐 뭐라고 말씀하셨어요?"

"몸이 안 좋아서 이층에서 자고 있다고 했다. 그런데 대체 어딜 다녀온 거야? 무슨 일이 생겼기에 이렇게 늦게 왔어?"

모든 일이 낭패를 겪더라도 단 한 가지는 통할 수 있다. 그건 바로 정직이다.

"엄마, 스머저가 잡혀갔어요."

엄마가 자리에서 일어서더니 리모컨을 찾아 오디오를 껐다.

"그게 무슨 말이니?"

"스머저랑 바비 할머니가 끌려가 심문을 당하게 생겼어요."

"언제? 아니, 왜?"

"오늘 아침에요. 초콜릿을 만들었거든요. 그동안 초콜릿 밀거래를 했어요."

"뭐라고? 그런데 이 일하고 너하고 무슨 관계가 있니?"

"저도 함께 만들었어요. 저도 초콜릿 밀거래자예요."

"세상에! 말도 안 돼!"

"죄송해요, 엄마. 그저 초콜릿을 조금 만들었을 뿐이에요. 누구한테 해를 끼칠 생각은 없었어요."

엄마는 몹시 화가 나 있었다. 평소의 엄마는 의사답게 침착하고 자제력도 강한데, 헌틀리는 이런 엄마의 모습을 처음 보았다.

"해를 끼칠 생각이 없었다고? 두 사람이 체포됐어. 이보다 더 큰 해가 또 어디 있니? 너도 함께 체포될 뻔했다는 뜻이잖아!"

"예. 저도 그럴 뻔했어요. 아놀드 형 때문에 조금 일찍 나오지 않았다면 붙잡혔을 거예요."

"무슨 일을 벌이고 있는 줄은 이미 알고 있었다. 오래전부터 느끼고 있었어."

엄마는 방 안을 이리저리 돌아다니며 말했다.

"그냥 초콜릿을 조금 만들었을 뿐이에요."

헌틀리는 다시 한 번 말했다. 안 그래도 기분이 좋지 않은데 엄마의 반응을 보니 마음이 곤두박질치는 기분이었다.

엄마는 방 안을 오락가락하다가 머리끝까지 화가 치민 얼굴로 헌틀리를 노려보았다.

헌틀리는 식탁 앞에 앉아 두 손으로 머리를 감싸 쥐었다.

"죄송해요, 엄마."

문득 아들이 가여워진 엄마는 옆에 앉아 헌틀리의 어깨를 감싸 안았다.

"죄송할 일은 아니야. 네 잘못은 아니니까. 잘못한 건 부당한 법이지. 그런 법은 깨뜨려야 마땅하니까 넌 잘못이 없어. 그자들이 잘못한 거야. 잠깐만 혼자 있을 수 있겠니?"

"어디 가시려고요?"

"스머저의 부모님을 만나고 와야겠다. 곧 올게."


"이름을 대란 말이다!"

경감이 주먹으로 책상을 쿵 내리치며 고함을 질렀다. 입가에 거품이 묻어 있었다. 경감은 점점 자제력을 잃어가고 있었다. 조금 있으면 책상 말고 다른 곳을 향해 주먹을 휘두를지도 모른다.

"이름을 대란 말이야! 우린 이름이 필요해! 이름을 대! 고객의 이름! 공급자의 이름! 친구의 이름! 패거리의 이름을 대란 말이다!"

스머저는 임시방편이라도 제발 경감의 흥분을 가라앉힐 뭔가를 말하고 싶었다. 시간을 조금이라도 벌 수 있게 뭔가가 필요했다.

경감이 또다시 주먹으로 책상을 내리쳤다. 뼈마디가 하얗게 질리고 살갗은 충격으로 빨갛게 부어올라 있었다.

"제가 만약 이름을 대지 않으면……."

스머저의 말이 끝나기도 전에 문 두드리는 소리가 나더니 대원 한 명이 들어왔다.

경감이 화가 잔뜩 난 얼굴로 돌아보았다.

"무슨 일인가? 지금 바쁜 거 안 보여?"

"별일 없으십니까?"

대원은 다소 머뭇거렸다.

"무슨 별일? 대체 무슨 일인가?"

경감은 신경질적으로 받아쳤다.

"그냥 다른 죄수도 기다리고 있다는 말씀을 드리려고요. 2호실에 데려다놓았습니다."

경감은 스머저를 돌아보았다. 스머저는 살짝 시선을 피했다.

"좋아. 더 이상 건질 게 없겠어."

"이 녀석은 감방으로 데려갈까요?"

"그래."

경감의 얼굴에 냉혹한 미소가 번졌다.

"이송을 준비해라. 재교육수용소는 여기랑 달라서 꽤 마음에 들 거다."

경감은 몸을 숙이고 말했다.

"네 녀석의 건망증 치료에 큰 도움이 될 거야."

스머저는 어떤 감정도 내비치지 않으려고 애썼다. 눈조차 깜빡이지 않았다.

경감이 방을 나가자 스머저는 대원을 올려다보며 물었다.

"재교육수용소에서는 정확히 무슨 일을 하나요?"

"곧 알게 될 거다. 일어서라."


스머저가 단단해서 깨뜨리기 힘든 나무 열매임을 증명해 보였다면, 바비 할머니는 나름의 독특한 방식으로 깨뜨리기 힘들다는 사실을 증명해 보였다.

경감은 2호실에서 바비 할머니를 심문했다. 할머니는 탁자 앞에 구부정하게 앉아 잘 보이지도 않는 티끌 조각을 손가락으로 찔러대고 있었다.

"빙글빙글 돌아가네?"

할머니의 목소리는 유쾌하고도 발랄했다.

"먼지 부인이 돌아. 빙글빙글 돌아."

경감은 할머니 옆에 서 있는 여자 대원에게 어떻게 된 거냐고 묻는 표정을 지었다.

"감방으로 이송된 후부터 줄곧 이런 상태입니다."

여자 대원이 속닥거리며 덧붙였다.

"아무래도 고장이 난 것 같습니다."

"아니면 고장이 난 척하고 있든지."

경감이 바비 할머니 맞은편에 앉자, 바비 할머니는 경감을 올려다보고는 씩 웃었다.

"먼지 부인이야!"

할머니는 보이지 않는 먼지를 가리키며 말했다.

"그래요? 그럼 먼지 부인은 잠시 혼자 놀게 놔두고 우리에게 이름 몇 개를 알려주지 않겠소? 그 정도는 할 수 있겠죠?"

"이름?"

할머니가 말했다.

"이름이야 많이 알지. 먼지 부인도 나만큼 이름을 많이 알고 있어."

"좋소. 먼지 부인이 알고 있는 이름이 뭐요? 밀거래자들의 이름 말이오. 재료 공급자와 고객의 이름은? 먼지 부인도 그자들의 이름을 잘 알고 있겠죠?"

할머니는 탁자 건너편의 경감을 향해 씩 웃어 보이고는 손가락으로 탁자 위에 이런저런 모양을 그리기 시작했다. 기이하고도 복잡한 문양이었다.

"먼지 부인한테 물어보고."

"그러시든지."

할머니는 소리 없이 입만 달싹이면서 먼지 부인에게 뭔가를 물어보더니 손가락을 귀에 꽂고 대답을 듣는 시늉을 했다. 기묘하면서도 딱한 풍경이었다. 체포 당시 큰 충격을 받은 탓일 수도 있다고 경감은 생각했다. 이 정도 나이의 노인이라면 얼마든지 그럴 수 있다.

"먼지 부인이 뭐라고 말하던가요?"

할머니가 귀에서 손가락을 뺐다.

"먼지 부인이 아는 이름이 많대."

"그 이름을 말해주겠소?"

경감은 자기도 모르게 희망을 느꼈다. 미쳤거나 말거나, 이름이야 실수로라도 얼마든지 댈 수 있을 것이다.

"먼지 부인이 스머저래."

"그 이름은 우리도 이미 알고 있소. 또?"

경감이 다독이듯이 말했다.

"그리고 피터가 있대."

할머니가 진지하게 말했다.

경감은 얼른 그 이름을 받아 적었다. 피터. 이 녀석도 밀거래자일지 모른다. 더 많은 것을 알아내야 한다.

"피터의 성은 뭐요?"

"래빗."

"피터 래빗?"

"응. 피터 래빗!"

"피터 래빗? 그 토끼 녀석?"

"그래. 또 푸우도 있고 미키도 있고 미니도 있고 도널드도 있고 스누피도 있고, 또……."

경감의 인내심이 작은 나뭇가지처럼 뚝 부러져버렸다.

"당장 끌어내."

"신데렐라도 있고 돈키호테도 있고 슈렉도 있고 피오나 공주도 있고."

"당장 감방으로 끌고 가! 아무짝에도 쓸모없는 노인네야. 완전히 맛이 갔어! 한때는 정신이라는 게 있었는지 모르지만 지금은 완전히 정신줄을 놓아버렸어."

경감은 폭풍 같은 기세로 일어나 밖으로 나갔다. 제정신이 아닌 늙은이와 시간을 낭비할 여유가 없었다.

"이리 오세요. 감방까지 데려다드릴게요."

여자 대원이 측은하다는 듯 말했다.

바비 할머니는 친구를 남겨두고 가는 게 못내 서운한 사람처럼 머뭉거리며 천천히 일어났다. 다른 사람의 눈에는 보이지 않지만 탁자 위에 사는 아주 작은 친구를 남겨두고 가는 게 서글프다는 듯 자꾸만 멈칫거렸다.

"먼지 부인은 어떻게 해? 같이 가도 돼?"

"그럼요. 먼지 부인도 데리고 가세요."

대원이 고개를 끄덕였다.

"이리 와, 먼지 부인."

바비 할머니는 손가락 끝에 먼지 부인을 태우고 갔다.

감방을 향해 긴 복도를 따라가는 동안 바비 할머니는 먼지 부인에게 나지막이 말했다.

"먼지 부인, 저들이 당신을 미쳤다고 생각하거나 말거나, 그건 하나도 중요하지 않아. 어떤 정보도 내주지 않는 게 중요하지."

먼지 부인이 고개를 끄덕였다. 같은 생각인 것 같았다.

그렇다. 먼지 부인과 바비 할머니는 환상의 커플이었다.


스머저는 재교육수용소로 끌려가기 전 이발을 당했다.

의자에 가만히 앉아 있으려니 오래전 추억이 새록새록 떠올랐다. 이 모든 일이 처음 시작된 날의 기억이었다. 헌틀리와 함께 집으로 돌아가다가 초콜릿 탐지차 옆에서 제지를 당했던 날. 그날 경감은 경찰치과의사 이야기를 하면서 겁을 주었다. 그때 그가 뭐라고 말했더라?

"아주 훌륭한 치과의사지. 마취를 많이 하지 않거든."

그렇다면 국민건강당의 이발사 역시 상당히 비슷하겠군.

"아주 훌륭한 이발사지. 가위를 많이 쓰지 않거든."

경감의 비아냥거리는 소리가 들려오는 것만 같았다.

"면도기하고 이발기계만 사용하지. 머리카락을 몽땅 밀어버리니까."

곧 상상은 현실이 되었다. 귓가에서 이발기계가 웅웅거렸다. 두개골에 진동이 느껴질 정도였다. 치아까지 함께 웅웅거렸다. 얼마 지나지도 않았는데 모든 소리가 일제히 멈추었다.

"다 됐다."

무슨 심술인지 이발사가 거울을 가져와 뒤통수를 보여주었다. 뒤통수가 하얗게 드러나 있었다. 자기 딴에는 결과가 꽤 흡족했던 모양이다. 자기 솜씨를 보여주며 비틀린 쾌감을 느끼는지도 모른다.

하지만 스머저는 그렇게까지 기분이 나쁘지는 않았다. 머리가 짧아지고 뒤통수가 사포처럼 거칠어졌어도 전혀 위축되지 않았다. 머리카락이야 다시 자라면 그만이니까. 지금 걱정되는 건 과연 재교육수용소라는 곳에서 어떤 일이 자신을 기다리고 있을까, 바로 그것이었다.

혹시 모자를 줄까? 머리카락이 없어지니 놀랄 정도로 추웠다.

강제 이발 후에는 목욕시간이 기다리고 있었다. 스머저는 작은 비누 조각을 받아들고 칸막이가 쳐진 샤워장으로 들어갔다. 스머저는 씻을 수 있게 되어 기뻤다. 잘린 머리카락이 자꾸만 목 뒤로 흘러내려 성가셨기 때문이다.

목욕을 마치고 나오자 원래 입고 있었던 옷은 감쪽같이 사라지고 그 자리에 전형적인 죄수복이 기다리고 있었다. 면내의에 진한 푸른색 윗도리와 바지였다. 불편해 보이는 장화도 한 켤레 있었다.

스머저는 옷을 갈아입고 가만히 서서 누군가 오기를 기다렸다. 내 것도 아니고 내가 고른 것도 아닌 옷을 입고 있으려니 기분이 묘했다. 자아를 상실하고 삶에 대한 통제력까지 완전히 잃어버린 사람이 된 것 같았다.

복도를 따라 발소리가 울리더니 이송을 책임진 대원이 나타났다.

"왼발, 오른발! 왼발, 오른발!"

대원이 버럭 소리를 질러댔다.

이 대원은 왜 '왼발, 오른발'을 반복해서 외쳐야 한다고 생각하는지 궁금했다. 다르게 걸을 수도 있나? 오른발, 오른발! 왼발, 왼발! 이렇게 걷는 것도 가능하냔 말이다. 어차피 왼발 오른발, 혹은 오른발 왼발로 걸어야 하는 거 아닌가?

두 사람은 행진을 하며 복도를 지나 드디어 휘황찬란한 햇빛이 쏟아지는 모퉁이를 돌았다. 검문소였다.

"수감번호 1571. S. 무어. 재교육시설로 이송 중입니다!"

"여기 서명하십시오. 버스가 기다리고 있습니다."

대원은 스머저를 데리고 별 특징 없는 회색 버스가 서 있는 곳으로 갔다.

"타라."

스머저는 버스에 올라탔다. 다른 죄수들이 여럿 타고 있었다. 대부분 또래나 좀 더 나이가 많은 남자아이들이었지만, 어른들도 있었다. 이십대와 삼십대가 조금 있었고 사십대와 오십대도 보였다. 밀거래는 모든 연령대의 사람들에게 활짝 열려 있는 직종인가 보다. 아무리 범죄라고 해도 말이다.

그리고 바비 할머니가 보였다. 할머니는 뒷자리에 앉아 스머저를 바라보고 있었다. 그 옆에는 말없이 기도문만 중얼거리는 수녀가 앉아 있었다.

바비 할머니는 다행히 원래 머리카락을 그대로 간직하고 있었다. 할머니가 고개를 들었다. 처음에는 스머저를 못 알아보는 것 같았다. 그러나 스머저는 할머니가 주먹을 움켜쥐는 것을 보았다. 가공할 만한 적을 향해 맞서 싸우자는 의지의 표현이었다. 반역자들의 범세계적인 상징이었다. 스머저는 빙그레 웃으며 주먹을 움켜쥐고 조금 들어 보였다. 무슨 일이 생겨도 영혼만은 무너지지 않겠다는 의지를 할머니에게 보여주고 싶었다.

"너! 앉아! 뭘 꾸물대고 있나?"

스머저는 자리에 앉았다. 곧 버스가 출발했다. 전류가 통하는 철문이 버스 뒤에서 윙하고 닫혔다. 버스가 눈에 익은 시내를 지나갔다. 얼마 전까지만 해도 지극히 평범해 보였던 것들을 향해 새삼스레 애정이 샘솟았다.

곧 시내 풍경이 끝나고 고층아파트가 늘어선 주택가가 나왔다. 이어서 연립주택이 줄을 이루고 있는 교외지역의 풍경이 나타났다. 거의 모든 정원에 국민건강당의 깃발이 나부끼고 있었다. 연립주택단지가 사라지자 버스는 기하학적인 모양으로 고랑을 이루어 싹을 틔우고 있는 질척질척한 감자밭을 지나갔다.

잠시 후 버스는 언덕길을 올랐다. 이제 주변 풍경은 쓸쓸한 바람만 불어오는 황무지로 바뀌었다. 히스 풀과 고사리만 간간이 자라는 황폐한 땅에 겁먹은 양 떼가 언덕 사면을 종종걸음으로 올라가고 있었다.

드디어 목적지에 도착했다. 황량한 재교육수용소의 윤곽이 시야에 들어왔다. 강아지조차 당장 우울증에 걸려 가까운 절벽에서 뛰어내리고 싶게 만들 만한 곳이었다.

정문을 지키고 서 있던 보초병이 버스를 세우고 운전수로부터 서류를 넘겨받아 잠시 살펴보았다. 이윽고 버스가 정문을 통과했다. '재교육시설-입구' 라고 쓰인 건물 앞에서 버스가 멈추었다. 운전수가 앞문을 열어주자 경비병이 올라탔다.

"몇 명이나 되지?"

"남자 열일곱, 여자 다섯입니다. 한 명은 노인입니다. 모두 위험도 중급이고 딱 한 사람만 위험도 상급입니다."

"그게 누구지?"

운전수가 턱짓으로 스머저를 가리켰다.

"저 녀석입니다."

경비병이 고개를 돌려 스머저를 보았다.

"좋아. 너! 먼저 내려. 빨리!"

스머저는 자리에서 일어나 버스 앞문을 향해 걸어갔다. 내리는 도

중 계단 맨 위 칸에서 잠시 걸음을 멈추고 수용소를 둘러보았다. 건물도 하늘도, 심지어 땅조차 온통 회색으로 칠해놓은 것 같았다. 언덕에서 바람이 사납게 불어닥쳤다. 나무 한 그루도 보이지 않았다. 이토록 황량하고 음울한 장소는 난생처음 보았다.

경비병도 스머저의 마음을 읽은 모양이었다.

"어서 와라. 여긴 오래도록 즐거운 너의 집이 되어줄 것이다. 환영회가 기다리고 있으니 빨리 움직이도록. 속도 두 배!"

경비병이 몽둥이로 등을 쿡 찌르는 바람에 스머저는 계단에서 아래로 굴러 떨어지고 말았다. 정강이뼈가 아스팔트 바닥에 부딪히면서 소름끼치는 고통이 찾아왔다. 뼛속 깊이 통증이 번졌다. 금세 눈물이 차올랐다. 그러나 애써 고통도 눈물도 삼켜야 했다.

절대로 고통을 내비치지 말자. 저들이 날 아프게 했다는 사실을 알리지 말자. 그래야만 살아남을 수 있다.

# 23장
# 프랭키 크롤리

● ● ●

헌틀리는 교실 안 제자리에 앉아 있었다. 로스 선생님의 말에 귀 기울여보려 했지만 전혀 집중이 안 되었다. 마음이 들판에 풀어놓은 야생동물처럼 마구 날뛰며 돌아다녔다. 그 마음이 멈추는 곳은 오직 한 자리, 스머저의 자리였다.

헌틀리는 교실 안을 둘러보았다. 로스 선생님이 칠판에 표 하나를 새로 그리자 학급 아이들은 모두 필기하느라 바빴다. 그 사이로 스머저의 빈자리가 눈에 들어왔다.

이번에는 데이브를 자세히 살펴보았다. 겉으로 보기엔 아무렇지도 않았다. 다른 친구들과 다름없이 부지런히 필기에 집중하고 있었다. 그러나 데이브가 아니었다. 재교육수용소에서 학교로 돌아온 이후 단 한 번도 예전의 데이브인 적이 없었다. '재활'이라는 이름의 끝없이 힘겨운 나날을 보내고 돌아온 데이브는 어느 부분인가가 심각하게 망가지고 파괴되어 있었다.

지금 이 순간 스머저 역시 그런 나날을 보내고 있겠지?

스머저는 어떻게 될까? 스머저를 스머저답게 만드는 특징, 희망과 투지와 열정과 활력으로 가득 찬 그 특징은 어떻게 될까? 스머저도 데이브 쳉처럼 될까?

"헌틀리."

"예, 선생님."

"집중하고 있는 거니?"

"예."

"그렇게 보이도록 노력해봐."

로스 선생님이 다시 칠판을 향해 돌아섰다. 선생님은 진심으로 헌틀리를 걱정하고 있었다. 그는 모범생이었다. 성적이 B 이하로 내려간 적이 단 한 번도 없었다. 그런데 지금 그는 달라져 있었다.

헌틀리는 필기를 시작했다. 그러나 마음이 또다시 갈팡질팡 헤매기 시작했다. 밀고자는 누구일까? 그는 프랭키 크롤리의 얼굴을 흘끗 보았다. 아무래도 프랭키와 이야기를 좀 해봐야 할 것 같다. 적당한 기회를 찾아야지.

그날 오후 드디어 기회가 왔다. 헌틀리가 느릿느릿 공원을 가로질러 집으로 가고 있는데, 마침 축구장에서 청소년선도단이 훈련을 하고 있었다.

헌틀리는 어린 시절 스머저와 함께 탔던 낡은 시소 위에 앉아서 행진이 끝나기를 기다렸다. 얼마 뒤 프랭키가 해산을 선언하자 대열이 순식간에 흩어지면서 삼삼오오 짝을 지어 각자 집으로 향했다. 청소년선도단답게 질서정연하고 깔끔했다.

프랭키는 뒤에 남아 머틀 퍼킨스와 함께 잠시 선도단 운영에 관한 이야기를 나누었다. 머틀은 알았다는 뜻으로 고개를 끄덕이더니 몸을 돌려 집으로 향했다. 혼자 남은 프랭키는 잠깐 동안 반듯이 서서 제복의 주름을 펴고 소매에 붙은 보푸라기를 하나하나 잡아뗐다.

이제 헌틀리의 차례였다.

"프랭키! 할 말이 있어."

프랭키가 토끼처럼 깜짝 놀란 눈을 하고 불안하게 주위를 살폈다.

"기다려! 내가 그쪽으로 갈게."

프랭키는 그제야 헌틀리를 알아보았다. 무슨 변명을 늘어놓아도 헌틀리는 자기 말을 믿어주지 않을 것이다. 결국 프랭키는 토끼처럼 달아나기 시작했다.

"프랭키! 거기 서! 당장!"

프랭키는 자기가 어디로 향하고 있는지도 몰랐다. 숨이 차올라 폐가 아플 지경이었지만 멈출 수는 없었다. 잠깐 뒤를 돌아보니 헌틀리가 점점 가까워지고 있었다. 이제 남은 방법은 오직 하나, 달릴 수 없다면 숨어야 한다. 그런데 어디에 숨지?

프랭키는 공원을 벗어나 잡목이 우거진 덤불숲으로 들어가 오솔길을 내달렸다. 진흙을 밟는 바람에 하마터면 미끄러져 넘어질 뻔했지만 가까스로 중심을 잡고 계속 달려갔다.

*어디로 숨어들지? 어디에? 어디에?*

그때 구원의 손길이 나타났다. 더 이상 사용하지 않는 옛 철길 터널이었다. 어둠만 가득한 곳, 온갖 틈새와 구멍과 기둥이 가득해 완벽하게 몸을 숨길 수 있는 곳이었다.

프랭키는 얼른 터널 속으로 뛰어들었다. 터널은 금세 발소리마저 집어삼켰다. 용의 입속으로 뛰어든 느낌이 들었다.

헌틀리도 덤불숲의 오솔길 끝에 다다랐다. 숨을 헐떡이며 프랭키가 어느 쪽으로 갔을지 가늠해보고 있을 때, 자갈을 밟는 구둣발소리가 희미하게 들려왔다. 아주 먼 곳에서 들려오는 소리였다.

터널이다! 틀림없다. 거기 말고는 달리 갈 곳이 없다. 하늘로 날아가지 않았다면 터널로 간 게 맞다.

헌틀리는 어둠에 눈이 익기를 기다리며 천천히 터널 안으로 들어갔다. 프랭키가 터널 안에 있다면 독 안에 든 쥐나 마찬가지다. 터널 반대편 끝은 몇 해 전 바위가 무너져내려 막혀버렸기 때문이다.

*동네 사람들은 다 아는 사실인데, 프랭키 넌 몰랐던 거냐?*

헌틀리는 터널 안으로 점점 더 깊숙이 들어갔다. 더 이상 뭘 어떻게 해야 한다는 생각이 들지 않았다. 그저 본능적으로 움직일 따름이었다.

"프랭키!"

*나는 고양이, 너는 쥐다. 넌 숨어라. 난 술래다. 반드시 널 찾아내주마.*

"프랭키!"

아무 소리도 들려오지 않았다. 그러나 소리 대신 공포가 느껴졌다. 어둠 속의 공포, 기둥 뒤에 숨어 있는 자의 공포가 고스란히 느껴졌다.

헌틀리는 계속 앞으로 나아갔다. 천장에서 물방울이 똑똑 떨어졌다. 퐁당 퐁당 퐁당, 웅덩이에 떨어지는 물방울 소리가 마치 음악 같았다.

"프랭키! 네 짓이지? 네가 스머저랑 바비 할머니를 고발했지? 나도 잡혀갈 뻔했어. 모든 게 네가 벌인 짓이야."

그러나 아무 대답도 들려오지 않았다. 헌틀리는 걸음을 멈추고 무슨 소리라도 들려오지 않을까 싶어 가만히 귀를 기울였다. 순간 뭔가 움직이는 소리가 들려왔다.

이 세상에 영원히 움직이지 않는 사람은 없다. 아주 작은 움직임이라도 있기 마련이다. 오랫동안 같은 자세로 불편하게 서 있던 사람이 잠시 몸을 뒤척거리는 소리가 났다. 자갈이 와글거렸다. 저기다! 왼편, 벽돌로 쌓은 기둥 뒤에, 누가 있었다.

헌틀리는 다시 가만가만 앞으로 움직였다.

프랭키는 최대한 움직이지 않으려고 애쓰며 서 있었다. 악운을 막고 싶은 마음에 손가락으로 십자가 모양도 만들어보았다.

"프랭키."

"내가 한 짓이 아니야, 헌틀리."

헌틀리는 계속 앞으로 나아갔다. 겨우 몇 발짝 떨어진 곳에 프랭키가 서 있었다.

"내가 다 설명할게, 헌틀리."

"아, 그래? 넌 원래 설명에 소질이 있긴 하지. 그뿐이냐? 배신도 염탐질도 엄청 소질 있지. 뭐, 그리 뛰어나진 않지만."

헌틀리는 한 발짝 더 앞으로 갔다. 생각이라는 것은 이미 멈춘 지 오래였다. 양심도 감정도 느껴지지 않았다. 상대는 친구를 배신한 녀석이다. 이제 할 수 있는 일은 단 한 가지. 여긴 쥐새끼 말고는 보는 사람도 없다.

"나 아니야, 헌틀리. 정말 아니야."

그래, 프랭키. 겁이 나겠지.

"헌틀리, 제발."

"밀고를 하고 심문을 당하게 만들고, 모두 네 짓이지?"

"아니야. 그런 게 아니야. 그들이 시킨 거야. 난 어쩔 수 없었어."

헌틀리는 잠시 멈칫했다. 이게 무슨 뜻일까? 어쩔 수 없었다니? 선택은 언제나 자신이 원할 때 하는 게 아니던가?

"형이 붙잡혀 있어."

형이라고? 프랭키한테 형이 있다고? 아니다, 아니야. 형이 있긴 했다. 나이차가 많이 나는 형이 하나 있었다. 크롤리 집안에서 쉬쉬하며 비밀에 부치는 자식으로, 그리 명예롭지 못한 일에 연루되어 오래전 집을 나갔다. 보나마나 어딘가에서 그렇고 그런 일을 하며 살아가고 있을 것이다.

"거짓말하지 마!"

어쩌면 암시장에서 불법 상품을 거래하고 있을지도 모른다.

"거짓말 아냐!"

아니면 초콜릿 밀거래자로 일하고 있거나.

"형은 남들보다 일찍 잡혀갔어. 그 뒤로 줄곧 재교육수용소에 갇혀 있어. 내가 협조하면 형을 편하게 해준다고 했어. 더 이상 혐오치료법을 쓰지 않겠다고 약속했단 말이야. 정말이야. 믿어줘."

헌틀리는 망설였다. 마음속에 의문이 생겨났다. 의문이나 불신이야말로 국민건강당이 싫어하는 것들이었다. 국민건강당은 매사를 확신으로 무장했다. 언제나 자신들의 대의명분이 옳다는 생각으로 똘똘 뭉쳐 있었다. 의문과 불신은 아직도 인간성에 손상을 입지 않은 소수, 남을 가엾게 여기는 마음을 품고 있는 소수, 일말의 동정심마저 잃지는 않은 소수의 몫이었다.

"네가 지금 무슨 거짓말인들 못 둘러대겠냐?"

"사실이야. 그러니까 때리지 말아줘. 방금 한 말은 모두 사실이야. 형이 걸려 있는 일인데 너라면 어떻게 했겠냐? 만약 엄마가 잡혀갔다면, 아니 스머저가 잡혀 있다면 어떨 것 같아?"

그건 알 수 없다. 나라면 어떻게 했을까?

"미안해, 헌틀리. 정말 어쩔 수 없었어."

헌틀리는 부끄러운 마음이 들었다. 머릿속에 엄마의 목소리가 울리는 것만 같았다. *"어떤 경우라도 폭력을 휘둘렀다면 변명의 여지가 없단다, 헌틀리."* 엄마의 주장에 동의할 수 있는지는 확실치 않았다. 그때 아빠의 목소리가 들려왔다. 아주 오래전의 기억이지만 여전히 또렷이 남아 있었다. *"한 사람이 어떻게 살아왔는지는 누구도*

완전히 알 수 없단다. 그러니까 타인을 너무 성급하게 판단해서는 안 돼. 그 사람의 입장이 되어보지 않고서는 함부로 말할 수 없는 법이야."

"이리 나와. 같이 가자."

헌틀리가 말했다.

그들은 아무 말 없이 터벅터벅 터널 밖으로 걸어갔다. 햇빛 아래에 나와서야 헌틀리는 프랭키를 바라보았다. 얼굴이 하얗게 질려 있고 셔츠도 비뚤어져 있었다. 헌틀리가 화가 치밀어 올라 와락 붙잡았을 때 그렇게 된 모양이었다.

"꼴이 엉망이야, 프랭키. 집에 가기 전에 매무새부터 고치고 가는 게 좋겠다."

"네가 내 셔츠를 잡아 뜯었잖아."

그들은 공원을 가로질러 정문 앞에서 아무 말 없이 헤어졌다. 달리 할 말도 할 일도 없었다.

지금으로서는 그랬다.

용서도 있어야 하는 거라고 헌틀리는 생각했다. 용서가 없다면 이 세상에 전쟁과 고통은 끝이 나지 않을 것이다. 그러므로 반드시 용서라는 게 있어야 한다.

그러나 모든 걸 잊어야 한다는 뜻은 아니다.

# 24장
## 재교육, 그리고 석방

● ● ●

이곳은 시간이 다르게 흘러갔다. 제17재교육수용소의 일주일은 다른 곳의 6개월 혹은 1년과 맞먹었다. 1년어치의 비참한 불행과 같았다.

새벽 다섯 시면 일어나 정신을 차려야 했다. 그러나 정신을 차리는 건 고사하고 일어나는 것만도 끔찍하게 하기 싫었다.

일어나 정신을 차리자마자 곧바로 침대 정리를 해야 했고 곧 침대점검시간이 찾아왔으며 그릭슨 대원이 침대를 검사한답시고 마구 헤집어놓기 때문에 다시 침대를 정리하는 시간이 이어졌다.

이제 아침을 먹겠구나 생각할 무렵 느닷없이 10킬로미터 달리기 시간이 찾아왔다. 비가 오나 눈이 오나 상관이 없었다.

달리기가 끝나면 차가운 물로 샤워를 했다. 그리고 나서야 드디어 아침식사시간이 찾아왔다. 인기 배우가 총출동하는 끝내주는 국민건강 아침식사였다. 자두와 자두주스와 말린 자두를 곁들인 시리얼과 식이섬유가 듬뿍 든 토스트와 무설탕 과일절임으로 거하게 차려진 아침식사였다.

아침식사 후에는 주입교육시간이었다. 물론 실제로 주입교육이라고 부르지는 않았다. 그냥 '교육'이라고만 불렀다. 주입교육과 교육의 차이는 뚜렷하지만 국민건강당은 그 경계선을 깡그리 무시했다.

교육의 요점은 항상 똑같았다. 국민건강당은 뭐든 만능이라는 내용이었다. 국민건강당은 진심으로 국민을 위하는 당이므로 모든 중요한 결정권을 국민 대신 행사하는 게 당연하다는 것, 특히 국민이 무엇을 먹고 마시고 어떤 행동을 해야 하는가에 이르기까지 모두 당이 결정한다는 것이었다.

교육은 오후까지 계속되었다. 그리고 점심시간이 찾아왔다. 콩 요리와 함께 몸에 좋다는 후식이 딸려 나왔는데 주로 자두였다.

그리고 살육이 시작되었다.

엄밀하게 따지면 단어 뜻 그대로의 살육은 아니었지만 참고 견뎌내야 하는 수준으로 보면 살육이 맞았다. 점심식사가 끝나고 '활동' 시간이 찾아왔는데 이 활동이라는 게 주로 장거리 행군, 그것도 묵직한 배낭을 지고 가는 완전군장행군이었다. 이 모든 게 '인성 형성'을 위한 거라고 했다.

"난 인성을 형성한 지 오래야."

스머저는 축축한 가시덤불을 헤치고 나아갈 때나 질퍽질퍽한 진흙을 밟고 지나갈 때면 이렇게 중얼거리곤 했다.

그렇다. 스머저의 인성은 이미 오래전에 형성되었다. 그러나 국민건강당이 원하는 종류의 인성은 아니었다. 국민건강당은 스머저에게 다른 종류의 인성을 강요했다. 스머저가 아닌, 그들에게 잘 어울리는 인성이었다.

그 밖에 다른 활동으로는 비탈진 산을 넘어가기나 군대 훈련소 방문, 실제 군사훈련, 화장실 청소, 유리창 닦기, 막사 페인트칠하기, 잔디 깎기, 잡초 뽑기, 거름 주기, 장작 패기 등이 있었다. 무거운 짐을 지고 운동장 한쪽 끝에서 반대편까지 달려갔다 다시 제자리에 갖다놓기를 무한 반복하기도 있었다.

다음으로 '개별 평가' 시간이 이어졌다. 개별 평가는 다른 말로 '담당자 마음대로 하기'와 같았다. 순식간에 석방이 결정되어 10분 안에 소지품을 챙겨 집으로 돌아갈 수도 있었고 초콜릿 혐오치료법을 받으러 갈 수도 있었다.

저녁식사를 마치고 나면 공부와 숙제를 하는 시간이었다. 텔레비전이나 영화를 볼 수도 없었고 어떤 종류의 오락도 없었다. 오직 국민건강당이 제공하는 책만 읽을 수 있었고 국민건강만화책만 볼 수 있었다.

취침시간은 일찍 왔다. 그리고 미처 깨닫기도 전에 또다시 새벽 다섯 시가 찾아왔다. 다시 일어나 정신을 차리고 침대 정리를 하고 침대 헤집기를 하고 또다시 침대 정리를 하며……

그렇게 시간이 흘러갔다.

바비 할머니는 하루나 이틀 정도 재교육수용소에 수감되어 있다가 아주 그럴듯한 치매 시늉 덕분에 석방이 결정되었다. 다만 원래의 집이 아니라 국민건강당이 설립한 양로원의 뇌질환병동으로 이송되었다.

양로원에 들어간 할머니는 하루 종일 뜨개질을 하거나 바구니를 만들며 보냈다. 혹시 자해를 하거나 다른 사람을 다치게 할까 봐 뜨개바늘은 끝이 뭉툭하고 부드러운 플라스틱 바늘을 썼다. 그 밖에 다른 활동으로는 텔레비전 보기나 벽 보고 앉아 있기 등이 있었다. 벽 보고 앉아 있기는 여가활동 중에서 꽤 인기가 있었기 때문에 바비 할머니는 뭐가 그렇게 재미있는지 보려고 즉시 참가해보았다.

하지만 막상 해보니 별 재미가 없었다. 벽을 보고 가만히 앉아 있으니 이곳에서 빠져나가려면 어떻게 하면 좋을지 자꾸만 벽에 대고 물어보게 되었다.

그러나 벽은 아무 대답도 해주지 않았다. 할머니는 이따금씩 창밖을 바라보며 같은 질문을 던져보았다. 창밖을 내다보면 혹시 아는 얼굴이 보이지 않을까 내심 기대가 되었다. 혹시 헌틀리나 스머저, 블레이즈 씨가 구하러 오지는 않을까?

그렇게 며칠이 지났다. 세상은 변해갔고 국민건강당이 온 세상을 장악한 것처럼 보였다. 텔레비전 뉴스 속보는 죄다 초콜릿 밀거래 소굴이 적발되고 파괴되었으며 밀거래자들이 재교육수용소로 끌려갔다는 소식들로 도배되었다.

저녁이면 청소년선도단이 시내 광장에 모여 '자발적으로' 국민건강당가를 불렀다.

국민을 위하는 국민건강당.
현명하고 진실한 국민건강당.
국민에게 최선을 안겨주리라.
알아서 척척척 안겨주리라.
먹을 것 마실 것 고민 말아요.
가만히 앉아서 기다리세요.
우리가 알아서 알려드려요.
국민을 위하는 국민건강당.

시민들도 노래를 따라 부르고 마지막 구절에서는 다 함께 환호성을 지르기도 했다. 가사의 뜻을 수긍하지 않는 사람은 없어 보였다. 반역자의 성향을 지닌 이들은 벌써 재교육수용소로 거의 다 끌려갔고 그곳에서 생각을 고쳐먹도록 교육받고 있었다. 이제 반기를 들고 나설 사람은 남아 있지 않았다.

아니, 어쩌면 극소수의 사람들이 남아 있을지도 모른다. 이를테면 유리창 청소에 관심을 보이는 사람들, 몸을 한껏 낮추고 때를 기다리고 있는 사람들이 있을지도 모른다.

"엄마······."

"왜 그러니, 카일리?"

"스머저 오빠는 언제 집에 와?"

"곧 올 거야."

"지난주에도 곧 온다며?"

"그래."

"그 전주에도 그랬고 또 그 전주에도 그랬어."

"알아, 카일리. 하지만 오늘은 아빠가 오빠를 데리러 갔잖아. 금방 올 거야. 정말이야."

카일리는 스머저가 그리웠다. 누가 뭐래도 하나밖에 없는 오빠였다. 하지만 그것만이 유일한 이유는 아니었다. 스머저는 언제나 카일리에게 잘해줬다. 또 초콜릿도 주었다. 스머저가 가버린 뒤로는 초콜릿을 구경도 못 했다. 오빠가 돌아오면 다시 초콜릿을 먹을 수 있게 될지도 모른다.

드디어 스머저가 왔다. 아빠의 밴이 앞마당에 멈춰 서고 아빠와 스머저가 차에서 내렸다. 엄마는 한순간 스머저를 알아보지 못했다. 머리가 너무도 짧게 잘려 있었다. 훨씬 야위었고 키는 더 커졌다. 그 사이 훌쩍 자란 것 같았다. 엄마와 카일리는 스머저를 향해 달려갔다. 카일리가 먼저 앞마당을 내달렸다.

"오빠! 오빠!"

그러다 카일리가 불쑥 걸음을 멈추었다.

"오빠! 대머리가 되었잖아!"

스머저의 얼굴이 살짝 일그러지며 슬픈 미소가 번졌다.

"카일리, 잘 있었어? 걱정을 너무 했더니 대머리가 돼버렸어."

"그럼 계속 대머리로 살아야 돼?"

"아냐. 머리는 금세 다시 자라. 엄마, 저 왔어요."

"어서 와라, 스머저. 우리 아들, 잘 지냈니? 몸은 괜찮아?"

"자, 들어가서 이야기합시다."

아빠가 말했다.

스머저는 잠시 멈칫했다. 고개를 들고 이층의 제 방 창문을 올려다보았다. 거기 뭐라도 보이는 것처럼 눈을 갸름하게 뜨고 쳐다보았다. 어쩌면 햇빛에 눈이 부셨는지도 모른다.

"스머저."

"예, 가요, 아빠."

다 함께 부엌 식탁에 둘러 앉아 차를 마시며 이야기를 나누었다. 예전 모습과 변함이 없었다. 다만 스머저가 조금 다르게 보일 뿐이었다. 말수가 적어졌고 수줍어했으며 재교육수용소 이야기만 나오면 머뭇거렸다. 수용소 생활을 물어보면 그냥 "그리 나쁘진 않았어요"라거나 "견딜 만했어요"라고만 대답했다.

카일리가 마당에 새로 생긴 그네를 밀어달라며 스머저의 손을 잡아끌었다. 낡은 타이어를 나뭇가지에 매어놓은 그네였다. 카일리는 새 그네가 너무 자랑스러워서 빨리 오빠에게 보여주고 싶었다.

"나중에, 카일리. 나중에 밀어줄게. 오빠는 지금 좀 쉬고 싶어. 방에 가서 책도 읽고 음악도 듣고, 그러고 싶어."

카일리는 잔뜩 풀이 죽어 위층으로 올라가는 스머저의 뒷모습을 바라보았다.

"카일리, 오빠는 나중에 놀아줄 거야. 지금은 집이 조금 낯선 모양이야. 이제 돌아왔으니 차차 익숙해지겠지."

엄마가 카일리를 달래주었다.

"엄마……."

카일리가 말했다.

"조금만 참아, 카일리. 누구나 당연히 너랑 놀아줘야 하는 건 아니잖니."

"그 이야기가 아니야. 스머저 오빠 말이야."

"오빠가 왜?"

"오빠가, 오빠가 아닌 것 같아. 예전의 오빠가 아니야."

엄마는 컵을 씻으러 싱크대로 갔다. 카일리의 말이 옳았다. 스머저는 더 이상 예전의 그 애가 아니었다. 불꽃처럼 튀어 오르던 활기가 죽어버린 것만 같았다. 눈빛이 음울했고 뭔가에 사로잡혀 있는 사람 같았다. 재교육수용소에서 무슨 일을 당한 게 틀림없었다.

엄마는 스머저가 옛 친구를 만나면 혹시 기분전환이 되지 않을까 생각했다. 헌틀리가 떠올랐다. 엄마는 당장 수화기를 집어 들었다.


"예, 아주머니. 알겠어요. 지금 바로 갈게요. 알려주셔서 고맙습니다. 30분이면 도착할 거예요."

헌틀리는 수화기를 내려놓았다. 통화하는 내내 엄마가 옆에서 듣고 있었다.

"스머저가 돌아왔대요. 가봐야겠어요."

"그럼, 그래야지."

헌틀리는 잠시 머뭇거렸다.

"기분이 좀 이상해요. 뭐라고 말해야 할지 모르겠어요. 그러니까, 스머저가, 만에 하나 스머저가, 살아남지 못했으면 어떡하죠? 다른 사람은 몰라도 스머저만은 반드시 견뎌낼 거라고 입버릇처럼 말했지만, 만약 견뎌내지 못했다면, 그럼 어떡해요?"

"만약 그렇다면, 그럴수록 친구가 절실히 필요하지 않겠니?"

헌틀리는 고개를 끄덕였다.

헌틀리는 자전거를 타고 스머저의 집으로 갔다. 자전거를 세우고 부엌문을 두드리자, 스머저의 엄마가 문을 열어주었다.

"스머저는 이층에 있어."

"좀 어때요?"

"예전의 모습이 아니란다. 거의 말을 하지 않아. 널 만나면 기분이 조금 나아질지도 모르지. 어서 올라가 보렴."

헌틀리는 최악의 상황에 대비해 마음을 단단히 먹고 위층으로 올라갔다.

"스머저?"

"들어와."

헌틀리는 스머저의 달라진 겉모습을 보고 깜짝 놀랐다.

"안녕."

"안녕."

뭐라고 말해야 할지, 뭘 어떻게 해야 할지 알 수가 없었다. 모든 게 이상하고 어색하게 느껴졌다. 예전의 분위기가 아니었다.

헌틀리는 의자 한 귀퉁이에 어색하게 앉았다.

스머저는 탁자 앞에 앉아서 교과서를 들여다보고 있었다.

"학교 공부가 많이 뒤처져서 책 좀 보고 있었어."

"아, 그래."

스머저가 메모장 위에 뭔가를 쓰기 시작했다.

"뭔가 생각났는데 잊기 전에 써놓으려고."

"그래."

아무 소리도 들리지 않았다. 침묵이 묵직한 먹구름처럼 방 안을 짓누르고 있었다. 종이 위에 펜이 스치는 소리를 빼고는 방 안에 있는 모든 것을 집어 삼킬 것같이 답답한 침묵이었다.

헌틀리가 헛기침을 했다.

"머리를, 잘랐구나."

"금방 자라."

"네가 당한 일은 정말 유감이야, 스머저."

"말하지 마."

"그리고 말하지 않아서 정말 고마워, 내 이······."

스머저가 잔뜩 화난 얼굴로 몸을 홱 돌렸다.

"아무 말도 하지 말랬지!"

"하지만 난 말해야겠어."

"하지 마!"

헌틀리는 이해할 수 없었다. 스머저에게 무슨 일이 벌어진 걸까? 뭐가 잘못된 걸까? 당국에 이름을 말하지 않아서 고맙다는 말을 하고 싶었을 뿐이다. 스머저가 아니었다면 자신도 체포되었을 것이다. 그래서 감사의 뜻을 전하고 싶었을 뿐이다. 그게 잘못일까?

"스머저, 괜찮아? 무슨 일이 있었던 거야? 어떻게 견뎠어? 혐오치료법에 대한 소문들이 모두 사실이었니?"

"그 이야기는 하고 싶지 않으니까 그만둬."

헌틀리는 마음이 편치 않았다. 스머저는 변해 있었다. 마음속 깊은 곳에 자리한 기본까지 달라져 있었다. 스머저의 중요한 핵심인 도전정신, 저항의식, 불의를 향해 맞서는 투지가 꺼져 있었다. 타다 남은 재가 점점 희미해지듯 스머저의 마음속도 결국 어둠에 자리를 내주고 말았다.

"바비 할머니 소식은? 뭐 들은 이야기 없어?"

없다. 아무것도 없다. 예전의 분노도, 예전의 불길도 이제는 없다.

"미안. 난 모르겠어."

"여기 오는 길에 할머니 가게 앞을 지나왔어. 지금도 문이 닫혀 있어. 이젠 노숙자 아저씨가 거기서 지내. 그 아저씨 기억하지? 할머니 가게 앞을 떠날 생각이 없는 것 같아."

헌틀리의 목소리가 멈칫했다.

"스머저, 있잖아……."

"학교 공부를 따라잡으려면 할 일이 산더미야. 읽을 책도 많고. 성적이 떨어지는 건 싫어. 이제 공부 좀 해야겠다."

그만 가달라는 말이었다. 헌틀리는 조금 더 머무를 핑계를 찾아 억지로 아무 이야기나 꺼내보았다. 전국적으로 건설 중인 지하조직에 대한 이야기를 꺼내려고 말을 빙빙 돌려보았다. 하지만 본론을 꺼내려 할 때마다 스머저가 펄쩍 뛰며 주제를 바꿔버렸다.

더 이상 투쟁에 관한 이야기는 나누고 싶어 하지 않았다.

결국 헌틀리의 참을성도 바닥이 났다.

스머저의 영혼은 아무래도 산산조각 나버린 것 같았다.

헌틀리는 숙제가 남아 있다는 핑계를 둘러대며 일어났다.

"그만 가볼게. 월요일에 학교에서 보자."

"그래."

스머저가 단조로운 말투로 대답했다. 무미건조는 스머저의 새로운 특징이 된 모양이었다.

"잘 가."

순간 스머저가 처음 보는 기이한 행동을 했다. 작별인사를 하려는지 악수를 하듯 손을 쑥 내밀었다. 헌틀리는 당황스러웠지만 얼떨결에 손을 내밀었다.

"월요일 학교에서 보자."

그때 스머저가 손에 뭔가를 쥐고 있는 게 느껴졌다. 네모나게 접은 작은 쪽지였다. 스머저는 아무 말 없이 헌틀리의 손바닥에 쪽지를 넘겨주었다. 눈빛만으로 아무 말 말고 어서 집으로 가라고 말했다.

헌틀리는 뒤도 돌아보지 않고 스머저의 집을 나와서 학교 운동장으로 자전거를 몰았다. 텅 빈 그네에 앉아 아무도 지켜보는 사람이 없다는 걸 확인하고서야 그는 쪽지를 펼쳐 스머저의 메모를 읽었다.

우리 집은 도청을 당하고 있을지도 몰라. 놈들은 집집마다 도청을 하고 재교육수용소로 보내고 있어. 아무 말도 하지 마. 내일 세 시에 철길 터널에서 만나자.

헌틀리는 꼬마들이나 타는 그네를 앞뒤로 가만히 흔들며 오래도록 앉아 있었다. 수많은 감정이 한꺼번에 솟구쳐 올라 도무지 어떤 감정부터 느껴야 할지 종잡을 수 없을 지경이었다. 기쁨이, 흥분이, 승리감이 마구 소용돌이쳤다.

스머저는 살아남았다! 놈들은 스머저의 저항의식도 영혼도 깨뜨리지 못했다. 투지와 혁명이 그 안에 살아 있었다. 투쟁은 아직 끝나지 않았다.

내일 약속시간까지 가만히 앉아서 기다릴 수가 없었다. 그전에 블레이즈 씨를 만나는 게 좋을 것 같았다. 스머저가 석방되었으며 여전히 투지로 불타오르고 있다는 소식을 알리고 싶었다. 국민건강당을 향해 반격을 시작한다면 지금이 적기였다.

헌틀리는 거리로 자전거를 몰았다. 솜씨 좋은 일류 유리창 청소부를 만나러.

## 25장
# 곧 옵니다

●●●

전국유리창청소부연합회 본부의 문은 굳게 잠겨 있었다. 정문에 '곧 옵니다' 라는 표지판이 붙어 있었다. 헌틀리의 경험으로 미루어 볼 때 '곧 옵니다' 라는 말은 정말로 '곧 옵니다' 부터 '운이 좋아야 만날 것이니 텐트부터 치고 기다리시오' 까지 다양한 의미를 지니고 있었다. 괜히 서성이다가 시간을 낭비할 가능성이 크기 때문에 헌틀리는 포기하고 집으로 향했다. 하지만 지름길로 접어들었을 때 눈에 익은 블레이즈 씨의 모습이 보였다. 어느 건물 뒤쪽에 사다리를 대고 올라가 뿌연 유리창을 닦으며 안쪽을 몰래 엿보고 있었다.

"블레이즈 씨!"

헌틀리가 작은 소리로 불렀다.

블레이즈 씨는 양동이를 떨어뜨릴 뻔했다가 겨우 붙잡았다.

"헌틀리! 잠깐만 기다려라."

사다리를 내려온 블레이즈 씨는 주위를 살폈다.

"스머저가 석방됐어요."

"정말이냐?"

"때가 되면 나선다고 하셨죠? 스머저가 석방된 지금이야말로 그 때인 것 같아요."

"그래, 네 말이 맞는 것도 같구나. 내일 스머저를 본부로 데리고 오너라. 우리 계획을 대략 설명해주마."

"예. 그런데 지금 어디 유리창을 닦고 계신 거예요?"

"보안국 건물이란다. 저들이 국민을 감시하는 동안 난 저들을 감시하고 있지. 내일 보자꾸나."

"아, 혹시 바비 할머니 소식은 아세요?"

블레이즈 씨가 돌연 진지해졌다. 블레이즈 씨는 바비 할머니를 많이 좋아하고 있었다.

"양로원의 치매병동에 계신단다. 지금 내가 직접 양로원으로 찾아가는 건 위험하니까, 우선 유리창 청소부 대표를 보내 연락을 취해볼 생각이다. 적임자를 알고 있으니 걱정 마라."

어디선가 시끌벅적한 소리가 들려왔다. 근처 쓰레기통에서 누군가 마구잡이로 쓰레기 더미를 뒤지고 있었다. 노숙자이자 전직 초콜릿맨, 찰스 모팻이었다.

"여어이, 찰스!"

블레이즈 씨가 찰스 모팻을 불렀다.

노숙자는 인사 대신 다 먹고 버린 우유갑을 흔들었다.

"안녕하세요? 원래 위대한 보물은 전혀 예상치 못한 장소에서 발견되는 법이죠."

찰스 모팻은 다른 손으로 상해가는 롤빵을 들고 헌틀리를 향해 흔들어 보였다.

블레이즈 씨가 손짓으로 찰스를 불렀다.

"무슨 일이죠?"

"자네에게 맡길 일이 하나 생겼네."

"오, 뭐든 말씀하세요!"

그제야 헌틀리는 찰스 모팻이 보기보다 훨씬 대단한 사람이라는 것을 깨달았다. 그 역시 맞서 싸울 투지를 간직하고 있었다. 완전히 망가지지 않은 사람 중 하나였다. 즉, 저항정신의 소유자였다.

다음날 오후 헌틀리는 오래된 철길 터널로 스머저를 만나러 갔다. 어슴푸레한 터널을 따라 천천히 걷고 있는데 그늘 속에서 누군가 불쑥 튀어나와 헌틀리의 목을 옥죄었다.

"으슥한 데서 무슨 꿍꿍이지, 시민? 혹시 밀거래자인가?"

화들짝 놀란 마음이 순식간에 풀어졌다.

"스머저!"

"하하! 놀랐지?"

"유머감각은 녹슬지 않았구나. 제법인데?"

"잘 지냈냐?"

"나야 잘 지냈지. 넌? 재교육은 어땠어?"

그러나 스머저는 여전히 재교육 이야기를 꺼렸다. 모두 지난 일이었다. 그에게 중요한 건 지금 이 순간이었다. 현재, 그리고 미래.

헌틀리의 머릿속에 문득 오래전 둘이서 허술한 벽돌 뒤에 감춰둔 뭔가가 떠올랐다.

"스머저, 초콜릿 생각나지 않냐?"

"당연하지! 왜? 가진 거라도 있어?"

"어디에 있는지는 알지."

"어디?"

"바로 여기. 우리가 숨겨놨잖아. 기억나?"

스머저는 헌틀리의 시선을 따라 벽 위 허술한 벽돌을 쳐다보았다.

"미래를 위해 남겨둔 거였잖아."

"그 미래가 바로 지금이야."

"그래, 그럴 수도 있겠다."

그들은 허술한 벽돌을 들어내고 숨겨두었던 초콜릿을 꺼냈다. 비닐봉지에 쌓여 있어서 여전히 신선했다.

"그래, 그동안 별일 없었냐?"

초콜릿을 먹으며 스머저가 물었다.

"많은 일이 있었지. 시간이 후다닥 지나가더라. 블레이즈 씨를 만났어. 오늘 오후에 널 보고 싶어 하셔. 뭔가 결심한 게 있나 봐. 널 만나고 싶어 하는 사람이 또 있어. 네가 알아야 할 것도 있고."

말을 마치기도 전에 터널 먼 끝에서 발소리가 들렸다.

"뭐지? 미행이라도 붙었나?"

청소년선도단 제복을 입은 소년이 머뭇거리며 다가오고 있었다.

"거기 누구 있어요?"

프랭키 크롤리의 목소리였다.

헌틀리는 스머저를 돌아보았다.

"스머저, 프랭키야. 널 만나고 싶어 해. 설명할 게 있대."

프랭키는 움찔거리며 다가오고 있었다. 스머저가 어떻게 나올지 몰라 불안한 모양이었다.

"스머저……."

스머저의 반응은 둘 중 하나일 것이다. 불같이 화내기, 혹은 용서하기. 어쨌든 프랭키는 보복당할 각오를 하고 홀로 여기까지 찾아올 용기를 냈다.

"스머저, 미안해. 내가 잘못했어. 진심이야. 사실은……."

"알아, 프랭키. 안에서 네 형을 만났어."

"뭐? 우리 형 잘 있어? 몇 달이나 소식을 못 들었어. 국민건강당이 전해주는 소식만 들었는데 통 믿을 수가 있어야지."

"형은 잘 있어. 생각보다 훨씬 잘 지내고 있어. 잘 견디고 있어."

"미안해, 스머저. 진심이야."

"괜찮아. 나라도 가족이 그렇게 잡혀 있다면 너처럼 했을 거야."

"고맙다, 스머저. 정말 고마워."

그러나 스머저가 프랭키를 용서할 마음의 준비를 갖췄다고 해서 이대로 모든 걸 묻어두자는 뜻은 아니었다. 이제 프랭키가 마음을 고쳐먹었다는 것을 증명할 차례였다.

프랭키는 내막을 잘 아는 소식통에 믿을 만한 정보 제공자였다. 내부에 심어놓고 유용하게 쓸 수 있었다. 이른바 이중간첩이었다.

"지금도 엄청난 일들이 벌어지고 있어. 우리를 도와줘. 정보를 빼돌리고 그들을 따돌려줘."

스머저의 말에 프랭키의 낯빛이 어두워졌다.

"나도 돕고 싶어, 스머저. 하지만 만약 발각되면……."

스머저는 손에 든 초콜릿을 바라보았다. 프랭키가 초콜릿을 마지막으로 맛본 게 언제였을까 궁금했다. 조그만 초콜릿 조각이 프랭키의 기억을 불러일으킬 수 있다면 왜 약간의 위험을 감수할 가치가 있는지도 기억해낼 것이다.

"프랭키, 마지막으로 초콜릿을 먹어본 게 언제냐?"

"초콜릿?"

"그래, 초콜릿. 이거 말이야."

"몰라. 기억이 안 나. 아주 오래전이겠지."

"자, 조금 먹어봐. 기억이 날 거야."

프랭키는 망설였다.

"그래도 될지 모르겠다. 이건 불법이잖아. 그렇지만 아주 조금만 먹어보는 건 괜찮겠지? 아주 조금 맛만 보는 거니까."

"그래, 그거야, 프랭키. 아주 조금 맛만 보는 거야."

프랭키는 충분히 길게 맛을 보았다.

"흐음. 더 없니?"

# 26장
# 가엾은 노인

●●●

국민건강양로원은 일반인의 면회가 허락되지 않았다. 대부분의 노인들이 면회를 해봤자 소용없다는 생각을 갖고 있었다. 또 면회가 가능하지도 않았다. 면회객을 노인이 알아보지 못하는 경우가 허다했기 때문이다.

바비 할머니는 흔들의자에 앉아 온갖 다양한 색깔의 털실로 이어 짠 뜨개질거리에 푹 파묻혀 있었다. 화려한 색깔의 뜨개질 똬리가 할머니를 친친 감고 있는 것처럼 보였다.

바비 할머니는 가끔 자신이 치매노인 연기를 지나치게 잘하고 있는 건 아닌지 궁금했다. 제 꾀에 제가 넘어가는 게 아닐까 걱정되기도 했다. 정신줄을 놓은 척 흉내를 너무 잘 내서 영영 밖으로 나가지 못하면 어쩌나 불안했다. 제발 누구라도 면회를 오거나 소식 한 줄 보내오기를 기도했다. 혹시 바깥의 친구들이 영영 자신의 존재를 잊어버린 건 아닐까?

하루 종일 뜨개질만 했다. 한 코 한 코, 짜고 짜고 또 짰다.

두 명의 간호사가 다가왔다. 한 명은 최근 다른 시설에서 옮겨온 직원이었다. 그녀는 바비 할머니가 부지런히 뜨개바늘을 놀리는 모습을 보며 동료 간호사에게 말했다.

"저 할머니 이름이 뭐더라? 초콜릿 밀거래자 맞지?"

"응. 체포된 날 곧바로 정신이 나갔어."

두 번째 간호사가 대꾸했다.

"여기가 어딘지도 모를걸."

두 사람은 알록달록한 털실로 끊임없이 뜨개질을 하고 있는 할머니에게 다가갔다.

"멋지네요, 할머니. 목도리 뜨고 계신 거예요? 겨울이 오면 따뜻하게 두르려고요?"

바비 할머니는 돋보기 너머로 간호사들을 흘낏 보았다.

"목도리 아니야! 다양한 맛이 나는 사탕이야."

바비 할머니는 진지하게 대꾸했다.

간호사는 다 이해한다는 듯 너그럽게 웃었다. 흔히 강아지 머리를 쓰다듬을 때나 고양이 목을 간질여줄 때 짓게 되는 미소였다. 간호사들은 가엾은 바비 할머니의 뜨개질을 방해하지 않기로 했다.


똑똑똑.

바비 할머니가 고개를 들었다. 창밖에 얼굴 하나가 보였다. 유리창을 두드리며 할머니를 손짓해 부르고 있었다.

할머니가 아는 얼굴이었다. 하지만 마지막으로 봤을 때와 달리 몰라볼 정도로 깨끗해져 있었다. 어느 가게 문 앞에선가 잠든 모습을 몇 번 본 적이 있었다. 노숙자였다. 그런데 저 사람은 언제 유리창 청소부가 된 걸까?

아무도 없을 때 빨리 유리창을 열어보라고 노숙자가 신호를 보냈다. 바비 할머니는 간호사들이 돌아오기 전에 서둘러 창가로 갔다. 그 민첩한 모습을 누가 봤다면 깜짝 놀랐을 것이다. 할머니는 단 몇 초 만에 방을 가로질러 창문을 열었다.

"블레이즈 씨가 보냈어요."

찰스 모팻이 속삭였다.

할머니는 하마터면 "왜 이제야 보냈대요?"라고 말할 뻔했다. 하지만 주책없게 보이고 싶지 않아 꾹 참았다.

"무슨 전할 말이 있답디까?"

"예."

찰스 모팻이 고개를 끄덕였다.

"큰일이 벌어질 거랍니다. 이번주 토요일에요."

찰스 모팻은 작업복 앞주머니에서 열쇠뭉치를 하나 꺼내 얼른 창문 안쪽으로 전달했다.

"만능열쇠예요. 아무 자물쇠에나 다 맞으니 이걸로 빠져나갈 수 있어요."

"무슨 말인지 잘 알겠어요."

할머니는 재빨리 주머니에 열쇠를 감췄다.

"정확히 언제랍니까?"

"텔레비전 앞에 꼭 붙어 계세요. 토요일 정오뉴스를 놓치지 마세요."

그러나 발소리가 들려와 더 이상 이야기를 나눌 수 없었다. 어느새 두 간호사가 돌아오고 있었다. 바비 할머니는 얼른 창문을 닫고 걸쇠까지 잠갔다. 노숙자는 유리창 닦는 걸레를 꺼내 유리에 물을 묻히고 먼지를 닦아내기 시작했다. 일이 퍽 즐겁다는 듯 휘파람까지 불었다.

간호사들은 병실 안으로 들어와서도 유리창 청소부 따위는 신경 쓰지 않았다. 다만 바비 할머니가 흔들의자에서 일어나 있는 걸 보고 깜짝 놀랐다.

"할머니, 괜찮으세요? 무슨 일이라도 있으세요? 화장실에 가고 싶으세요?"

간호사들이 재차 물었다.

"괜찮아. 털실이 떨어져서 그래."

바비 할머니는 우승컵을 들어 올리듯 털실뭉치를 집어 들었다. 간호사들은 양쪽에서 할머니를 부축해 흔들의자에 앉힌 다음 의자를 살짝 흔들어주고 다시 나갔다.

할머니는 땀방울을 훔쳤다. 열쇠를 들키지 않아서, 주머니에서 열쇠 짤그락거리는 소리가 나지 않아서 얼마나 다행인지 모른다.

할머니는 다시 뜨개질을 시작하면서 어느 길로 빠져나갈지를 가늠해보았다. 한 코 한 코 뜨개질을 하면서, 흔들흔들 의자를 굴리면서, 생각을 거듭했다. 의자가 흔들리면서 열쇠가 짤그락 짤그락 소리를 냈다. 할머니는 주머니에 털실뭉치를 쑤셔 넣었다. 더 이상 열쇠 소리가 들리지 않았다.

　이제 머지않았다. 코앞으로 다가왔다. 이번주 토요일에 큰일이 벌어진다고 했지 않나. 기다리고 또 기다려왔던.

# 27장
## 은밀한 계획

● ● ●

헌틀리와 스머저는 유리창청소부연합회 '작전통제실'에서 블레이즈 씨를 만났다.

블레이즈 씨는 오래전 잃어버린 아들을 만난 듯이 스머저를 보고 반가워했다. 사실 두 사람의 나이차를 따져보면 오래전 잃어버린 손자를 만난 것 같았다고 말하는 편이 더 정확할 것이다.

블레이즈 씨는 두 소년을 외진 방으로 데려갔다. 그곳에 전직 초콜릿맨이자 노숙자인 찰스 모팻이 기다리고 있었다.

찰스 모팻은 전혀 노숙자처럼 보이지 않았다. 블레이즈 씨가 갈아입을 옷을 주고 푸짐한 식사를 제공하고(물론 충분한 초콜릿도 포함해서) 면도기까지 빌려준 모양이었다. 행색도 말투도 전혀 다른 사람이 되어 있었다.

"자리에 앉아라, 애들아. 계획안을 가져오마."

블레이즈 씨가 말했다. 그러고는 서랍에서 종이 두루마리를 꺼내 모두가 볼 수 있게 탁자 위에 넓게 펼쳤다.

"이건 국민건강당 당사의 설계도 아닌가요?"

스머저의 말에 블레이즈 씨가 고개를 끄덕였다.

"그래, 맞다. 해킹한 거야. 현재 모습과 정확히 일치하는지는 자신할 수 없지만 지금으로선 손에 넣을 수 있는 전부란다. 우선 우리 계획을 대략 설명하마. 국민건강당과 일대일로 대면하면 어쩔 수 없이 지고 말 거다. 무기도 없고 병력도 없으니까. 따라서 우리의 유일한 희망은 국민들의 공감을 얻어내는 거야. 국민들이 제 발로 거리로 뛰어나오게 만드는 것, 소극적 저항이라 부르는 전략이다."

"소극적 저항요? 그게 뭐예요?"

스머저가 묻자 헌틀리가 대답했다.

"네가 어떤 꼬맹이한테 하기 싫은 일을 시켰는데 그 꼬맹이가 길바닥에 주저앉아 얼굴이 새파랗게 질릴 때까지 숨을 참고 있으면 어쩔래?"

"뭐?"

"그게 소극적 저항이야."

"그러니까 다들 얼굴이 새파랗게 질릴 때까지 길바닥에 주저앉아 숨을 참고 있잔 말이야? 그렇게 하면 혁명에서 이길 수 있는 거야?"

헌틀리가 씩 웃었다.

"그건 아니야. 블레이즈 씨에게 설명을 듣는 게 좋겠다."

"국민건강당은 국민의 협조 없인 나라를 운영할 수 없다. 만약 사람들이 더 이상 협조에 나서지 않는다면 어떻게 될까?"

"물러나야겠죠."

"그래, 그거야. 그들의 악법도 함께 물러나야겠지. 하지만 사람들은 다른 사람들도 다 함께 나서줄 것이고 어떤 앙갚음도 당하지 않을 거라는 확신이 서야만 거리로 나서줄 거다. 몇몇 개인은 쉽게 저격당할 수 있다. 하지만 온 나라 사람들이 모두 거리로 쏟아져 나온다면, 군대가 나서도 막을 수 없어. 그러니 온 나라에 메시지를 전달해야 한다. 다 함께 거리로 나가 독재에 맞서자고 말이야."

이론상으로는 대단히 훌륭한 계획이라고 스머저는 생각했다. 그러나 실천에서도 그럴까? 꿈을 현실로 바꿀 수 있을까?

"하지만 온 나라에 어떻게 메시지를 전달하죠? 라디오든 텔레비전이든 방송국에 들어가는 것 자체가 불가능할 텐데요."

블레이즈 씨가 다시 한 번 설계도를 잘 보이게 폈다.

"맞다, 스머저. 우린 방송국에 들어갈 수 없지. 하지만 국민건강당 당사에는 들어갈 수 있단다. 그리고 또 한 가지, 국민건강당이 매일 내보내는 자체 선전뉴스는 당사 한가운데에 위치한 테러 방지 스튜디오에서 내보낸단다."

블레이즈 씨는 손가락으로 설계도 위에 노란색으로 표시해둔 장소를 가리켰다.

헌틀리가 얼굴을 살짝 찌푸렸다.

"그런데요, 테러 방지라는 게 정확히 무슨 뜻인가요?"

블레이즈 씨가 고개를 들었다.

"스튜디오에서 방송을 하는 동안에는 누구도 이를 방해하지 못하게 철저히 경계를 선단다. 스튜디오 문은 단단한 강철로 되어 있어. 문을 강제로 열고 들어가려면 폭발물을 사용하는 수밖에 없을걸? 게다가 전파 송신 역시 외부에서 함부로 중단시킬 수 없게 되어 있지. 그러니 스튜디오만 장악하면 방송으로 메시지를 전달할 시간은 충분할 거야."

"잠깐만요. 테러 방지 스튜디오라고 하셨잖아요. 그렇게 보안이 철저한 곳인데 우리가 어떻게 안으로 들어가요?"

스머저가 묻자 블레이즈 씨가 씩 웃었다.

"네 말이 맞다, 스머저. 테러리스트는 건물 근처에도 접근하기 힘들 거야. 하지만 유리창 청소부라면 이야기가 달라지지 않을까?"

"유리창 청소부요?"

"그래. 우리 계획은 이렇다. 매주 토요일 정오면 국민반짝 유리창 청소회사에서 국민건강당 당사 유리창을 청소하러 간다. 내가 타고 다니는 것처럼 평범한 흰색 밴을 타고 가지. 청소부는 총 두 명이야. 한 사람은 나와 체격이 비슷하고 또 한 사람은 찰스 모팻처럼 키가 좀 더 커. 둘 중 한 사람은 항상 두 아들을 데리고 다닌다. 둘 다 청소년선도단 소속인데 늘 아버지 일을 거들어주지. 어떠냐?"

"지금까지는 그럴싸해요. 계속 말씀하세요."

스머저가 말했다.

"보안 유지를 위해 두 명의 경비대원이 유리창 청소부들을 따라다닌다. 한 명은 여자, 한 명은 남자란다."

"그런데 우리가 어떻게 들어갈 수 있죠?"

"이번주 토요일 또 다른 밴이 평소보다 15분 일찍 당사에 도착할 거다. 이 밴에도 국민반짝 유리창청소회사 로고가 박혀 있을 거다. 자, 그렇다면 이 밴에 타고 있을 유리창 청소부는 누구일까?"

"블레이즈 씨랑 모팻 씨요!"

"딩동댕! 그렇다면 두 명의 청소년선도단원은 누굴까?"

스머저와 헌틀리는 흥분된 눈빛을 주고받았다.

"저희요?"

"너희가 기꺼이 나서준다면."

두 번 말할 필요도 없는 일이었다.

"뜯어말리는 게 더 힘드실걸요? 저희 말고 누가 하겠어요?"

"그래. 그럴 줄 알았다."

"블레이즈 씨, 그런데 진짜 유리창 청소부들이 아예 오지 못하게 막을 순 없을까요? 그렇게 하면 진짜 청소부가 올 때까지 조바심을 낼 필요도 없고 시간에 쫓길 일도 없을 텐데요."

"벌써 생각해봤지만 아쉽게도 모든 시도가 실패로 돌아갔단다. 이제 선택의 여지가 없어."

"알겠어요. 그럼 뭘 어떻게 하면 되나요?"

"먼저 검문소에 도착해서 유리창 청소를 하러 왔다고 보고한다. 이번주에만 어쩌다 보니 조금 일찍 왔다고 둘러댈 거다. 일단 검문소를 통과한 뒤에는 진짜 청소부들이 도착할 때까지 15분의 시간이 주어진다. 그 시간에 스튜디오를 장악해야 해. 그 다음엔 찰스의 도움으로 방송을 시작할 거고."

전직 노숙자가 점잖게 고개를 끄덕였다. 찰스는 방송국 스튜디오에 대해 잘 알고 있었다. 물론 카메라 뒤보다는 앞에 서 있던 날이 많았지만, 어쨌든 방송국이 어떻게 굴러가는지를 잘 알고 있었다.

블레이즈 씨가 말을 이어갔다.

"일단 방송이 시작되면 전국의 국민들을 향해 거리로 나와달라고 호소할 거다. 국민들이 응답해준다면 게임은 끝나는 거지. 물론 국민건강당도 끝장이고."

"응답하지 않으면요?"

스머저가 물었다. 그러나 그 대답은 스머저도 잘 알고 있었다.

"우리가 끝장이지."

블레이즈 씨가 씩 웃으며 말했다.

"하지만 도전해볼 만한 일이다. 도전하지 않아도 우린 어차피 끝장이야. 더 이상 무엇을 잃을 수 있겠니? 자, 너희 생각은 어떠냐?"

그러나 블레이즈 씨 역시 그에 대한 대답을 잘 알고 있었다.

"할 거예요. 당연히 해야죠. 안 그래, 헌틀리?"

"물론이지."

"더 궁금한 게 있니?"

"조금요. 유리창 청소부들은 항상 경비대원 두 명과 같이 움직인다고 하셨잖아요. 그 문제는 어떻게 해결하죠?"

헌틀리가 물었다.

"그래서 초콜릿경찰대 제복이 필요하다. 그 제복을 입어줄 사람도 필요하지. 혹시 도와줄 사람을 알고 있니? 너희 역시 청소년선도단 제복이 필요할 거다."

"그건 프랭키가 구해줄 수 있을 거예요. 초콜릿경찰대 제복은 헌틀리랑 제가 구해볼게요. 제복을 입어줄 사람도요. 설득하면 될 거예요."

블레이즈 씨는 스머저의 말에 반색했다.

"경찰대원 제복을 어딜 가야 구할 수 있는지 아는 모양이구나."

"누구나 옷을 세탁해서 입지 않겠어요?"

"그야 그렇지."

블레이즈 씨는 스머저의 생각이 궁금했다.

"어떻게 세탁을 하게 만들 건데?"

하지만 스머저는 콧잔등만 톡톡 두드리며 블레이즈 씨의 궁금증을 키웠다.

"용케요. 아시잖아요."

이렇게 헤어진 뒤 네 사람은 각자 분주하게 다가오는 토요일을 준비했다.

일주일이라는 시간은 길면서도 짧았다. 시간은 때로 거북이처럼 기어갔고 토끼처럼 뛰어갔다. 금세 토요일이 다가왔다.

# 28장
## 도와줄 사람이 필요해
● ● ●

초콜릿경찰대 제복 두 벌과 제복을 입어줄 두 사람을 구하는 문제가 여전히 해결되지 않고 있었다. 헌틀리도 스머저도 누구에게 부탁해야 하는지는 알고 있었다. 그러나 우선 필요한 제복을 구해놓는 게 순서였다. 제복이 마련되지 않으면 설득력도 떨어질 것이다.

일요일 오후였다. 일요일은 쉬는 날이지만 국민청결세탁소의 배달 담당 부서에는 평일과 다름없는 풍경이 흘러가고 있었다. 국민청결세탁소는 모든 정부 부서를 상대하는 공식 지정 세탁소였다.

헌틀리와 스머저는 세탁소 후문 근처를 얼쩡거리며 세탁물이 들고 나는 모습을 흘끔거렸다. 세탁소는 오래전 밴에 초콜릿을 가득 싣고 다니며 몰래 초콜릿을 팔았던 암거래상을 만난 곳, 팰로필즈 상점가에 있었다.

국민청결세탁소의 밴이 앞을 스쳐 지나갔다. 운전수가 기어를 바꾸자 차에서 끙끙거리는 소리가 들렸다. 때마침 나타난 물웅덩이에서 차가 덜커덕 요동을 쳤다.

"뭐가 보여?"

헌틀리가 물었다. 스머저는 고개를 가로저었다.

"게임이나 하자."

스머저는 외투 안쪽에서 프리스비(던지기를 하고 놀 때 쓰는 플라스틱 원반:옮긴이)를 꺼냈다. 그들은 세탁소 마당에 닿아 있는 공터에서 빈둥거리며 노는 시늉을 했다.

노는 동안에도 세탁소를 드나드는 차량들을 눈여겨 살펴보았다. 한참 기다린 끝에 드디어 한 세탁부가 깨끗이 세탁을 마친 초콜릿경찰대원 제복을 한 더미 들고 밖으로 나왔다. 세탁물 위에는 각각 보호용 비닐이 덮여 있었다.

세탁부 뒤로 열여섯 살쯤 되어 보이는 여드름투성이 소년이 따라 나왔다. 조수 역시 제복 한 더미를 들고 끙끙대고 있었다. 두 사람은 경사로를 따라 내려와 벌컥 열려 있는 밴 뒤쪽으로 올라갔다.

"제이슨, 이 녀석. 남성용은 왼쪽, 여성용은 오른쪽이라고 몇 번을 말해? 그래야 나중에 헷갈리지 않고 찾을 수 있어. 그동안 남녀 제복이 바뀌는 바람에 문제가 생긴 게 한두 번이냐?"

두 사람은 밴에 세탁물을 싣고는 다시 건물 안으로 들어갔다. 거의 동시에 프리스비가 세탁소 담장을 넘어 날아들어갔다. 스머저와 헌틀리는 세탁소 마당으로 들어섰다.

"헌틀리, 그렇게 세게 던지면 어떡해?"

"내 잘못이냐? 네가 받았어야지."

"이런! 프리스비가 세탁소 밴 짐칸으로 들어가버렸어."

"그러네."

"너 참 끔찍하게도 던졌구나."

"누가 보기 전에 얼른 프리스비를 꺼내 오자."

두 사람은 밴 안으로 들어갔다. 스머저가 프리스비를 주웠다. 헌틀리는 엄마에게 맞을 만한 제복을 하나 골랐다. 스머저도 남자 제복을 하나 집었다. 아빠 몸에 꼭 맞을 크기였다.

두 사람은 제복이 없어진 흔적을 감추기 위해 봉에 걸린 나머지 제복들의 간격을 가지런히 매만졌다. 그러고는 훔친 제복을 돌돌 말아 겨드랑이 밑에 끼고 밖으로 달아났다.

두 사람이 마당을 빠져나가자마자 세탁부와 조수가 세탁물 더미를 들고 돌아왔다.

"남자는 왼쪽, 여자는 오른쪽이다, 제이슨."

"알아요. 안다구요."

제이슨이 힘없이 말했다.

둘 다 프리스비와 이상한 꾸러미를 스웨터 아래 감춘 두 소년이 맹렬한 속도로 도로를 내달리고 있는 것을 전혀 알아채지 못했다.


제복을 손에 넣는 것은 꽤 간단한 일이었지만 설득 과정은 쉽지 않았다.

헌틀리는 엄마가 초콜릿 밀거래자들을 이해하는 편이라고 생각했다. 엄마는 단 한 번도 국민건강당에 투표를 한 적이 없었다. 그러나 이해하는 마음을 불법을 감수하는 적극적인 저항으로 바꾸는 일은 전혀 다른 문제였다. 엄마가 두려워하고 걱정하는 사람은 엄마 자신이 아니었다. 엄마는 헌틀리의 안전을 걱정하고 있었다.

"엄마, 다음주 토요일에 뭐 하실 거예요?"

헌틀리는 저녁식사를 마치고 엄마에게 물었다.

"아무 일도 없어. 다음 주말엔 왕진 일정이 없거든. 왜 그러니?"

"세상을 바꿀 기회가 생겼는데, 엄마의 도움이 필요하다면 어떡하시겠어요?"

헌틀리는 자리에서 일어나 찬장에 숨겨놓은 비닐봉지 하나를 꺼내 왔다. 그러고는 그걸 식탁 위에 올려놓았다. 봉지를 열어본 엄마의 얼굴이 무겁고 슬퍼졌다.

"헌틀리, 이건 안 돼. 스머저가 무슨 일을 당했는지 너도 알잖니. 바비 할머니도 프랭키의 형도 데이브 쳉도, 잊지 않았지?"

"진짜 기회가 왔어요. 어쩌면 유일한 기회일지도 몰라요. 계획도 준비도 모두 끝났어요. 초콜릿경찰대원 역할을 해줄 두 사람만 구하면 돼요. 스머저는 아빠한테 부탁한대요. 나머지 여자 대원 역할은 엄마가 맡아주세요. 엄마가 도와주지 않으면 불가능한 일이에요. 제발 부탁이에요, 엄마."

엄마는 아들에게 실망감을 안겨주고 싶지 않았다. 그러나 위험한 일에 나설 수는 없었다. 아들은 위험이 무엇인지 완전히 이해하기엔 너무 어렸다.

"헌틀리, 엄마는 엄마를 걱정하는 게 아냐. 바로 널 걱정하는 거야. 만약 붙잡힌다면 우린 영영 헤어질 수도 있어. 다시는 서로를 볼 수 없을지도 몰라. 하지만 우리에겐 서로밖에 없지 않니. 이 세상엔 우리 둘뿐이야."

헌틀리는 머뭇거렸다. 입술이 바짝 말랐다. 헌틀리는 평소 엄마 앞에서 아빠 이야기를 거의 꺼내지 않았다. 그렇다고 아빠 생각을 하지 않은 건 아니었다. 매일 아빠를 생각했다. 어렴풋이 기억나는 아빠의 몸짓과 버릇과 말장난을, 평생 잊을 수 없는 그런 기억들을, 헌틀리가 나이 들어 할아버지가 되어서도 잊지 않고 간직하게 될 기억들을 늘 떠올리며 살아왔다. 추억은 절대로 쉽게 잊을 수 없는 법이다. 진정 사랑했던 사람을 잃었다면 결코 잊을 수가 없는 것이다.

"엄마, 아빠가 살아 계시고 지금도 우리 곁에 있다면 어떻게 하셨을까요? 지금 이 순간 아빠는 뭐라고 말씀하실까요?"

엄마는 식탁 맞은편의 아들을 바라보았다. 자꾸만 눈앞이 뿌옇게 흐려졌다. 그녀는 손을 뻗어 아들의 손을 잡았다.

"네 아빠였다면 이보다 더 착하고 용감한 아들은 없을 거라고 기뻐하셨겠지."

"그럼 엄마도 그렇게 말씀해주실 거죠?"

엄마는 빙그레 웃으며 아들의 손을 꼭 감싸 쥐었다.

"그래, 그러마."

엄마는 제복을 집어 들고 계급 기장을 확인해보았다.

"경사 계급이구나."

"엄마한테 딱 어울리는데요?"

"경감 정도는 될 줄 알았는데?"

"그건 좀 심한데요?"


아빠는 쟁반을 험악하게 다루고 있었다. 주방에서 쟁반과 빵틀이 날아다니기 시작하면 그건 좋지 않은 징조였다. 아빠가 길고 힘든 하루를 마칠 때가 왔다는, 그래서 인내심에 한계가 찾아왔다는 뜻이었다. 아무래도 스머저가 최악의 순간을 고른 것 같았다. 하지만 시간이 너무 늦어서 더 이상 일을 미뤄둘 수 없었다.

일주일 내내 스머저는 입도 떼지 못했다. 뭐라고 말해야 아빠를 설득할 수 있을지 도무지 자신이 없었다. 그러다 벌써 목요일 밤이 찾아왔다. 더 이상 미뤘다간 전체 일을 망칠 게 뻔했다. 떠밀리듯 여기까지 왔는데 하필 최악의 순간을 고르고 말았다. 하지만 이번 기회를 붙잡는 수밖에 도리가 없었다.

"아빠."

"왜!"

새까맣게 탄 빵 찌꺼기가 눌어붙어 있는 기름 범벅 빵틀 하나가 휙 날아오르더니 철커덩하고 싱크대에 떨어졌다.

"깜짝이야! 귀가 떨어져나가겠어요, 아빠."

"누가 거기 서 있으래? 평생 제빵사 아들로 살아왔으면 이 아빠와 싱크대 사이에 서 있으면 안 된다는 것쯤은 알아야 하는 거 아냐?"

"죄송해요, 아빠."

이어서 쟁반이 공중을 날아 싱크대 위에 쿵 떨어졌다.

"할 말이 뭐야?"

"저, 아빠."

"뭐?"

"토요일에 시간 있으세요?"

"토요일? 토요일에 이 아빠가 뭘 할지 말해줘? 새벽 4시 30분에 일어나 식빵 200개를 구울 거고 그 다음엔 혼자서 산더미 같은 설거지와 뒷정리를 할 거다. 그것 말고는 딱히 할 일이 없지."

"빵 굽는 건 저도 알아요. 그 다음엔요?"

"국민건강유나이티드의 축구경기는 보지 않을 거다. 그건 확실해. 그 팀은 승리라는 걸 해본 적이 없으니까. 아니, 건강한 삶의 표본이란 것들이 어떻게 단 한 번을 못 이겨?"

"혹시 뭘 만들고 싶은 생각은 안 드세요?"

아빠는 의심스러운 얼굴로 스머저를 바라보았다.

"뭘 말이냐?"

"일테면, 역사요."

"뭐?"

아빠는 쟁반이며 냄비를 험악하게 다루던 손길을 멈추고, 스머저가 비닐봉지를 가져와 건네는 모습을 물끄러미 바라보았다.

"열어보세요."

봉지 안에서 밤색 제복이 나왔다. 한눈에 봐도 초콜릿경찰대 제복임을 알 수 있었다. 아빠는 휘둥그레진 눈으로 스머저를 보았다.

"이게 뭐냐? 경찰대 제복 아니냐? 말도 안 돼. 네가 지금 무슨 생각을 품고 있는지 모르겠다만 경찰대원 역할을 하라는 말이라면, 난 안 한다. 맙소사! 절대로 못 해!"

"하지만 아빠."

"안 된다고 말했다, 스머저. 세상에! 너 완전히 돌았구나! 재교육 수용소에서 나온 지 얼마나 됐다고 이런 짓을! 거기서 아무것도 배워 오지 않은 모양이구나!"

"칫솔로 화장실 청소하는 법은 배웠어요."

"이런 거나 들고 다니다니, 다시 수용소로 돌아가고 싶어 죽겠다는 뜻 아냐? 대체 이 제복은 어디서 구한 거냐?"

"어, 빌렸어요."

"어서 돌려줘. 제복이 그리워서 주인이 찾아올까 겁난다."

아빠의 반응은 진심이었다. 더 이상 달라질 게 없었다.

"어서 가져가."

더 이상 설득은 불가능했다.

"알았어요, 아빠. 알았다고요."

"당장 없애버려."

"알겠어요."

스머저는 제복을 다시 비닐봉지에 집어넣고 풀이 죽어 문 쪽으로 향했다. 아빠의 도움이 없다면 계획 자체가 물거품이 되고 만다.

스머저는 문손잡이를 잡다 말고 걸음을 멈췄다.

"아빠는 기억 안 나세요? 옛날 일들 말예요. 설탕이 금지되기 전에 아빠가 만들던 케이크며 쿠키, 브라우니가 생각나요. 아빠가 받아온 수많은 메달과 트로피도요."

아빠가 온몸으로 뿜어내던 천둥번개가 잠시 사라졌다. 아빠 얼굴에 추억이 잠겨들며 따뜻한 기운이 감돌았다.

"트로피도 있고 은메달도 있었지. 3년 연속 제빵사협회에서 받은 것들이었어. 딱 한 번은……."

아빠의 목소리가 점점 잦아들었다.

"한 번은 금메달이었죠."

스머저가 영광스러운 순간을 떠올리며 말했다.

"정말 대단한 케이크였어요. 아빠가 케이크 맨 위에 올려놓았던 설탕인형 신랑신부 기억나세요?"

아빠의 얼굴이 또다시 근심 걱정으로 변했다.

"그래, 기억난다. 하지만 위험한 일엔 나설 수 없다. 카일리도 네 엄마도 생각해야지. 미안하지만 안 되겠다. 너무 위험해. 이 이야기는 여기서 끝내자. 더 이상 아빠한테 부탁하지 마라."

스머저는 고개를 끄덕였다. 아빠는 완고한 사람이므로 마음을 쉽게 바꾸지 않을 것이다. 시작도 하기 전에 계획은 물 건너갔다.

"알겠어요, 아빠."

스머저는 문을 열었다. 그러고는 잠시 멈칫하며 말했다.

"그중에서 가장 생각이 많이 나는 건요, 어렸을 때 아빠가 만들어 주신 설탕생쥐예요. 조그만 꼬리가 달린 분홍색 생쥐였어요. 제가 그 생쥐를 얼마나 좋아했는데요."

아빠는 또다시 기억 속으로 마구 곤두박질치는 기분이었다.

"그래, 설탕생쥐. 널 위해 만들어주곤 했지."

그러고는 아쉬운 목소리로 덧붙였다.

"다시는 그런 것들을 만들지 못하겠지. 영영 못 만들 거야. 누굴 위해서도. 잠깐, 스머저! 제복 치수가 어떻게 되지?"

"잘 몰라요. 그냥 어림짐작으로 집어 왔어요."

아빠는 봉지에서 제복을 꺼내 안쪽의 꼬리표를 살펴보았다.

"가슴둘레가 42인치구나."

"아빠 치수는 어떻게 돼요?"

"44인치."

아빠는 제복을 다시 집어넣고 스머저에게 내밀었다.

"한 치수 큰 걸로 바꿔 와."

스머저는 아빠가 지금 무슨 말을 하는지 단박에 못 알아들었다.

"그러니까, 아빠, 지금, 해주신다는 거죠? 도와주신단 말이죠?"

"더 이상 설탕 없는 세상에서 살고 싶지 않구나. 손님들이 설탕인형 신랑신부를 원한다면, 꼬마들이 분홍색 설탕생쥐를 원한다면, 만들어줘야 하지 않겠어?"

"맞아요, 아빠. 그런데 다른 제복을 구하러 가야 하는 게 살짝 마음에 걸려요. 좀 위험한 일이라서요."

"괜찮다. 끼워 맞추면 되지 뭐. 단추가 터져나갈까 봐 걱정되긴 하지만."

아빠는 제복을 입어보러 갔다.

모든 일이 계획대로 진행되고 있었다. 프랭키 크롤리는 청소년선도단 제복 두 벌을 구해다 주었다. 한 벌은 헌틀리가, 또 한 벌은 스머저가 입을 것이었다.

이제 토요일을 기다리는 일만 남았다. 기다림은 긴장과 지루함의 연속이었다.

마침내 때가 왔다. 전국유리창청소부연합회 앞마당에서 블레이즈 씨와 찰스 모팻이 국민건강당 당사로 출발할 준비를 갖추고 있었다. 국민건강당 당사 다음 행선지는 어디가 될지 아무도 알 수 없었다. 성공해 자유를 누리거나 혹은 실패해 감옥에 가게 될 것이다.

찰스 모팻은 모자를 고쳐 쓰고 밴 유리창에 자기 모습을 비춰보았다. 진짜 유리창 청소부 같았다. 하지만 다른 사람 눈에도 그렇게 보일지는 알 수 없었다.

블레이즈 씨가 밴 지붕에 사다리를 올리고 고정시켰다.

"찰스, 전에도 이런 일을 해본 적이 있나?"

"아뇨. 연기 말고는 해본 적이 없어요."

찰스 모팻은 살며시 후회가 밀려왔다.

"현실 속에서도 잘해낼지 모르겠어요. 연기는 실제와 조금씩 다르니까요."

"정말 그럴지 알 수 있는 기회가 생겼군. 자, 준비됐나?"

"만반의 준비가 되었습니다."

블레이즈 씨는 밴을 출발시켰다. 조직원 몇 명이 마당에 나와 두 사람을 배웅했다. 하지만 유리창 청소를 하러 떠나는 동료를 배웅하는 정도의 사무적인 인사였다. 지금은 아주 중요한 시기인 만큼 감정적인 작별인사를 나눌 여유가 전혀 없었다.

다음 정거장은 보건소였다. 한 여성과 소년이 기다리고 있었다. 제복만 보면 이 여성은 틀림없는 초콜릿경찰대원이었다. 계급은 경사였다. 소년도 틀림없는 청소년선도단원이었다. 제복 안쪽의 이름표에는 프랭키 크롤리라고 씌어 있었다. 그러나 제복을 입고 있는 사람은 프랭키가 아니었다. 바로 헌틀리였다.

밴이 두 사람 앞에 멈춰 섰다.

"캐럴, 헌틀리, 안녕들 하신가?"

두 사람은 고개를 끄덕였다. 지금은 말이 필요하지 않았다. 모든 걸 행동으로 해야 하는 때였다.

밴이 다시 출발했다. 스머저네 집 앞에 한 번 더 멈춘 다음, 마지막으로 용의 소굴, 국민건강당 당사로 향할 것이다.

## 29장
## 행동 개시

● ● ●

무장한 보초병이 검문소를 지키고 있었다. 날씨가 궂은 날이면 보초병은 차단기 옆의 조그만 초소에 들어가 있었다.

'국민반짝 유리창청소회사'라는 글씨가 박힌 밴이 정차했을 때, 마침 보초병은 초소 밖에 나와 있었다.

보초병이 차 안쪽을 흘낏 살폈다. 늘 보던 사람들이 맞나? 맞겠지 뭐. 유리창 청소부들은 다 거기서 거기니까. 머리에 모자를 푹 눌러 쓰고 있어서 다들 똑같아 보였다. 위아래가 한 벌로 붙은 작업복에 양동이, 창문 닦는 걸레, 광택을 내는 가죽, "안녕하쇼!" 하고 건네는 인사, "안녕히 계쇼. 다음주에 또 봅시다!" 하고 건네는 작별인사. 언제나 똑같았다.

"안녕하쇼?"

"안녕하십니까?"

보초병은 밴 안에 탄 사람들을 바라보았다. 뭔가 살짝 달랐다. 딱히 꼬집어 말할 수는 없지만 뭔가 달랐다. 보초병은 초소 안에 걸린 시계를 보았다. 그렇구나. 오늘따라 15분 일찍 도착한 것이다.

"오늘은 조금 일찍 오셨네요?"

"작업이 하나 취소되었거든요."

푸른 작업복을 입은 풍채 좋은 운전수가 말했다.

보초병은 운전수에게 차창을 조금만 더 아래로 내려보라고 손짓했다. 창문이 내려가니 밴 안이 더 잘 보였다. 모든 게 질서정연해 보였다. 유리창 청소부 두 명, 청소년선도단원 두 명, 그리고 뒷자리에는 초콜릿경찰대원 두 명. 한마디로 모든 게 깔끔했다. 보초병은 단지 운전수의 동료가 밖으로 몸을 빼고 주머니칼로 초소 바깥 기둥에 연결된 전화선을 잘라내는 걸 놓쳤을 뿐이다. 워낙 순식간에 일어난 일이었다.

"서둘러주세요."

여성 대원이 말했다.

"예, 알겠습니다. 곧 차단기를 올리겠습니다."

보초병은 초소로 달려가 빨간색 단추를 눌렀다. 차단기가 다 올라가자 밴이 앞으로 움직이기 시작했다.

"보초병."

여성 대원이 밴의 열린 창틈으로 보초병을 불렀다.

"예, 경사님."

"옷매무새를 깔끔하게 유지하도록 하세요."

보초병은 얼른 넥타이로 손을 가져갔다. 매듭을 반듯이 정리하고 옷깃도 매만졌다. 그가 눈을 들었을 때 밴은 이미 시야에서 사라져 국민건강당 당사 중앙건물을 돌아간 뒤였다.

뒤에서 경적이 울렸다. 또 다른 차량이 차단기 앞에 서 있었다. 번 지르르하게 윤이 나는 길쭉한 리무진이었다. 뒷자리에는 고위층 인사가 타고 있었다.

"충성!"

보초병은 탁 소리 나게 뒤꿈치를 붙이고 경례를 올려붙였다.

"충성."

보초병은 단추를 눌러 차단기를 올렸다. 차단기가 천천히 위로 올라갔다. 리무진은 곧 부르릉거리며 보초병 앞을 지나쳐 주차장으로 향했다. 방금 전 유리창 청소부의 밴이 간 방향이었다.


주차장에 도착하자 블레이즈 씨는 사이드브레이크를 올리고 엔진을 껐다. 눈앞의 건물이 돌연 복잡해 보였다. 지도와 설계도를 구체적인 현실과 접목시키기란 생각처럼 쉽지 않았다.

"저 건물이다. 서두르자. 시간이 없어."

다들 차에서 내렸다. 블레이즈 씨와 찰스 모팻이 밴 지붕 위에서 사다리를 끌어내리자 헌틀리와 스머저가 거들었다. 캐럴과 론은 초콜릿경찰대원의 위엄에 걸맞게 거만하게 서 있었다.

그때 재앙이 찾아왔다. 크고 매끈한 리무진이 매끄럽게 모퉁이를 돌아오더니 같은 주차장에 멈춰 섰다. 불과 열 칸도 떨어지지 않은, 노란색 선으로 '지정석' 표시가 되어 있는 곳이었다.

스머저가 가장 먼저 경감을 알아보았다. 스머저는 얼른 청소년선도단 모자를 눈 위로 푹 눌러쓰고 얼굴을 돌렸다.

리무진 운전수가 서둘러 내리더니 경감을 위해 문을 열어주었다.

"서류만 챙겨 가지고 나올 테니 몇 분만 기다리게."

"알겠습니다, 경감님."

경감은 근처에 세워놓은 밴과 사다리를 내리고 있는 인부들을 흘낏 바라보았다.

"저게 뭐지?"

"유리창 청소부들입니다. 매주 토요일에 옵니다."

"아, 그렇군. 금방 올 테니 잠깐만 기다리게."

경감은 본부건물을 향해 걸어갔다. 정문 앞에 서 있던 경비대원이 문을 열어주며 경례하자 경감은 간단히 고개를 끄덕였다. 경감 등 뒤에서 문이 닫혔다.

"됐어. 가자."

블레이즈 씨가 말했다.

"경감이 나올 때까지 기다리면 안 될까요?"

찰스 모팻이 불안한 기색으로 말했다.

"그럴 시간이 없네. 지금은 일분일초가 소중해. 서둘러."

블레이즈 씨와 찰스 모팻은 사다리를 들었다. 청소년선도단원들은 양동이와 가죽, 밀대를 들고 뒤따랐고 맨 뒤에 두 명의 경찰대원이 따라갔다. 다들 걸음을 서둘렀다.

"유리창 청소하러 왔소이다."

블레이즈 씨가 정문 앞의 경비대원에게 말했다.

"유리창 청소? 창문은 바깥면만 닦는 게 아니었나?"

"오늘은 안쪽부터 닦으라는 지시를 받았습니다."

경비대원은 머뭇거리다가 인부들 뒤에 서 있는 초콜릿경찰대원 두 명을 보았다. 대원이 따라온 걸 보면 공식 허가가 떨어진 모양이었다. 결국 일행은 정문을 무사히 통과했다.

"깨끗이 잘 닦으슈."

경비대원이 뒤에 대고 말했다.

"두말하면 잔소리죠."

블레이즈 씨가 호탕하게 대답했다.

"이제 스튜디오로 가자."

정문이 닫히고 현관 안으로 들어서자 블레이즈 씨가 말했다.

캐럴이 위를 올려다보았다. 현관에 다양한 부서와 분과가 각기 몇 층에 있는지 알려주는 안내판이 걸려 있었다.

"이층이에요. B복도."

"자, 뒤쪽 계단으로 갑시다."

블레이즈 씨가 먼저 비상구라고 씌어 있는 문을 열었다. 콘크리트 계단이 나타났다. 일행은 서둘러 이층으로 올라갔다.


경감은 사무실 금고에서 필요한 서류를 꺼냈다. 금고를 잠그고 밖으로 나와 일층으로 내려가는 승강기를 타기 위해 복도를 걸어갔다.

그때 유리창 청소부들이 눈에 들어왔다.

청소년선도단원 하나가 아래쪽 창문을 열심히 문질러 닦고 있었다. 왠지 익숙한 인상의 소년이었지만 더 이상 신경 쓰지 않았다. 경감은 승강기 단추를 누르고 서서 기다렸다. 복도 반대편에서 유리창 청소부 하나가 사다리 위에 올라가 유리창을 닦고 있었다.

"이봐, 거기!"

찰스 모팻은 온몸이 얼어붙는 것 같았다. 공포가 와락 등 뒤를 덮쳤다. 얼굴을 보이지 않으려고 애쓰며 그는 겨우 대답했다.

"저 말입니까?"

"그래. 얼룩을 빼먹었잖아. 맨 위 오른쪽 귀퉁이에."

찰스 모팻은 창문을 올려다보았다.

"아, 그렇군요. 가르쳐주셔서 감사합니다. 얼른 시정하겠습니다."

경감은 얼굴을 찌푸렸다. 어디나 똑같았다. 일을 잘하게 만들려면 직접 하거나, 아니면 다른 사람이 잘하는지 못하는지 일일이 관리하고 감독해야 했다.

승강기가 도착했다. 경감은 승강기 안으로 들어가 일층으로 가는 단추를 눌렀다. 승강기 문이 닫히자마자 유리창 청소부가 사다리에서 내려왔고 청소년선도단원도 동작을 멈추었으며 비상구 문 뒤에 숨어 있던 다른 네 사람도 모습을 드러냈다.

"좋아. 얼른 스튜디오로 가자."

블레이즈 씨가 말했다.

순간 스머저는 우연히 창밖을 내다보았다. 정문 쪽이 뚜렷하게 보였다. 그냥 지나쳤으면 큰일 날 뻔했다. 등줄기가 오싹해지고 식은

땀이 흘렀다.

"블레이즈 씨! 저길 보세요!"

유리창청소회사 밴이 차단기 앞에 도착해 있었다.

"저기요! 진짜 유리창 청소부들이 오고 있어요. 오늘따라 일찍 왔나 봐요."

"뭐! 말도 안 돼. 한 번도 열두 시 전에 온 적이 없었는데!"

말이 안 되는 일이 눈앞에서 벌어지고 있었다.

"이제 어떡하죠?"

기이한 마법의 주문이라도 떨어진 듯 그토록 신중하게 세웠던 계획이 눈앞에서 서서히 흩어지고 있었다.

경감의 차가 차단기 앞에 멈춰 섰다. 때마침 진짜 유리창 청소부들의 밴도 진입 허가를 기다리며 서 있었다. 유리창 청소부와 보초병 사이에 말싸움이 점점 격해지고 있었다.

"무슨 소립니까? 당신이 유리창 청소부라니? 유리창 청소부들은 벌써 몇 분 전에 들어갔단 말입니다."

리무진의 뒷문이 자동으로 스르르 내려가더니 경감의 얼굴이 나타났다.

"무슨 일인가, 보초병?"

"이 사람들이 유리창 청소부라고 우기고 있습니다. 유리창 청소부는 벌써 들여보냈는데 말입니다."

순간 경감은 서늘한 기운을 느꼈다. 퍼즐 조각이 딱 맞아떨어지는 기분이었다. 기억이 기계처럼 앞으로 돌아가더니 좀 전에 본 모습이 이제야 이해되었다.

그 소년. 청소년선도단 제복을 입은 아이. 스머저 무어다. 그리고 사다리 위에 서 있던 남자. 언제나 빈 가게 문 앞을 지키고 있던 빈털터리 노숙자다. 그것도 급습작전으로 검거한 그 노인네의 가게 앞이었다!

경감은 몸을 돌려 본부건물을 바라보았다. 그들은 지금 저기서 무슨 일을 벌이고 있는 걸까? 무엇을 찾아 여기까지 온 걸까? 혹시 이 층으로 간 걸까? 가능성은 오직 한 가지, 스튜디오다. 그들이 지금 스튜디오에 진입하려고 한다.

경감은 보초병에게 지시했다.

"전화! 비상호출 전화! 지금 당장 걸어!"

보초병이 얼른 수화기를 잡아챘다. 얼른 귀에 대고 번호를 눌러보았지만…….

"안 됩니다. 먹통입니다. 전화선이 잘렸습니다."

경감은 주머니를 뒤졌다.

"망할 놈의 휴대전화가 어디 있지?"

경감은 서둘러 가방 속에서 휴대전화를 찾았다. 천금 같은 1초, 1초가 달음박질을 치고 있었다.


"얼른 스튜디오로 가라. 론 아저씨하고 엄마가 사람들의 주의를 끌어볼게."

"하지만 엄마, 무슨 일이라도 생기면……."

"엄마 걱정은 마, 헌틀리. 우리가 여기 온 목적을 잊으면 안 되겠지? 어서 가! 스튜디오로! 당장!"

"엄마 말이 맞다. 지금이 아니면 영영 기회는 오지 않을 거야."

"알겠어요! 엄마, 절대 잡히면 안 돼요!"

"걱정 마라! 얼른 스튜디오로 들어가!"

헌틀리와 스머저, 찰스 모팻은 달렸다. 아주 어릴 적부터 달리기엔 젬병인 블레이즈 씨마저 달렸다.

뒤에 남은 론과 캐럴은 저들의 추격을 늦춰줄 방법을 찾아 주위를 둘러보았다.

"캐럴, 뭐 좋은 생각 없어요?"

캐럴이 위를 올려다보았다. 천장에 화재경보기가 달려 있었다.

"있어요. 불에는 맞불로 맞서야죠. 어서 종이를 구해 와요."

일행은 복도 끝까지 갔다. 모퉁이를 돌자마자 텔레비전 방송 스튜디오 입구가 보였다. 보나마나 무장한 경비대원들이 지키고 서 있을 것이다.

"여기서 숨 좀 돌리자. 날 따라와라."

블레이즈 씨는 작업복 매무새를 고치고 모자를 똑바로 쓴 뒤 걸레와 양동이를 단단히 붙들고 모퉁이를 돌아갔다.

경비대원이 따분한 얼굴로 책상 옆에 앉아 있었다.

"무슨 일입니까?"

"유리창 청소요."

블레이즈 씨가 대답했다.

"유리창? 무슨 유리창? 스튜디오 유리창 말이오?"

"오늘 지시를 받았습니다. 조종실의 유리를 모두 닦으라고요."

"아, 그래요? 그런데 네 명이 다 들어갑니까?"

"꼬마 녀석들을 두고 가면 멋대로 돌아다니니까요. 매주 데리고 다니는걸요?"

"아, 본 적이 있어요. 얼른 데리고 들어가쇼. 대신 서둘러야 할 겁니다. 5분 후면 뉴스 시간이니까."

"금방 됩니다."

경비대원은 고개를 끄덕이며 일행을 들여보내주었다. 문을 여는데 마침 책상 위의 전화가 울렸다.

"잠깐만 기다리쇼. 전화부터 받읍시다."

그러나 일행은 살그머니 스튜디오 안으로 들어가 문을 닫았다. 철문은 묵직하면서도 정밀했다. 은행 금고에 달린 문과 비슷하게 두꺼운 강철로 되어 있었고, 맨 위와 맨 아래에 묵직한 걸쇠가 삐져나와 있어 벽과 바닥과 천장에 단단히 빗장을 지를 수 있었다.

매끄러운 소리와 함께 문이 잠겼다.

"해냈다!"

일행은 스튜디오 안으로 들어갔다. 블레이즈 씨가 손잡이를 돌려 걸쇠를 질렀다. 희미한 에어컨 소리 말고는 아무 소리도 들려오지 않았다.

"자, 어서 방송을 시작하자."

밖에서는 경비대원이 전화를 받고 있었다. 수화기 너머로 경감의 목소리가 들려왔다.

"유리창 청소부 말씀입니까? 청소년선도단원 둘요? 예, 바로 여기에……."

경비대원은 유리창 청소부들이 기다리고 있는 자리를 돌아보았다. 그러나 그들은 감쪽같이 사라졌다. 스튜디오로 들어가는 문도 잠겨 있었다.

"너무 늦었습니다. 벌써 들어가버렸습니다."

수화기 저쪽에서 경감의 고함소리가 들려왔다. 그리고 순식간에 전화가 끊겼다.

내 잘못도 아닌데, 너무한 거 아닌가? 경비대원은 욕을 퍼붓는 경감이 원망스러웠다.


론과 캐럴은 불을 피울 수 있을 만큼 종이를 모아 왔다. 그 다음 철제 쓰레기통에 종이를 집어넣고 성냥을 찾았다.

"론, 혹시 라이터 가진 거 없어요? 담배 피웠던 걸로 기억하는데."

"끊었어요. 의사가 권해서. 그 의사가 누구였더라?"

"아, 맞다. 내가 그랬지."

"하지만 주머니에 라이터는 가지고 다녀요."

론이 주머니에서 라이터를 꺼내 불꽃을 튀겨보았지만, 자잘한 불꽃이 일 뿐 불이 붙지는 않았다.

"말라버렸나 봐요."

"잠깐만요."

캐럴이 정리함을 열었다. 여기저기 뒤져본 결과 드디어 찾고 있던 게 눈에 들어왔다. 컴퓨터 화면을 닦을 때 쓰는 에어로졸 용액이었다.

"이거면 될 거예요."

캐럴이 휴지통 안에 에어로졸 용액을 뿌렸다.

"됐어요. 이제 해보세요."

론이 라이터를 내밀어 계속 불꽃을 튀겼다. 세 번 만에 불꽃이 종이로 옮겨 붙었다. 순식간에 불이 피어오르면서 휴지통 속에서 잿빛 그을음이 피어올랐다. 연기 때문에 경보기가 작동했다. 사이렌이 큰 소리로 울부짖고 건물 전체에 경고방송이 울려 퍼졌다.

"화재 감지! 건물 밖으로 대피 바람. 질서 있게 건물 밖으로 대피 바람. 화재 감지!"

곳곳에서 사무실 문이 열리고 사람들이 줄지어 복도로 나왔다. 토요일이었지만 국민건강당 당사는 사실상 모든 직원이 하루 종일 당직이었다.

직원들이 비상구를 향해 몰려갔다.

"진짜야, 훈련이야?"

"불이 어디서 난 거야?"

사람들이 정문 밖으로 쏟아져 나올 때, 경감이 대원 몇 명을 이끌고 정문에 도착했다.

"다들 비켜! 길을 비켜! 안으로 들어가야 한다!"

경감이 명령했다.

"죄송합니다만 지금은 들어가실 수 없습니다. 화재입니다."

정문을 지키던 경비대원이 경감을 말렸다.

"진짜 화재가 난 게 아니란 말이다, 이 바보 멍청아!"

경감이 버럭 화를 냈다.

"속임수야! 놈들이 일부러 불을 낸 거란 말이다. 그러니 어서 길을 비켜!"

경감과 대원들은 밖으로 쏟아져 나오는 인파를 밀쳐내며 안으로 밀고 들어갔다. 경감의 눈에 경찰대원 제복을 입은 론과 캐럴이 사무실 직원들을 질서 있게 밖으로 안내하고 있는 모습이 들어왔다.

"이쪽으로 가세요. 이쪽입니다."

"질서를 유지해주세요. 당황할 필요 없습니다."

경감이 그들을 가리켰다.

"저기 두 사람! 저자들을 잡아!"

대원들이 두 사람을 쫓아갔다. 론과 캐럴은 당장 몸을 돌려 건물 안쪽으로 달려갔다. 미로같이 얽혀 있는 사무실과 복도 사이 어딘가에 숨을 곳이 있을 것 같았다.

"나머지는 날 따라와."

경감이 명령했다.

경감은 비상계단으로 이층까지 올라가 스튜디오 방향으로 복도를 내달렸다. 스튜디오 앞에 경비대원이 수치스러운 얼굴로 서 있었다.

"어떻게 됐나?"

"안으로 들어갔습니다."

"제기랄! 이제 곧 방송을 할 거야."

"전파 송신장치를 파괴해버릴까요?"

"안 돼. 파괴가 불가능하게 되어 있다. 매일 뉴스를 위해 자동으로 연결된단 말이다. 테러 방지용으로 그렇게 설계해놓았지. 그러니 일단 스튜디오 안으로 들어가면 끝장이란 말이다. 무슨 일이 있어도 스튜디오 진입을 막았어야 했단 말이다, 이 머저리야!"

경비대원은 아무 말도 하지 못했다.

경감은 뒤따라온 대원에게 말했다.

"어떻게든 안으로 들어가야 한다."

"강철 문이라 두께가 엄청납니다."

"그건 나도 알아! 폭발물을 설치해서라도 부숴버려!"

"하지만 제한된 공간에서 폭발물을 사용하면……."

"위험을 감수해야지. 폭파시키든 녹여버리든 어서 저 문을 부숴! 빨리!"

"알겠습니다. 3분만 기다리십시오."

대원은 서둘러 복도를 따라 달렸다. 두 배, 아니 세 배의 속도로 달렸다.

"그리고, 누가 저 빌어먹을 화재경보 좀 꺼!"

스튜디오 안의 경보기가 큰 소리로 울렸다.

"뭐지? 불이 났나?"

스머저가 말했다.

"아니다. 너희 부모님들이 일부러 사람들의 주의를 끌려고 그런 것 같구나."

블레이즈 씨는 스튜디오 안의 경보기 쪽으로 가서 타종장치를 바깥쪽으로 잡아 뺐다. 그러자 더 이상 경보기가 울리지 않았다. 스튜디오가 한순간 조용해졌다. 방음시설이 잘 된 스튜디오 안에는 건물 다른 곳의 경보기 소리가 들려오지 않았다.

블레이즈 씨는 서둘러 작업복을 벗었다. 안에 입고 있던 정장과 넥타이가 드러났다. 지저분한 낡은 작업복을 입고 대국민연설을 한다면 좋은 인상을 심어주지 못할 것이다.

블레이즈 씨는 아나운서석에 앉아 주머니에 손을 넣었다. 따로 연설문을 준비해 오지는 않았지만 생각의 흐름을 도와줄 간단한 메모는 챙겨 왔다. 연설을 준비한 지 꽤 오래되었기 때문에 무슨 말을 어떻게 해야 할지, 요점은 잘 알고 있었다.

찰스 모팻은 조종석에 앉았다. 온갖 조종장치들이 쭉 늘어서 있었다. 찰스 모팻은 카메라 뒤보다는 앞자리가 더 익숙한 배우였다. 하지만 방송의 원리를 알고 있으니 조종하는 데 그리 어렵지는 않을 것 같았다.

"테스트! 테스트! 하나, 둘, 테스트!"

찰스가 연결장치에 대고 말했다.

"헌틀리, 붐 마이크를 좀 더 위로 옮겨보겠니? 소리가 약간 탁하구나."

헌틀리가 지시대로 하자, 찰스가 잘했다며 엄지손가락을 추켜세워 보였다.

"스머저, 카메라 초점을 조금 바짝 당겨주겠니? 아주 가까운 느낌이 들어야 해. 블레이즈 씨는 전 국민을 향해 연설을 할 거잖아. 시청자들이 개인적으로 이야기를 듣는 것 같은 느낌을 받았으면 좋겠구나."

"알겠어요."

스머저가 헤드셋을 통해 대답했다. 그러고는 카메라를 조금 더 가까이 가져갔다.

"지금은 어때요?"

"완벽해! 이제 방송국에서 대본이 전송될 거야. 그럼 곧바로 생방송이 시작된다. 블레이즈 씨, 60초 남았어요."

"물 없냐?"

블레이즈 씨가 불쑥 말했다. 갑자기 입 안이 바싹 타는 것 같았다. 목 뒤에 사막이라도 내려앉은 기분이었다.

헌틀리가 냉장고에서 물을 꺼내 왔다.

"행운을 빌게요, 블레이즈 씨. 시간을 얼마나 끌 수 있을까요?"

"앞으로 10분에서 15분 후면 저들이 방송을 끊어버릴 수 있을 거야. 아니면 그전에 문을 부수고 들어오거나. 어느 쪽이 먼저일지는 알 수 없구나."

"30초 남았습니다. 모두 조용히 하세요."

다들 숨을 멈추고 기다렸다. 바깥에서 희미한 소리가 들려왔다. 드릴로 구멍을 뚫는 소리 같았다. 강철 문을 부수고 들어오려는 것 같았다. 아니면 구멍을 뚫고 폭발물을 설치하려는 건지도 모른다. 하지만 아직은 시간이 있다. 기회가 있다.

"20초 남았습니다."

스머저는 기도를 했다. 평소 종교에 의존하는 편은 아니지만 오늘만은 절로 기도가 나왔다. 그는 마음속으로 자유와 정의와 우리 편의 행운을 빌었다.

"15초. 대본이 오고 있어요."

찰스가 텔레비전 화면의 소리를 키웠다. 전국방송이 흘러나오고 있었다. 방송 속의 진행자가 말했다.

"복권 추첨을 하기 전에 다시 국민건강당 스튜디오를 연결해 오늘의 소식을 들어보겠습니다. 아서 모이 아나운서, 나와주세요."

"자, 큐!"

블레이즈 씨는 크게 한 번 숨을 들이마시고 카메라를 향해 미소 지었다. 그러고는 연설을 시작했다.


국민건강당의 공식 아나운서 아서 모이는 스튜디오 바깥쪽에 발이 묶여 있었다. 좌절당한 예술가처럼 안타깝고도 불쾌한 표정으로 대본을 들고 경감 옆에 서 있었다.

"뉴스 진행은 내 몫이야! 저 안에 내가 들어가 있어야 한다고!"

경감이 차가운 회색 눈빛으로 그를 쏘아보며 간단히 한마디 했다.

"닥쳐!"

아서 모이는 입을 다물고 살그머니 구석으로 갔다. 그래도 곧 자신을 필요로 하게 될 거라는 희망을 버리지는 않았다. 어쨌든 그는 전국적인 유명 인사니까. 하지만 경감이 이 소리를 들었다면 하수처리장도 전국적으로 유명하다고 대꾸했을 것이다.

경감은 초조한 얼굴로 강철 문과 씨름하는 대원들을 지켜보았다. 전동드릴에서 불꽃이 폭포수처럼 솟구치더니 작동을 멈췄다.

"타버렸습니다."

대원이 불안한 기색으로 말했다.

"괜찮다."

경감은 시계를 들여다보았다.

"대체 폭발물을 가지러 간 녀석은 어디 있는 거야?"

그때 대원 하나가 작은 군수품 상자를 메고 달려왔다. 해골과 뼈다귀가 그려져 있고 '위험 폭발물'이라는 글자가 찍혀 있었다.

"가져왔습니다."

"당장 문을 날려버려!"

경감이 명령했다.

대원들은 곧 폭발물 설치 작업에 돌입했다. 그동안 경감은 휴대전화로 어딘가에 전화를 걸었다.

"방송을 중단시키고 있는 건가?"

상대방의 대답을 들은 경감이 버럭 소리쳤다.

"그럼 더 노력해야 할 거 아냐! 빌어먹을!"

그는 전화를 끊었다. 문 옆에서 작업하던 대원이 경감을 올려다보며 말했다.

"저, 경감님. 죄송하지만 휴대전화를 꺼주시겠습니까?"

"뭐?"

"전파 때문에 폭발물이 터질 수도 있습니다."

"아, 그렇지. 알겠다."

경감은 전화기를 껐다. 아서 모이도 얼른 휴대전화를 꺼내 전원을 껐다. 온몸이 산산조각 나고 싶지는 않았다. 아직 창창한 나이인데, 전도유망한 직업이 있고 머지않은 장래에 저녁뉴스를 진행하는 앵커가 될 수도 있는 이 마당에 절대로 비명횡사할 수는 없다.

대원들은 민첩하게 움직이며 폭발물을 설치했다. 문을 날려버릴 정도는 되지만 사람이 다치거나 건물이 흔들릴 정도까지는 아니게 폭발력을 조절했다.

"놈들을 반드시 산채로 잡아야 한다!"

경감이 이렇게 명령했기 때문이다.

"우리 친구 블레이즈에게 직접 물어볼 게 있으니까."

스튜디오 문 위에는 비디오 모니터가 달려 있었다. 현재 전국으로 방송되고 있는 화면이 그대로 보였다.

화면이 잠시 흔들리더니 곧 블레이즈 씨의 뚜렷하고 자신감 넘치는 목소리가 들려왔다. 지금껏 공영방송에서는 들을 수 없었던 진솔함이 묻어나는 목소리였다.

"아쉽게도 아서 모이 씨가 뉴스를 진행하지 못하게 되었습니다."

블레이즈 씨는 카메라를 향해 말했다.

"저는 대신 진행석에 앉은 존 블레이즈라고 합니다. 전문 아나운서는 아닙니다. 사실 반 거짓말 반을 늘어놓는 전문 진행자도 아닙니다."

그 말에 아서 모이의 얼굴이 붉게 달아올랐다.

"국민건강당원도 아닙니다. 사실 특별히 내세울 게 전혀 없는 사람입니다. 속기 쉬운 보통 사람입니다. 약점도 많고 실수도 많은 사람, 그리고 조금은 단것을 좋아하는 사람입니다."

그 말은 번개와 같았다. 방송을 한 귀로 흘려 넘기며 듣고 있던 전국의 시청자들은 그 말 한마디에 일제히 놀라며 주의를 기울였다.

*단걸 좋아한다고? 감히 단걸 좋아한다고 말하고 있는 건가? 그것*

도 방송에서 대놓고? 아니, 어떻게 저런 말을 아무렇지 않게 내뱉을 수 있지? 절대로 용납되지 않는 말이 아니던가? 그 말을 내뱉는 순간 엄청나게 곤란한 일에 휘말리는 걸로 알고 있었는데.

스머저의 집 거실에서 카일리가 큰 소리로 외쳤다.

"엄마! 단걸 좋아한대!"

카일리의 눈에는 방송에 나온 사람이 '똥!' 이나 '코딱지!' 같은 말을 내뱉은 것처럼 충격적으로 보였다.

그런 말은커녕 생각조차 해서는 안 되는 거였다. 더구나 텔레비전에 등장해 큰 소리로 말하다니, 절대 용서받을 수 없는 행위였다.

"쉿, 카일리. 할아버지가 뭐라고 하시는지 들어보자."

트리샤가 말했다.

"오빠랑 상관있는 거야?"

"그래, 카일리. 그러니까 우리 귀를 기울여보자."


양로원 휴게실에서 한 노인이 지팡이로 옆자리 노파를 쿡쿡 찌르며 텔레비전 좀 보라고 재촉했다. 노파는 양팔 가득 뜨개질거리에 파묻혀 있었다. 뭘 짜는지 정확히는 알 수 없었지만 색이 화려하고 길었다. 어찌 보면 비단뱀을 짜고 있는 것처럼 보이기도 했다.

"방금 저 소리 들었어?"

노인이 흥분해서 외쳤다.

"그놈의 지팡이 좀 저리 치워!"

바비 할머니가 말했다.

"방금 저 사람이 단걸 좋아한다고 했어."

"나도 들었어. 단걸 좋아하는 노인네라고 말해야 정확할걸?"

두 노인은 다시 화면에 시선을 고정시켰다.

"예, 저는 단걸 좋아하는 사람입니다. 여러분도 이런 말을 해도 아무렇지 않았던 시절이 떠오르시겠지요?"

"그럼, 떠오르고말고. 좋은 시절이었지."

여기저기서 중얼거리는 소리가 들렸다.

"쉿!"

바비 할머니는 모두를 조용히 시켰다.

"그 시절엔 쓴 약을 삼키기 위해 설탕 한 숟가락 정도 먹어도 아무렇지 않았습니다. 지금보다 행복했고 자유로웠습니다. 바로 국민건강당이 득세하기 전이지요."

어느 곳에서 작은 핀 하나가 떨어져도 그 소리가 들릴 만큼 온 나라가 고요해졌다. 거리의 차량도 멈춰 서고 날아가던 비행기마저 공중에 그대로 멈춰선 것만 같았다. 침묵과 기다림, 그리고 기대감이 충만했다. 커다란 쉿 소리와 함께 온 나라가 숨을 죽였다.

"국민의 건강에 좋다는데 뭐가 잘못이냐고 묻는 분도 계실 겁니다. 전혀 잘못된 게 아니지요. 하지만 즐거움 역시 건강에 좋은 게 아니겠습니까? 기쁨도 건강에 좋지 않나요? 아량은? 축하는? 행복은? 환희는? 이 모든 게 국민의 건강에 좋은 게 아닙니까?

사실 이것들이야말로 가장 좋은 게 아닙니까? 때로는 피할 수 없는 삶의 고통과 불행을 어루만져주는 것들이 아닙니까? 살아갈 힘을 주는 것들이 아닙니까? 그런데 지금 이것들은 모두 어디에 있습니까? 이것들이 우리 곁에서 사라져버린 것은 국민건강당이 우리 삶을 장악하고 파괴해버린 그날부터였습니다."

국민들은 화들짝 놀라 주위를 살폈다. 저 사람이 방금 뭐라고 말한 거지? 위험한 발언 아닌가? 혹시 누가 문을 열고 들이닥치지 않을까? 나를 텔레비전 앞에서 끌어내지는 않을까? 저런 생각에 귀를 기울였다는 이유 하나만으로도 체포될 수 있는 게 아닐까?

그러나 아직은 텔레비전을 꺼버릴 수 없었다. 아직은 아니다. 저 사람이 연설을 마칠 때까지 들어보자.

"우리는 오래도록 한 단어를 감히 입 밖으로 내지 못했습니다. 제가 특별히 좋아하는 그것, 어쩌면 여러분도 좋아했을 그것 말입니다. 그 단어가 무엇을 말하는지 이미 눈치 챈 분도 계실 테지요. 예, 그렇습니다. 간단하면서도 맛있는 단어, 바로 초콜릿입니다."

초콜릿? 저 사람이 지금 초콜릿이라고 말했나? 텔레비전에서 대놓고 초콜릿이라고?

"단어 자체에서 얼마나 맛있는 향기가 풍기는지 모릅니다. 한때는 왕들의 음식이었고 고대 아즈텍에서는 왕실의 음식이었으며 그 후 모두의 음식이 되었습니다. 이제 다시 모두의 음식이 될 수도 있습니다. 그건 바로 여러분에게 달려 있지요."

*나한테 달려 있다고? 고작 나한테?* 하지만 나는 텔레비전 앞에 앉아 있는 한낱 힘없는 시민이다. 그런 내가 할 수 있다고? 군인도 아니고 무기도 없고 훈련도 받지 못한 내가 뭘 어떻게 하지? 아마 5분

도 못 버틸 거야. 싸우는 법도 모르는걸. 내겐 직업도 있고 지불해야 할 고지서도 있고 지켜야 할 일상이 있어. 나만 바라보는 가족들도 있어. 이런 내가 뭘 할 수 있단 말이지? 난 아무것도 못 해.

"권력이란 그 어떤 정부의 것도 아닙니다. 권력은 국민들의 것입니다. 여러분의 것, 저의 것, 우리 모두의 것입니다. 이 나라는 그들의 것이 아닙니다. 우리의 나라입니다."

그래, 맞는 말이다. 틀림없이 맞는 말이다.

"그들은 저를 감옥에 가둘 수 있습니다. 그들은 여러분도 감옥에 가둘 수 있습니다."

나를? 아이고, 이제 모르겠다. 정말 모르겠다. 당신이 감옥에 갇히든 말든 그건 모르겠어. 당신이 날 위해 싸운다고 해도, 그건 어쩔 수가 없어. 하지만 내가 감옥에 갇힌다면……

"그러나 그들이 우리 모두를 감옥에 가둘 수는 없습니다. 우리 모두 하나로 단결해 행동한다면 절대 감옥에 가둘 수 없습니다. 우리 모두 거리로 나간다면, 우리 모두 국민건강당 당사로, 경찰본부로, 관공서로, 의회로 폭풍과 같은 기세로 밀고 나간다면, 우리 모두를 가둘 수는 없습니다. 우리 모두를 잡아갈 수는 없습니다. 온 나라를 감옥에 가둘 수는 없습니다. 그러므로 우리에게 필요한 건 일치단결, 그리고 약간의 용기입니다. 그러면 우린 다시 초콜릿을 되찾을 수 있습니다."

약간? 지금 약간이라고 했나? 약간의 용기만 있으면 된다고? 그래, 많이도 아니고 약간의 용기라면, 뭐. 조금의 용기는 어떻게 해볼 수 있을 것도 같다. 다른 사람도 함께 나서준다면, 수백만 명의 약간을 보태고 보태면 아주 큰 용기가 만들어질 것도 같다. 이 세상을 통째로 에워쌀 만큼 커다랗고 긴 용기의 줄이 생길 것도 같다.

"인생과 자유와 초콜릿을 사랑하는 모든 분께, 이 독재를 끝장내고 싶은 모든 분께 감히 청합니다. 거리로 나오십시오. 지금 나오십시오. 모두의 행운을 빕니다. 저, 존 블레이즈는 여러분께 도움을 요청합니다. 벗이여, 지금 행동하십시오. 지금 나서주십시오. 자유와 정의와 초콜릿을 위해! 여러분의 행운을, 우리 모두의 행운을, 그리고 신의 가호가 있기를……."

순간 화면이 꺼졌다. 그 사람은 사라지고 없었다. 암전이 찾아왔다. 집집마다, 가게마다, 백화점마다, 양로원 휴게실마다, 곳곳의 사람들이 고개를 돌려 서로의 얼굴을 바라보았다. 잠시 멈칫하며 질문이 떠올랐다. *우리가, 할 수 있을까? 감히? 누가 먼저 나가지? 네가 나가면 나도 나갈게. 내가 나가면 너도 나가겠지? 하지만 누가 이 침묵을, 이 저주를 깨뜨리지?*

가장 먼저 움직일 용기를 지닌 자는 누구인가?

뜨개질을 하던 노부인이 벌떡 일어섰다. 거대한 뱀 모양의 뜨개질거리가 바닥에 툭 떨어졌다. 그녀는 주머니에 손을 집어넣어 열쇠뭉치를 꺼내 들었다.

"자, 노인 여러분! 아까 그 사람 말 들었죠? 난 여기서 빠져나갈 수 있는 열쇠가 있답니다! 여러분도 나랑 함께 나가요! 우린 늙은이지만 뭐 어때요? 우리야말로 잃을 게 별로 없지 않아요? 두려워할 것도 적지 않나요? 젊은이들을 이끌어줄 사람들이 필요해요. 신념을 당당히 밝히기 위해 어떻게 떨쳐 일어나야 하는지 보여줘야 해요. 우리 노인들이 나섭시다! 젊은이들에게 우리의 힘을 보여줍시다. 헛되이 살지 않았다는 걸 보여줍시다. 우리 늙은이들의 마음속에도 여전히 투지가 살아 있다는 걸 보여주자고요!"

바비 할머니는 말을 멈추고 주위를 둘러보았다. 연설은 생각만큼 효과가 없었다. 멍한 얼굴, 이해가 안 된다는 얼굴, 불안한 얼굴, 걱정과 공포가 가득한 얼굴이 자신을 쳐다보고 있었다.

"왕년의 내가 아니야."

"큰 코 다치면 어떡해?"

"난 복권 추첨 방송을 봐야 하는데."

"바구니나 짜야겠어."

"차나 한 잔 하자구."

"밖은 추울 거야. 스웨터도 안 입었는데 얼마나 춥겠어."

그때 굳세고 또렷한 목소리가 울려 퍼졌다. 지팡이를 든 노인이 덜덜 떨며 자리에서 일어났다. 그날 깜박 잊고 틀니를 안 했지만 용기까지 잊지는 않았다.

"난 저 할망구 편이야! 저 뜨개질 할망구랑 같이 갈 거야! 죽기 전에 초콜릿은 먹고 죽어야지. 초콜릿을 되찾으러 갈 거야."

다른 노인들도 일어나기 시작했다.

"그럼 나도 갈래."

"잠깐 기다려. 나도 가게."

"누가 보행기 좀 갖다 줘."

"그렇게 추워 보이지는 않네."

"초콜릿? 초콜릿이 있다고 했어? 그럼 나도 끼워줘. 내가 초콜릿을 얼마나 좋아했는데."

바비 할머니가 앞장서서 휴게실 밖으로 나가 정문을 향해 갔다. 건장한 간호사 두 명이 팔짱을 끼고 앞을 막았다. 팔뚝이 방망이만큼이나 굵었다.

"비켜. 저 문 좀 열게."

바비 할머니가 말했다.

간호사들은 꿈쩍도 하지 않았다. 하지만 노인들이 떼로 몰려오자 그들이 더 이상 약해 보이지 않았다. 갑자기 위험해 보였다. 지팡이가 곤봉 같은 무기로 보였다. 잘못 맞았다간 머리가 깨질 것 같았다.

간호사들은 얼른 사무실로 피신했다.

"우리 잘못이 아냐. 우린 아무 짓도 안 했어."

한 간호사가 변명하듯 말했다. 두 사람은 사무실 문을 잠그고 밖으로 나오지 않았다.

바비 할머니와 노인들은 신선한 바깥 공기 속으로 빠져나갔다. 상쾌한 공기에서 꽃냄새가 났다.

"자유의 냄새야."

바비 할머니가 말했다.

할머니는 공기를 깊이 들이마시고 다시 노인들을 시내로 이끌었다. 멀리서 다른 사람들의 모습이 보였다. 사람들이 삼삼오오 모여 들어 점점 큰 무리를 이루며 행진하고 있었다. 어떤 독재도 감히 막아낼 수 없는 큰 파도가 장애물을 넘어뜨리며 지나가고 있었다.

"초콜릿을 달라! 초콜릿을 달라!"

함성이 들려왔다.

바비 할머니는 슬며시 웃음이 나왔다. 반역자가 되기엔 너무 늦은 나이가 아닌가 하는 생각이 들었다. 이제 살날이 얼마 남지 않았는데 모든 걸 다시 시작하고 있었다. 다시 어린 소녀가 된 것 같은 기분이 들었다.

바비 할머니는 발걸음을 빨리 해서 노인들을 함성이 들려오는 방향으로 이끌었다. 모두 국민건강당 당사가 있는 시내 한복판을 향해 나아가고 있었다.

"초콜릿을 달라! 초콜릿을 달라!"

바비 할머니의 귀에 구호 소리가 들려왔다.

"자, 노인 여러분. 우리도 함께 합시다."

"초콜릿을 달라! 초콜릿을 달라!"

다 함께 시내 중심부를 향해 행진했다. 남녀노소 가리지 않고 곳곳에 사람들이 넘쳐났다. 순찰차에 타고 있는 초콜릿경찰들은 뭘 어떻게 해야 할지 몰라 멍하니 바깥만 바라보고 있었다. 본부에 지시를 내려달라는 내용의 무전을 쳤다. 그러나 지시는 오지 않았다.

# 31장
## 초콜릿과 자유
● ● ●

청소년선도단이 공원에서 훈련을 하고 있었다. 그중 두 명은 평상복 차림이었다. 사물함에서 제복이 감쪽같이 사라져버렸기 때문이다. 이상한 점은 당시 프랭키 크롤리가 분명히 탈의실 안에 있었는데도 제복이 도난당하는 장면을 목격하지 못했다는 것이다. 프랭키가 잠깐 등을 돌렸을 때 도둑맞은 것인가.

선도단은 멀리서 들려오는 구호 소리에 일제히 동작을 멈추었다.

"초콜릿을 달라! 초콜릿을 달라!"

프랭키는 씩 웃었다. 드디어 시작이군. 성공했구나. 헌틀리와 스머저, 그리고 다른 이들이 온 나라를 움직이는 데 성공한 것이다. 혁명이 모든 도시로 퍼져나간다면 이 정부는 이제 끝장이다. 그렇게 되면 데릭 형의 석방도 시간문제다.

"저게 뭐지? 무슨 일이지?"

머틀 퍼킨스가 물었다.

"혁명의 소리야."

프랭키는 그렇게 말하고는 천천히 공원을 가로질러 갔다.

"프랭키! 너, 어디 가는 거야?"

머틀이 소리치자 프랭키는 고개를 돌려 씩 웃어 보였다.

"함께하러 간다, 머틀. 너도 갈래?"

머틀은 미친 사람을 보는 듯이 프랭키를 쳐다보았다.

"미쳤니? 난 국민건강당의 충성스런 당원이야."

"그럼 계속 건강해라."

프랭키는 계속 갈 길을 갔다. 어느덧 휘파람까지 불기 시작했다. 얼마 만에 불어보는 휘파람인가. 어떻게 부는지조차 잊고 있었다.

"프랭키 크롤리! 어서 돌아와! 안 그러면 신고할 거야."

프랭키는 걸음을 멈추지 않았다. 아무것도 두렵지 않았다. 더 이상 두려움은 없었다. 사실 머틀이 신고하러 가도 들어줄 사람이 남아 있지 않을 것이다.


블레이즈 씨가 연설을 마칠 무렵, 폭발물이 터지면서 스튜디오 문이 떨어져나갔다. 블레이즈 씨의 귀에도 둔탁한 파열음이 들려왔다. 스튜디오 조종석에 있는 스머저와 헌틀리, 찰스 모팻도 그 소리를 들었다.

블레이즈 씨는 차분하고 변함없는 목소리로 연설을 계속했다. 시청자들에게 모두 거리로 나와달라고 호소했다. 이제 할 일을 마쳤다. 가진 걸 모두 마지막 패에 건 도박사가 된 기분이었다.

이제 게임은 끝났다.

경감의 지휘 아래 대원들이 스튜디오 안으로 진입했다. 경감이 카메라 전원 줄을 거칠게 잡아 뺐다. 순간 화면이 피식 하고 꺼졌다.

"블레이즈!"

경감의 눈에 카메라 뒤에 서 있는 스머저가 들어왔다.

"스머저!"

경감은 대원들에게 명령했다.

"다들 체포해! 조종석에 있는 저자도! 어리다고 살살 다룰 필요 없다!"

전기충격기가 스머저의 갈빗대를 지그시 눌렀다. 스머저가 카메라 뒤에서 물러났다.

"구석으로 끌고 가!"

스머저는 아빠와 헌틀리 엄마가 어떻게 되었는지 걱정스러웠다. 화재경보를 울려 주의를 돌리긴 했지만 그후 무사히 달아났을까?

"그리고 너!"

헌틀리의 머리에서 헤드셋이 떨어졌다. 한 대원이 헌틀리를 밀치며 스머저가 서 있는 구석으로 데려갔다.

"머리에 손 올려!"

두 사람은 시키는 대로 따랐다. 하지만 그런 자세로 서 있으려니 무방비상태의 수치심이 느껴졌다.

찰스 모팻도 조종석에서 끌려 내려와 구석으로 끌려갔다.

경감은 블레이즈 씨의 멱살을 잡아 일으켜 세웠다.

"자, 이제 심문실로 가실까?"

한 대원이 블레이즈 씨의 목에 전기충격기를 겨누었다.

"움직여!"

다들 시키는 대로 따랐다. 스튜디오 강철 문이 난도질을 당한 듯 파괴되어 있었다. 폭발 당시의 충격으로 주위 유리창도 모조리 깨져 있었다. 매무새가 흐트러진 아서 모이가 블레이즈 씨를 노려보았다.

"방송노조원도 아닌 주제에."

그러나 지금 방송노조원이냐 아니냐는 중요한 문제가 아니었다. 블레이즈 씨는 론과 캐럴의 안위가 걱정되었다. 무사히 탈출했기를 바랐다. 제발 먼저 심문실에 끌려가 경감을 기다리는 신세가 되지 않았기만을 바랐다.

대원들이 일행을 끌고 뒤쪽 계단을 내려갔다. 화재경보가 울린 후로 승강기는 작동을 멈춘 상태였다. 다 함께 밖으로 나가 회색 콘크리트로 지어진 창문 없는 건물을 향해 갔다. 심문실이 있는 건물이었다.

"아주 오랫동안 햇볕 구경을 못 하게 해주겠다, 블레이즈."

경감이 말했다.

"햇볕이 어떻게 생겼는지, 아니 자기 얼굴이 어떻게 생겨먹었는지조차 까맣게 잊어버리게 될 거다."

경감은 이제 스머저에게 말했다.

"애송이, 너도 이번엔 혐오치료법을 피할 수 없을 거다."

그때 군중의 함성이 들렸다. 침을 바짝 세운 벌 떼가 멀리서 웅웅거리며 점점 가까이 다가오는 것만 같았다.

"초콜릿을 달라! 초콜릿을 달라!"

경감이 걸음을 멈췄다. 대원들도 따라 멈췄다. 경감은 잠시 서서 귀를 기울였다.

"대체 저게 무슨 소린가?"

"초콜릿을 달라! 초콜릿을 달라!"

블레이즈 씨와 헌틀리, 스머저, 찰스 모팻은 서로 얼굴을 바라보며 환하게 웃었다. 드디어 성공했다. 바라던 대로 됐다. 온 국민이 거리로 나와준 것이다.

"초콜릿을 달라! 초콜릿을 달라!"

사람들이 거대한 파도처럼 국민건강당 당사를 지나 시내 광장을 향해 가고 있었다. 대원 한 명이 입을 쩍 벌리고 그 모습을 보았다.

"보이십니까? 수백 명, 아니 수천 명이 넘습니다."

"신경 쓰지 마. 신경 끄라고 했다, 대원. 아니, 지금 어디로 가고 있는 건가?"

그러나 대원은 더 이상 경감의 말을 듣고 있지 않았다. 그는 블레이즈 씨에게 말했다.

"아까 텔레비전에서 말한 거요. 모두를 위한 초콜릿이라고 했잖아요. 그 모두에 전직 초콜릿경찰도 포함되는 겁니까?"

"당연하지, 친구. 우리 모두가 포함된다네. 당연한 소리를."

블레이즈 씨가 씩 웃으며 말했다.

"정말 그렇다면야."

대원은 갑자기 모자를 벗어 난간 위에 걸어놓더니 곧바로 정문 차단기를 향해 걸어갔다. 경감이 믿을 수 없다는 듯 그 모습을 바라보았다. 그의 얼굴이 냉혹한 분노로 잔뜩 일그러졌다.

"대원! 지금 어딜 가고 있는 건가!"

"시민들과 함께하러 갑니다. 아, 죄송하지만 이제 더 이상 경감님 명령에 따르지 않아도 되는 거죠? 전 방금 사표를 냈거든요. 전 초콜릿경찰대를 떠납니다. 왠지 아십니까? 아주 간단한 이유 때문이죠. 전 초콜릿을 정말 좋아하거든요."

대원은 뚜벅뚜벅 걸어 거리를 물밀듯이 지나가는 행진 대열에 합류했다.

"저자를 당장 잡아!"

경감이 남은 대원들에게 소리쳤다.

"저자를 체포해! 뭘 꾸물대는 건가?"

대원들은 곤혹스러워하며 가만히 서 있기만 했다. 상관의 명령에 불복종하고 싶지는 않았지만, 하지만……

블레이즈 씨가 그들의 곤란함을 해결해주었다.

"경감. 이 나라에 감옥이 몇 개나 되나? 얼마나 많은 사람들을 가둘 수 있지? 아마 국민의 절반은 가둬야 할 것 같은데. 저길 좀 보라구. 이미 정원 초과야. 지금은 자네가 소수라네. 사람들이 원하는 건 이렇게 살아라, 이것을 먹어라 늘어놓는 잔소리가 아니라 자유와 초콜릿이라네."

경감은 지나가는 군중을 바라보았다. 블레이즈 씨의 말은 사실이었다. 이제 와서 모른 척해도 소용없는, 엄연한 사실이었다.

블레이즈 씨는 스머저와 헌틀리에게 말했다.

"자, 애들아. 이제 우린 자유의 몸이 된 것 같구나. 그렇지 않나, 경감?"

경감은 아무 말도 할 수 없었다. 그저 하얗게 질린 얼굴로 가만히 서 있을 수밖에 없었다. 온몸의 세포가 빠져나가는 것 같았다. 심지어 입술마저 소름끼치게 창백해졌다.

"경감이 인정한 걸로 알고 우린 그만 가세, 찰스."

블레이즈 씨를 따라 찰스 모팻도 자유를 향해 걸어갔다. 상황이 좋아지고 있었다. 초콜릿이 컴백하면 자신도 컴백할 수 있을 것이다. 예전 직업을 되찾을 수 있을 것이다. 사람들은 다시 초콜릿맨 광고를 바랄 것이다.

남은 대원들은 여전히 불편한 자세로 서서 경감이 무슨 명령이라도 내려주기를 기다렸다. 그런데 과연 어떤 명령을 내릴까? 권력이 순식간에 증발해버린 이 마당에 무슨 말을 할 수 있을까?

블레이즈 씨가 걸음을 멈추고 뒤를 돌아보더니 가장 계급이 높은 대원에게 말했다.

"자네는 경감을 체포할 수도 있네. 정부가 바뀌면 경감을 감옥에 집어넣게나. 아마 죗값을 치러야 할 잘못을 몇 가지 저질렀을 거야. 모든 걸 자네에게 맡기겠네."

대원은 경감을 바라보았다. 지금 와서 생각해보니 우습게도 경감을 진심으로 좋아했던 적이 단 한순간도 없었다. 경감은 늘 잔혹하고 거만하며 냉정하고 계산적이었다. 한마디로 말해 달콤한 구석이 전혀 없는 사람이었다.

"이쪽으로 가시지요. 저를 따라오시면 됩니다."

대원이 경감에게 말했다.

경감은 달아날까 말까 고민하는 사람처럼 잠시 머뭇거렸다. 그러나 실은 달아날 생각 따위는 하지 않았다. 잃을 것도 있고 얻을 것도 있겠지만 또다시 나의 시대가 돌아올 것이므로 걱정 따윈 하지 않겠다는 듯 어깨를 으쓱해 보였다.

대원들은 경감을 심문실이 있는 건물로 데려갔다. 지하 깊숙한 곳에 맞춤한 감방이 있었다. 대원들은 감방 문을 단단히 잠갔다.


"엄마!"

"아빠!"

헌틀리와 스머저는 앞으로 달려갔다. 론과 캐럴이 거리 한복판에서 성난 군중에게 에워싸여 있었다. 두 사람은 진짜 초콜릿경찰대원이 아니며 이 제복은 훔친 것이고 자신들은 사실 텔레비전에 나온 블레이즈 씨의 친구라고 진땀을 빼며 설명하고 있었다. 그러나 군중은 그 말을 믿어주지 않았다.

그때 블레이즈 씨가 나타나 몹시 반가운 기색으로 두 사람을 와락 껴안았다.

"그 사람이다!"

"텔레비전에 나온 사람이야!"

"존 블레이즈다!"

"우리 모두를 구한 사람이야."

"블레이즈를 수상으로 뽑자!"

"블레이즈가 수상이다!"

"블레이즈는 수상! 블레이즈는 수상!"

사람들이 블레이즈 씨를 점점 앞으로 밀어냈다. 처음에는 마지못해 끌려가던 블레이즈 씨는 잠시 후 적극적으로 앞을 향해 나아갔다. 사람들은 블레이즈 씨 일행을 어깨 위에 떠메고 시내 중심부에 위치한 시청을 향해 나아갔다.

블레이즈 씨가 먼저 계단 맨 위로 올라가자 사람들이 "연설! 연설! 연설!" 하고 외쳤다. 블레이즈 씨는 시청 앞에 모인 사람들을 굽어보았다. 옆에는 스머저와 헌틀리, 론과 캐럴, 그리고 노숙자 찰스 모펫이 서 있었다.

블레이즈 씨는 양팔을 들어 올려 잠시 침묵해줄 것을 부탁했다. 드디어 주위가 고요해졌지만 그는 쉽게 말을 꺼내지 못했다. 말이 나오지 않았다. 갑자기 가슴이 찢어질 것 같은 슬픔이 찾아와 목이 메었다. 동료 한 사람이 곁에 없기 때문이었다. 그녀가 없다면 이 혁명은 완전하다고 말할 수 없었다.

그때 저 멀리서 그녀의 모습이 보였다. 노인부대를 이끌고 광장을 건너오고 있었다. 거대하고 화려한 깃발 비슷한 것(사실 뜨개질로 만든 것)을 흔들며 사람들과 함께 소리 높여 구호를 외치고 있었다.

"우리가 원하는 건?"

"초콜릿!"

"초콜릿을 언제 달라고?"

"지금 당장!"

그녀는 광장 한가운데에 노인부대를 멈춰 세웠다. 문득 모든 시선이 자신을 향해 쏟아지고 있음을 깨달은 것이다.

"바비 할머니!"

사람들은 그녀가 누군지도 모르면서 이름을 외쳤다. 블레이즈 씨의 친구라면 모두의 친구나 마찬가지였다.

"바비 할머니다!"

"바비 할머니!"

"정말이네."

"이쪽으로 오세요, 할머니. 이쪽으로요."

그렇게 바비 할머니도 일행 곁으로 갔다. 단상 위에 당당히 한 자리를 차지한 것이다. 일행은 서로를 끌어안고 울고 웃었다. 가슴 절절한 재회의 장면이었다.

마침내 블레이즈 씨가 기다리는 사람들을 향해 연설을 시작했다.

"고맙습니다, 친구들. 모두, 고맙습니다! 이토록 용기 있게 부름에 응답해주셔서 고맙습니다. 거리로 달려 나와 일치단결이 무엇인지 보여주신 여러분, 고맙습니다. 이제 변화가 찾아올 것입니다. 아니, 이미 변화가 찾아왔습니다. 그러니 여러분, 우리 모두 혁명을 열렬히 환영합시다!"

군중의 환호성이 시청 지붕을 뒤흔들었다. 깜짝 놀란 비둘기들이 일제히 날아올랐다.

그후 모든 일이 일사천리로 진행되었다. 국민건강당이 권좌에서 물러나고 국민투표가 실시되었다. 임시정부 아래 '초콜릿, 설탕 및 첨가물 금지법'이 철회되었다. 초콜릿은 다시 합법화되었다. 이어진 선거에서 국민건강당은 참패했고 몰표를 받은 초콜릿과자유당이 승리했다. 당대표 블레이즈 씨가 수상이 되었다. 블레이즈 씨는 바비 할머니를 음료와 과자류에 관한 특별고문으로 임명했다.

헌틀리와 스머저도 고문이 될 수 있었지만 안타깝게도 학업을 계속해야 했기에 공직을 정중히 사양했다.

즉시 초콜릿 생산이 재개되었다. 공장이 다시 돌아갔다. 밀거래자와 소굴은 더 이상 필요가 없어졌다. 밀거래자들은 예전 직업으로 돌아갔는데, 극히 일부는 밀거래자 시절이 더 재미있었다며 아쉬워하기도 했다.

론 무어는 첫 설탕포대를 받자마자 가장 먼저 분홍색 설탕생쥐를 만들었다. 그중 하나를 설탕생쥐를 먹어보기는커녕 본 적도 없는 딸 카일리에게 주었다.

설탕생쥐를 한입 먹어보자마자 쥐처럼 찍찍거리며 기뻐하는 카일리의 모습을 보고 엄마 트리샤는 흐뭇한 미소를 지었다.

경감은 수감되고 얼마 후에 중죄로 기소되었다. 그러나 그의 테러정치 밑에서 고통 받았던 희생자들 누구도 증언에 나서주지 않았다.

다들 초콜릿을 다시 즐기느라 바빠서 복수 따위는 신경 쓰지 않았기 때문이다.

그들은 대신 조금 다른 방법으로 일종의 복수를 했다. 그들은 경감의 감방에 꾸준히 초콜릿을 보냈다. 처음 경감은 초콜릿을 일절 거부했다. 그러나 몇 주가 지나자 아주 작은 분홍색 생쥐가 갉아먹기라도 한 것처럼 초콜릿 한 귀퉁이를 조금 갉아먹은 흔적이 발견되었다.

초콜릿을 갉아먹은 자국은 점점 커져갔다.

얼마 후부터 초콜릿은 다시 감방 밖으로 나오지 않았다.

오히려 초콜릿을 조금 더 보내달라는 요청이 들어왔다.

경감이 이제 다른 사람이 되었으며 다시 사회에 복귀해도 괜찮다는 신호였다.


선거에서 승리한 날, 블레이즈 씨는 친구들을 모두 다우닝가 10번지의 수상 관저로 초대했다. 그리고 텔레비전으로 온 국민을 향해 연설했다.

다들 한 자리에 모였다. 헌틀리와 엄마, 스머저와 그 가족들, 심지어 프랭키 크롤리와 형 데릭까지 왔다. 찰스 모팻도 매니저와 함께 왔다. 다들 한껏 좋은 옷을 차려입었다. 바비 할머니도 밀거래 수익금으로 샀던 이탈리아 명품 옷을 차려입고 블레이즈 씨 옆에 나란히 섰다.

블레이즈 씨의 연설은 텔레비전으로 온 나라에 전달되었다.

"신사숙녀 여러분, 소년소녀 여러분, 오늘 선거에 의해 우리는 아주 놀라운 일을 이룩해냈습니다. 자유를 되찾았습니다. 압제와 그릇된 사상에서 벗어났습니다. 전대미문의 해악을 끼친 독재로부터 벗어났습니다. 자유롭게 미래를 향해 나아갈 수 있게 되었습니다. 이제 앞으로 나아갑시다. 복수가 아닌 용서와 화해의 마음으로 나아갑시다. 압제의 암흑시대에 여전히 희망의 불씨를 간직하고 있었던 동지들을 기억합시다. 과연 영웅은 어떻게 생겼는지 궁금하십니까? 그렇다면 여러분께 영웅을 소개하겠습니다. 영원히 기억될 이름입니다. 혁명영웅이라는 공식 칭호를 받게 될 이름입니다. 도린 바비 부인, 헌틀리 헌터 군, 찰스 모팻 씨, 스머저 무어 군입니다. 여러분, 영웅들을 큰 박수로 맞아주시기 바랍니다."

스머저는 사람들의 재촉을 받고 어쩔 수 없이 앞으로 나왔다. 하지만 너무 쑥스러워 도망치고만 싶었다.

스머저는 마이크 앞으로 다가가 되도록 또렷한 말투로 연설을 시작했다.

"감사합니다, 블레이즈 수상님. 모두 감사합니다. 짧게 한마디 하겠습니다. 모두 설탕이 고팠을 테니까 되도록 달콤하게 한마디 하겠습니다. 이 세상엔 초콜릿이 아주 많습니다. 또 바로잡아야 할 일도 아주 많습니다. 솔직히 더 이상 초콜릿 밀거래자로 살 수 없다는 게 조금 섭섭하지만, 이 세상에 자유보다 더 좋은 것은 없을 테니 아쉬움을 참아보려고 합니다. 밝은 새 미래를 건설하는 일은 누구도 막을 수 없을 겁니다. 자유를 위해, 정의를 위해, 우리 모두의 초콜릿을 위해, 건배!"

군중은 열광했다. 모두 나눠 먹을 수 있게 초콜릿이 전달되었다. 어찌나 많이 쏟아지는지 초콜릿 비가 내리는 것 같았다. 아니, 달콤하고 맛있는 우박이 하늘에서 마구 쏟아져 내리는 것만 같았다.

"우리 모두의 초콜릿을 위해!"

군중의 외침이 거리 곳곳에 울려 퍼졌다.

"모두의 자유와 정의를 위해, 초콜릿을 위해! 초콜릿이여, 영원하라!"

초콜릿이 함박눈처럼 떨어져 내렸다. 교회 종이 울렸다. 순간 모든 이들이 완벽한 행복을 느꼈다.

그게 바로 초콜릿이 안겨주는 효과였다.

## 32장
## 에필로그

••••

이 책을 쓰기 위해 초콜릿협회의 도움을 많이 받았다. 또 스머저 무어 씨와 헌틀리 헌터 씨, 그리고 지금은 고인이 된 도린 바비 부인과 존 블레이즈 씨의 허락을 받고 상당한 자료를 열람할 수 있었다.

스머저 무어 씨와 헌틀리 헌터 씨는 친절하게도 공동집필 자서전 〈위대한 초콜릿전쟁과 초콜릿경찰대 극복기〉를 참고하는 것을 허락해주었다.

〈부친 토비어스 맬로와 못다 한 혁명의 노래〉, 〈최고의 초콜릿 제조기법〉의 저자 데니스 맬로 씨에게도 감사의 말을 전한다.

〈초콜릿과 혁명, 그리고 노숙자의 삶〉의 저자 찰스 모팻 씨에게도 감사드린다.(독자들이 이미 알다시피 찰스 모팻 씨는 유명한 어린이 프로그램 〈설탕맨〉으로 최고 스타의 반열에 올랐다.)

무엇보다 여가를 포기하고 혁명 시기의 경험을 회고해준 무어 씨와 헌터 씨에게 다시 한 번 감사드린다. 두 분과 함께한 시간은 진정 영광의 순간이었다.

스머저 무어 씨는 현재 제과점을 경영하고 있다. 아버지 론 무어 씨가 현업에서 물러나고 스머저 무어 씨가 가업을 이어받아 현재 최 상급 웨딩케이크와 분홍색 설탕생쥐를 제작하고 있다.

헌틀리 헌터 씨는 어머니의 뒤를 따라 내과의사가 되었다.

데이브 쳉 씨는 재교육수용소에서 받았던 뇌 세척을 극복하기 위 한 치료를 받았다. 회복세가 뚜렷해서 현재는 별 어려움 없이 앉은 자리에서 초콜릿 서너 개를 뚝딱 먹어치울 수 있게 되었다. 비밀 칸 을 따로 만들었던 그의 도시락통은 현재 런던초콜릿역사박물관에 전시 중이다. 다만 사전예약한 방문객에게만 공개한다는 사실을 기 억해두길 바란다.

프랭키 크롤리 씨는 현재 지역 내 교통관리과에서 근무하고 있다. 특히 빳빳하게 다려 입은 제복으로 유명하다. 또 일일 주차위반 딱 지 발급 횟수 분야에서 최고 기록을 보유하고 있다.

머틀 퍼킨스 씨는 프랭키 크롤리 씨의 부인이 되었지만 여전히 자 신의 성을 고수하고 있다. 사실은 남편 프랭키 씨가 머틀 퍼킨스 부 군으로 불리기를 소망하고 있다. 현재 머틀 씨는 세무서에서 근무하 고 있다.

초콜릿경감은 현재 베이싱스토크에서 사탕가게를 운영하고 있다. 그사이 바버라라는 착한 여성과 결혼해 두 자녀를 두었다. 아이들에 게 사탕을 주긴 하지만 버릇이 될까 봐 너무 많이 주지는 않는다.

도린 바비 부인과 존 블레이즈 씨는 5년 동안 더불어 행복한 시간을 보낸 뒤 안타깝게도 바비 부인이 먼저 세상을 떠났다. 블레이즈 씨도 곧 뒤를 따랐다. 상심이 큰 나머지 초콜릿마저도 슬픔을 달래주지 못해 결국 세상을 떠났다고 전해진다. 그러나 두 분의 추억은 우리 모두의 마음속에 남아 있다.

이 책을 혁명을 일구어낸 모든 용감한 이들에게 바친다.

마지막으로 바비 부인과 블레이즈 씨의 묘비명을 소개한다. 두 사람의 운명은 죽음 뒤에도 영원히 하나로 묶여 있다.


초콜릿 한 조각을 입에 넣으면
나를 생각해줘요.
그 달콤함을
기억해줘요.
자유와 정의와
만인의 초콜릿을 잊지 말아요.


더 이상 할 말이 없다.
있다면 오직 초콜릿의 몫일 것이다.

# 한 사람 한 사람의 작은 용기가 세상을 바꾼다

초콜릿을 싫어하는 사람이 있을까? 칙칙해 보이기까지 하는 갈색 조각 하나를 혀끝에 올려놓는 순간, 피로도 긴장감도 우울도 잠시 뒤로 물러나고 우리는 순간의 행복을 맛본다. 그러나 초콜릿은 충치와 비만을 유발할 수 있기 때문에 과다 섭취를 피해야 하는, 눈총 받는 음식 중 하나이기도 하다. 찬사와 반대를 동시에 받고 있는 묘한 음식이랄까?

이런 초콜릿이 국가권력에 의해 전면 금지된다면?

하굣길 구멍가게에 들러 초콜릿이나 사탕을 사 먹는 게 즐거움이었던 단짝친구 스머저와 헌틀리는 어느 날 거리 곳곳에 붙어 있는 '초콜릿 전면금지' 공고문을 보게 된다. 집권당인 국민건강당이 국민의 건강을 위한다는 명목으로 초콜릿을 비롯한 모든 설탕 함유 음식의 제조와 판매, 섭취를 법으로 엄격히 금지한 것이다.

기이하게 생긴 초콜릿 탐지차가 온 동네를 돌아다니며 마지막 남은 초콜릿의 흔적까지 말끔히 청소한다. 초콜릿을 소지하다 들키면 '뇌 세척'을 당하는 재교육수용소로 끌려가게 된다. 국민의 건강을 위한다는 선의가 무시무시한 공포정치를 불러온 것이다.

헌틀리는 돌아가신 아빠의 말을 떠올린다.

"지옥으로 가는 길은 언제나 선의로 포장되어 있다."

스머저와 헌틀리는 국민건강당의 선의 아래 자행되는 압제를 꿰뚫어본다. 그리고 소년다운 패기와 용기로 불의에 맞선다. 이들이 내건 구호는 자못 비장하기까지 하다.

"만인의 자유와 정의와 초콜릿을 위하여!"

무슨 초콜릿 하나에 목숨을 거느냐고, 지나친 발상이 아니냐고 생각할지도 모르겠다. 그러나 이들이 되찾고자 한 것은 초콜릿 그 자체만은 아니었다. 자신이 먹을 것을 자유롭게 선택할 수 있는 자유, 독재권력에 권리를 뺏기지 않을 정의, 바로 그것이었다.

온갖 고난을 이겨내고 결국 소년들은 혁명에 성공한다. 그리고 국민들에게 자유를 안겨준다. 우리의 고난스런 현대사, 또 최근 아랍 세계를 강타하고 있는 혁명의 물결과도 절묘하게 오버랩 되는 이 우화 같은 이야기 속에서 독자들은 두 소년의 투쟁담을 통해 자유의 소중함을 새삼스레 깨닫게 될 것이다.

책장을 덮는 순간 급히 초콜릿이 먹고 싶어질지도 모르겠다. 달콤한 초콜릿의 향미가 입 안에 감돌거든 스머저와 헌틀리가 들려주고자 했던 이야기를 기억해주길 바란다. 달콤한 행복은 저절로 쉽게 맛볼 수 있는 게 아니라는 진실을.